REINO DIVIDIDO

JOELLE CHARBONNEAU

dNX

Charbonneau, Joelle
    Reino dividido / Joelle Charbonneau. - 1a ed . - Ciu-
dad Autónoma de Buenos Aires : Del Nuevo Extremo,
2018.
    352 p. ; 21 x 14 cm.
    Traducción de: Karina Benitez.
    ISBN 978-987-609-713-0
    1. Narrativa Infantil y Juvenil. I. Benitez, Karina,
trad. II. Título.
    CDD 813.9282

© 2018, Editorial Del Nuevo Extremo S.A.
A. J. Carranza 1852 (C1414 COV) Buenos Aires Argentina
Tel / Fax (54 11) 4773-3228
e-mail: info@dnxlibros.com
www.delnuevoextremo.com

Imagen editorial: Marta Cánovas
Traducción: Karina Benítez
Corrección: Mónica Piacentini
Adaptación de tapa: WOLFCODE
Diagramación interior: Dumas Bookmakers

Primera edición: abril de 2018
ISBN 978-987-609-713-0

Para mi hijo, Max, que hace sonreír a mi corazón.
Definitivamente, tú no eres la oscuridad.

1

La libertad era un mito.

El hermano de Carys, Andreus, no lo veía así. Él decía que una persona podía sentirse libre incluso rodeada de muros.

Carys amaba a su hermano gemelo, pero él estaba equivocado. La libertad era una ilusión. Provocaba y prometía mucho, pero siempre se mantenía fuera de alcance. Cuando eran jóvenes, su hermano amaba señalar a las mujeres llevando bandejas de pan por una de las plazas de la ciudad o a los hijos de los plebeyos persiguiéndose unos a otros, mientras sus risotadas resonaban a lo largo de los angostos callejones. Todos ellos estaban rodeados de muros y, aun así, eran felices. Los muros los mantenían a salvo. Los muros los hacían sentir fuertes y seguros. Eso, argumentaba, era la libertad.

Mientras se sentaban en las almenas, él hacía bocetos de diseños para un nuevo molino de viento, mientras ella observaba practicar a los guardias, que incorporaban consejos sobre cómo ayudar a Andreus a mejorar su destreza en combate.

Aquellos que vivían en el pueblo debajo del Palacio de los Vientos no entendían que el peligro podía llegar con apariencias diferentes. No solo en forma de oscuridad, o viento, o de los *Xhelozi* que cazaban en los meses fríos. Esos eran peligros que se podían ver. Se podían anticipar. Se podían vencer. Las enormes rocas grises que se levantaban en el perímetro del pueblo mantenían alejados a esos miedos. Las rocas blancas que bordeaban el terreno del castillo muy por encima de la planicie brindaban doble seguridad a los poderosos y a aquellos bajo su protección. Pero los muros eran un arma de doble filo. Aunque hacían retroceder los peligros de afuera, mantenían adentro las cosas que hacían que Carys deseara otro tipo de vida. Uno que no le exigiera esconder todo lo que ella era realmente.

Carys apoyó la mano en el tronco del Árbol de las Virtudes e inclinó la cabeza pretendiendo pedirle algún tipo de bendición u otra cosa, como hacían las niñas cuando querían un esposo o un bebé o una linda cinta para el cabello.

Qué ingenuas. Pensaban que el árbol, como los muros, era un símbolo de seguridad y bendición. Cómo algo plantado en el medio del pueblo para conmemorar la masacre de toda una familia real simbolizaba algo positivo, superaba la comprensión de Carys. Por supuesto, en Eden, era solo la familia de Carys la que debía preocuparse por ese final. Todo dependía del punto de vista.

Cumplido el deber de tímida feminidad, Carys giró hacia los guardias reales:

—Vamos.

Mantuvo los ojos en sus espaldas mientras caminaba, sin mirar a la izquierda ni a la derecha. Sin encontrarse con los ojos de aquellos que se inclinaban o hacían reverencias al reconocerla.

Las calles bajo sus pies pronto serían pavimentadas de blanco para combinar con las paredes del castillo. Había sido orden de su padre. Él decía que el blanco demostraría que los habitantes de la ciudad eran tan virtuosos como aquellos que vivían arriba. Insistía con que el trabajo comenzaría una vez que terminara la guerra. Carys suponía que el Consejo de Élderes encontraría la manera de evitar que los caballos ensuciaran el blanco de esas rocas. Una tarea apropiada para personas tan virtuosas como el excremento animal.

Vislumbró su destino y apuró el paso hacia la tienda del sastre, ubicada en la plaza en el extremo oeste.

—Esperen afuera —ordenó a los guardias mientras se dirigía hacia la puerta.

—¿Por cuánto tiempo será usted, Su Alteza? —preguntó el guardia con pecas en la cara.

Carys se dio vuelta y lo miró fijamente por un largo rato. Lo observó mientras la cara del guardia se sonrojaba, haciendo que las pecas casi se le salieran de la piel. Carys tenía ese efecto en las personas. Le causaría gracia, si esa incomodidad no fuera tan evidente.

Cuando la mano del guardia comenzó a temblar, ella respondió:

—Lo seré el tiempo exacto que sea necesario, ni un segundo más. Y si vuelve a cuestionarme, me aseguraré de que su comandante le enseñe el valor de mantener la boca cerrada.

—Claro, Su Alteza. —El guardia tragó saliva y miró al suelo—. Le pido disculpas si la ofendí, Alteza.

Las disculpas eran un comienzo. Si ella fuese la madre de él, también sería su final. Pero no era la madre. Solo podía esperar que él recordara este momento. Si él aprendía de este momento vergonzoso, podría tener una oportunidad de sobrevivir más allá de los muros blancos. Si no, lo único que le quedaría era culparse a sí mismo.

Levantándose la falda, Carys abandonó los últimos rayos de sol, al entrar a la tienda del sastre, y cerró la puerta. Apenas se trabó el pestillo, Carys oyó una voz familiar:

—Bienvenida, Princesa Carys. La estábamos esperando.

Carys sonrió. Se sentía relajada con la calidez del saludo y del fuego que crujía en la chimenea, en la otra punta de la habitación de piedra. Una gran masa de pelo rubio oscuro estaba enroscada en forma de bola cerca del fuego. La bola de pelos abrió los ojos, parpadeó dos veces y volvió a dormirse. Nada de reverencias ni poses de parte de los felinos. No tenían enemigos de quienes vengarse, ni poder que acumular, ni intereses familiares que proteger; por lo tanto, tenían poca necesidad de congraciarse con alguien. ¿Por qué tendrían tanta suerte los gatos?

Saludó con la cabeza al hombre delgado como un junco, que, erguido en toda la extensión de su altura, apenas le llegaba a la punta de la nariz. Las líneas dibujadas en su rostro eran más profundas que la última vez que lo había visto. Con la guerra, la vida se había hecho más difícil en la Ciudad de los Jardines.

—Buenhombre Marcus —dijo con cariño—. Gracias por aceptar mi pedido tan rápido.

Ambos se dieron vuelta ante el sonido de pasos golpeteando las escaleras. Carys apenas tuvo tiempo de prepararse antes de que Larkin la rodeara con los brazos y la apretara fuerte.

—Hija. —La voz de Buenhombre Marcus era clara—. Te olvidas. Ya no son niñas.

—Qué lástima porque éramos tan adorables cuando éramos pequeñas. ¿No, Su Alteza?

Larkin retrocedió, sacudió la gran cantidad de largos rulos negros encrespados, y rio de la manera en que Carys a menudo deseaba poder hacerlo.

—La realeza siempre se esfuerza por mantener la solemnidad —respondió Carys con sinceridad fingida—, lo que significa que estamos demasiado controlados como para ser llamados adorables en algún momento.

—Estoy segura de que se veía muy solemne el día en que se cayó sobre esa pila de estiércol de caballo, Su Alteza —dijo Larkin, con una profunda reverencia.

Carys rio. ¿Cómo podía no hacerlo?

—No me hubiese caído, si no me hubieses empujado.

—No la empujé a *usted* —dijo Larkin—. Iba a darle al Príncipe Andreus un empujón bien merecido. Usted, Princesa, simplemente obstruyó mi camino.

Los ojos de Buenhombre Marcus parpadearon nerviosamente ante las travesuras de su hija. Carys recordaba bien esa mirada de los días cuando él llevaba a Larkin al palacio para que lo ayudara con las pruebas de los vestidos de la corte. Estaba tan entusiasmada y llena de energía para sujetar con cuidado los dobladillos con alfileres y desplegar rollos de seda que, por lo general, terminaba sintiendo la mano de su padre antes de ser ubicada en una esquina para esperar a que él completara su trabajo. Una esquina fue donde Andreus la encontró y la rescató.

Al principio, Carys no le habló a la niña llorosa con mejillas llenas de lágrimas. Incluso a los cinco años, le habían dicho a Carys, una y otra vez, que debía evitar hablar con extraños, para proteger a su hermano de cualquiera que pudiera acercarse lo suficiente como para saber aquello que debía mantenerse oculto. Ya en ese momento comprendía su deber: acallar los rumores en el Salón de las Virtudes e interponerse frente a aquellos que harían cualquier cosa para sacar a su familia del poder.

Pero Andreus nunca prestó atención a las reglas, y nunca podría ignorar a un niño angustiado. Ni ahora, ni entonces tampoco. Y se rehusó a abandonar a la niña con hoyuelos y cabello oscuro que lloraba en un rincón del castillo. No hubo razones que hicieran que Andreus desistiera de la misión de liberar a Larkin de su castigo. Ese fue el comienzo de la amistad. Fue la primera vez que Carys confió en alguien que no fuera su gemelo. También fue la última.

Durante varios meses, la reina ponía mala cara cada vez que divisaba a Larkin riendo en los salones del castillo, pero, cuando Andreus andaba cerca, su madre nunca decía nada relacionado con los peligros de los de afuera. Se reservaba esos comentarios para cuando estaba a solas con Carys. Ella afirmaba que Larkin sería usada en contra de ellos. Quizás, incluso, lastimada por otros que deseaban hacer daño al rey y a su familia. Carys recibió la orden de dejar morir esa amistad. Para cuando llegó el invierno, Andreus había encontrado un nuevo amigo que rescatar y había olvidado a Larkin. Carys juró hacer lo mismo.

Mintió. Era una mentira pequeña en comparación con todas las otras, pero ella siempre la había sentido como una victoria. Incluso las victorias pequeñas eran significativas en el medio de una guerra de toda la vida.

—Larkin —dijo Carys con suavidad—, quizás deberíamos concentrarnos en mi pedido en lugar de preocupar a tu padre sobre acontecimientos que ya pasaron.

—Por supuesto, Alteza —dijo Larkin en voz alta con una breve reverencia a toda prisa—. Por aquí.

Larkin se dirigió hacia los escalones de piedra que llevaban al segundo piso. Mientras Carys la seguía, Buenhombre Marcus carraspeó y dijo:

—Le pido disculpas por mi hija, Su Alteza.

Carys se detuvo en la cima de los escalones de piedra. Se dio vuelta para mirar al padre de Larkin mientras él retorcía un trozo de cáñamo entre las manos. Un hombre que amaba a su hija. Un hombre que vivía la vida con una virtud que nadie en el castillo podría llegar a comprender.

—No tienes nada por qué disculparte, Buenhombre.

Carys atravesó la entrada en la cima de las escaleras. Larkin cerró la puerta, se dio vuelta y apoyó las manos en las caderas con el ceño fruncido.

—Ahora que hemos convencido a Padre de que aún somos niñas risueñas sin un solo pensamiento de verdad en la cabeza, dime qué ocurre. Estás preocupada.

—¿Acaso no sabes que está mal visto decirle a una dama que se ve malhumorada?

—Tú nunca has sido una dama convencional.

¿Y no era ese el meollo del problema?

—Mi madre te encerraría en la torre por decir eso.

—Los cumplidos llegan de diferentes maneras, Alteza; en especial, afuera de los muros blancos del castillo. Las damas son aburridas. Ya está prescrito qué deben hacer en cada situación. Dios, apenas si son personas. —Larkin caminó hacia un gran armario y abrió las puertas para dejar a la vista diversos vestidos—. Estuve cociendo durante varias noches para completar el pedido especial que hiciste. Pruébatelos.

Larkin escogió el vestido más importante primero.

Sin prestar atención a los interrogantes en los ojos de Larkin, Carys dejó que su amiga le ajustara el corsé, como si la sola intención trazara curvas de la nada. Pero por mucho que Larkin lo intentara, Carys nunca iba a ser voluptuosa y delicada. Sus líneas eras toscas, por dentro y por fuera. Aun así, el vestido le quedaba como anillo al dedo. Su madre valoraría eso.

Carys estaba más preocupada por lo que le había pedido a Larkin que agregara al vestido. Los compartimentos estaban escondidos en las uniones, imposibles de divisar incluso para quien supiera que existían. Larkin era hábil e ingeniosa.

Carys deslizó las manos en los bolsillos y sonrió.

—Extra profundos, revestidos de cuero, cada uno con una vaina incorporada, tal como fue solicitado. —Larkin hizo una pausa y miró a Carys durante varios segundos. Carys sabía que su amiga esperaba que ella le explicara, pero no dijo nada, y Larkin la comprendía lo suficiente como para limitarse a inclinar la cabeza y dirigirse hacia la mesa cerca de la ventana. Se dio vuelta con un estilete de hierro entre las manos—. Para que lo revise mi dama.

—¿De dónde sacaste eso? —susurró Carys, mirando hacia la puerta—.

—No tema, Su Alteza. —Larkin volvió a sonreír—. Es de Padre. No lo ha usado en años y dudo que sepa dónde lo vio por última vez. Sin embargo, yo sí, y me pareció que un pedido de la realeza era motivo suficiente y apropiado para tomarlo prestado. Lo devolveré al cajón lleno de polvo donde estaba, luego de que te vayas.

El mango era menos complejo y la hoja inferior a la de aquellos que Carys había pedido a su gemelo que encargara hacía dos años. Ninguna princesa podía encargar armas al herrero del castillo, a menos que quisiera que el resto de la corte y el Consejo se enteraran y comenzaran a hacer preguntas. Y preguntas era lo último que necesitaban Carys o su hermano.

Carys palpó el interior del bolsillo hasta la abertura de la vaina, luego practicó deslizar la hoja en la funda oculta y volverla a sacar. En los primeros tres intentos, se le quedó atascada en el tejido. En el cuarto, pudo sacarla sin problemas. Con una hora de práctica, sería capaz de desenvainar y blandir el arma con rapidez y sin dificultad.

Saber eso hacía que el nudo de ansiedad que tenía anclado en lo profundo del estómago se aflojara un poco. Se había acrecentado con el correr de las semanas, como si intentara prevenirla de "algo". Cuando le comentó su inquietud a Andreus, él le respondió que ella se asustaba muy fácilmente y que no debía buscar problemas donde no los había. Tal vez, sí estaba paranoica, pero le gustaba tener las armas cerca. Con tan poco podía controlar; era bueno tener el mando sobre eso y saber que nadie, ni siquiera su hermano, conocía su secreto. Para sobrevivir en el castillo, una niña necesitaba tener todos los secretos posibles.

Carys vio de reojo que Larkin acercaba un palito a la pequeña chimenea. Cuando la punta estuvo en llamas, comenzó a encender velas a lo largo de la habitación para ahuyentar las sombras que comenzaban a extenderse.

—¿Hay alguna razón por la que no usas las luces del techo? —preguntó Carys.

A cada tienda del pueblo se le había adjudicado una parte de la energía generada por los molinos, que se encontraban en lo alto de las torres del castillo. Siete molinos gigantes que representaban las siete virtudes del reino y el poder que ejercían aquellos que se guiaban por esas virtudes.

El poder. Se hacía presente de muchas maneras: haciendo funcionar las luces, manejando el agua, dando a algunas personas una posición más elevada, sentenciando a otras a muerte. En Eden, aquel que controlaba el viento era quien tenía el poder.

—La luz de la vela no es tan molesta como la del techo. —Larkin miró hacia la ventana, luego terminó de encender la última vela antes de tirar el palito al fuego—. ¿Continuamos con el próximo vestido, Su Alteza?

—Larkin, ¿de qué no me enteré? —preguntó Carys, mientras su amiga se mantenía ocupada en el armario.

Larkin siempre cambiaba de tema cuando estaba escondiendo algo. El problema se volvió aún mayor cuando apartó la mirada, y ahora Larkin tenía a Carys justo detrás de ella—. Larkin, dime. ¿Hay algún problema con las luces? Su amiga se dio vuelta con un suspiro.

—La gente anda diciendo que, en las últimas semanas, el viento no fue lo suficientemente fuerte como se esperaba, Alteza, y es por eso que no hay tanta energía. La escasez ha provocado un poco de tensión.

—Tensión— nunca era una buena palabra cuando estaba relacionada con asuntos del rey. Cuando había tensión, había problemas.

Carys se movió hacia la ventana y observó los molinos del palacio. Las estructuras gigantes se asomaban por encima de los muros blancos y atravesaban el cielo cada vez más oscuro del fondo. El sonido que hacían cuando giraban era el acompañamiento de la vida en la Ciudad de los Jardines. Carys podía oír el resonar de las vibraciones ahora, pero ¿era posible que las aspas se estuvieran moviendo más lentas que antes? Andreus podría responderle. Él había convertido el estudio de los molinos y la energía que generaban en el trabajo de su vida. El orbe, la luz situada encima de la torre más alta del palacio, fue diseñado por él. Se suponía que la luz daba la bienvenida a todo aquel que deseaba aportar su talento para fortalecer el reino, y prometía seguridad bajo su resplandor, porque las cosas que se ocultaban en la oscuridad nunca podrían triunfar si había una luz potenciada por el honor que las hiciera retroceder.

Su gemelo había ayudado a levantar la última luz, aunque sabía que ni el orbe más brillante podía eliminar la oscuridad por completo, por más grande que fuera la esfera o por más fuerte que giraran los molinos.

Andreus sabría si había un problema con la generación de energía. Sin el conocimiento de su hermano, todo lo que podía decir Carys era que los pasillos y los grandes salones del palacio aún seguían iluminados como siempre, gracias a la energía eólica. Y no tenía importancia. La falta de luz en el palacio causaría pocas molestias, en cambio aquí abajo, en la ciudad, traería problemas mucho mayores.

—¿Dónde hay mayor tensión? —El vestido hizo el sonido de un susurro cuando Carys giró y quedó de espaldas a la ventana.

—Algunos molineros expresaron su malestar, pero Padre les ha dado algo de nuestra parte de la energía. Eso ayudó a acallar las voces más ruidosas. —Larkin ayudó a Carys a sacarse el vestido formal y a ponerse el próximo—. Pero aún hay murmullos, y esos murmullos se están volviendo más fuertes cada día.

— ¿Qué murmullan, Larkin?

Larkin se mordió el labio y suspiró.

—Dicen que está llegando el frío. Los días se están volviendo más cortos y los *Xhelozi* se van a despertar para salir a cazar, si es que ya no terminaron de hibernar. La gente está haciendo ofrendas al antiguo santuario para que los vientos sigan soplando, en especial ahora que tenemos tan pocos guardias para cuidar los muros si hay un ataque.

—Pensé que la mayoría de la gente evitaba el santuario.

—El primer adivino que tuvo Eden había ordenado construirlo para que los habitantes tuvieran un lugar donde recurrir directamente a los Dioses en tiempos de lucha; y así lo hicieron, hasta hacía cinco años. Un ciclón había aparecido sobre el castillo, y aunque el adivino había hecho retroceder el túnel de viento a las montañas, advirtió que los vientos fatales habían llegado en respuesta a un pedido descuidado en el lugar sagrado. Luego de eso, la gente común se mantuvo alejada. Solo los más afligidos tenían el impulso de visitar la arboleda en el límite de la ciudad.

—Y lo evitaron, Alteza —Larkin suspiró—. Pero eso fue antes, cuando el antiguo adivino estaba vivo y había suficiente energía eólica en la ciudad. La nueva adivina es agradable, pero la gente se pregunta cómo alguien que, de aspecto pareciera que se volara con el viento, puede llegar a tener el poder para controlarlo. Aquellos que visitan el santuario dicen que tratan de enviarle fuerza.

—¿Y qué dicen los que no visitan el santuario?

—Dicen que tu familia y el Consejo nos pusieron a todos en peligro al nombrar a Lady Imogen como la adivina de Eden. Se preguntan si tu familia realmente quiere mantener Eden a salvo.

Carys se puso tensa.

—¿Se refieren a los bastianos?

—No que yo sepa —le aseguró Larkin—. Un nuevo adivino de seguro pone nervioso al pueblo, en especial cuando se acerca la primera época de frío, pero aquellos con los que he hablado confían en que el Príncipe Micah mantendrá el reino seguro. Saben que no estaría planeando casarse con Lady Imogen si no estuviera convencido de sus habilidades. Las cosas se van a calmar una vez que estén casados y vuelvan los meses cálidos.

Carys forzó una sonrisa.

—Seguro tienes razón. Valoro tu opinión sobre esto.

Larkin miró a Carys.

—Pero si no te molesta que pregunte, Alteza, ¿cuál es *tu* opinión sobre la adivina? Lo que todos en la ciudad saben con certeza es que ella es joven y agradable.

En las sombras movedizas a la luz de las velas, Carys se probó el próximo traje. Con cuidado de no encontrarse con la mirada fija de Larkin, se imaginó al oráculo de ojos oscuros que se movía a lo largo del castillo tan silencioso como un fantasma, pero que parecía que estaba en todos lados y todo lo veía.

—Ella es... inteligente —comentó Carys. Y no era mentira. En rara ocasión, Imogen hablaba de otros temas que no fueran el viento y las estrellas; su futura hermana mostraba amplio conocimiento sobre la historia del reino y el funcionamiento interno del castillo.

—Y es dedicada —agregó Carys. En los últimos seis meses desde que la adivina había sido convocada por la Cofradía a la corte, Imogen había pasado varias horas por día en las almenas, tanto para meditar con las estrellas como para consultar a los Maestros a cargo de los molinos.

—Mi padre y el Consejo creen que Lady Imogen tiene un gran poder.

—No pregunté qué piensan *ellos*, Alteza. —Larkin ajustó el corsé del vestido color ladrillo con blanco—. Pregunté qué piensas *tú*.

Carys se encogió de hombros y volvió a mirar el espejo. El cabello largo y pálido le brillaba como si fuera casi plateado, en la luz en movimiento.

—No he pasado tiempo suficiente a solas con Imogen como para conocerla bien. —O confiar en ella—.

—¿Andreus ha pasado mucho tiempo con ella?

Carys miró fijamente a su amiga.

—¿Por qué preguntas por Andreus? ¿Ha habido rumores en la ciudad acerca de ellos dos?

El estudio de Andreus sobre los molinos era casi tan conocido por la gente del reino como lo era su *otro* hobby.

Larkin retrocedió.

—No quise ofenderte, Alteza. No ha habido rumores sobre Lord Andreus y Lady Imogen. Solamente sobre lo rápido que ella ha cautivado al Príncipe Micah.

Carys respiró con alivio. Su gemelo no era conocido por tener muchos límites cuando se trataba de mujeres atractivas, y muchas de las mujeres con las que se cruzaba parecían tener incluso menos límites que él. Mientras ella hacía todo lo posible por defender a su hermano, había algunas cosas de las que no podía protegerlo: de él mismo, principalmente.

Larkin la miró como si quisiera decir algo más, pero luego sacudió la cabeza y, en cambio, preguntó sobre los detalles de la próxima boda. Carys estaba feliz de cambiar de tema de conversación y pasar a hablar de las ceremonias, bailes y competencias que se llevarían a cabo en honor a la pareja real bajo el resplandor del orbe de Eden. Con el frío que se avecinaba y los gastos de la guerra que se volvían inminentes, el Consejo de Élderes había sugerido que las festividades se mantuvieran dentro de los muros del castillo. El padre de Carys había estado de acuerdo con el Consejo, pero Micah se rehusó a aceptar la decisión, dado que todos en el reino se enterarían de la ausencia del entretenimiento típico. Especularían sobre la solidez del apoyo del Consejo al Príncipe Heredero y su prometida, o sobre si lo descendientes de la exiliada Casa de los Bastianos era la verdadera elección de los élderes para el trono.

Carys entendía la preocupación de su hermano mayor. Solo los rumores podían ser causa suficiente para provocar una nueva competencia por la corona, en especial con una guerra que disminuía cada vez más la cantidad de guardias. Así que esperó el momento apropiado, hasta que lo encontró solo en su habitación, y expuso su plan para ampliar los festejos.

—Debes decirle a Padre que se te ha acercado gente que está segura de que la falta de festejos significa que estamos perdiendo la guerra. Que algunos de tus amigos afirman que oyeron a sus padres decir que una celebración de boda más pequeña de lo normal es la señal para los grandes lores de que deben huir de la ciudad.

—¿Quieres que el pueblo piense que estamos perdiendo la guerra?

—No. —El pueblo pensaba eso de todas maneras—. Quiero que Padre crea que el poco apoyo a tu boda de su parte es una confirmación para el pueblo de que Eden está perdiendo la guerra. Él y el Consejo se verán obligados a realizar la celebración más grande que se haya visto en siglos, para probar que confían en que ganaremos. Y una vez que todos vean la generosidad desplegada en la competencia de tu boda, van a desear con ansias que llegues al reino. Harás que se sientan seguros en sus hogares y ganarás su lealtad, todo de una vez.

A Carys le llevó solamente un día oír los rumores sobre lo que significaba para el reino la falta de ceremonia y suntuosidad, y otro día para la proclamación de un torneo festivo, una feria callejera y un baile que se llevarían a cabo para celebrar la boda. La construcción de los desafíos del torneo comenzó casi inmediatamente en el campo de competencia a unos cuatro kilómetros de los muros de la Ciudad de los Jardines. Se esperaba que estuvieran terminados para cuando Micah y Padre regresaran de revisar los campos de batalla en el sur.

El sol se había puesto para cuando el último vestido había sido ajustado. Carys caminó hacia la ventana y observó el cielo mientras Larkin guardaba los trajes.

—Los días son mucho más cortos ahora que el otoño está llegando a su fin.

—Todos los agricultores creen que, este año, caerá más nieve de lo normal. Si es así, la gente estará doblemente agradecida por el recuerdo de los festejos de la boda. Tendrán historias para contar en días demasiado duros y peligrosos como para arriesgarse a salir. —Larkin cerró las puertas del armario y se dio vuelta—. Solo desearía poder estar aquí para verlo.

—La boda es en cinco semanas —dijo Carys—. Seguramente tú y tu padre estarán en la ciudad. ¿No será demasiado tarde para que salgas de viaje por encargos para entonces?

Las habilidades de Buenhombre Marcus eran, a menudo, requeridas por los lores y las damas de todos los fuertes de Eden, y Larkin, ahora igual de habilidosa, lo acompañaba. Carys envidiaba esa cercanía, y la libertad que tenían para hacer lo que les parecía sin tener que estar siempre en guardia. Pero Buenhombre Marcus se ocupaba de mantenerse cerca de la Ciudad de los Jardines en los meses de invierno; era inteligente para hacerlo. Los *Xhelozi*, que cada año eran más, eran feroces, y el invierno era la estación en que cazaban.

Larkin sonrió.

—Sí, es tarde para viajar por trabajo, pero no demasiado tarde para viajar a mi nuevo hogar.

Todo en el interior de Carys se paralizó.

—¿Nuevo… hogar?

Larkin se miró las manos.

—No sabía cómo decírtelo. Conocí a alguien. Su nombre es Zylan; es un vendedor de pieles cuya familia vive en Acetia a la sombra de la ciudadela. Y, bueno… —Levantó la vista con una sonrisa tímida—. Estoy comprometida.

—Comprometida. ¿Te vas a ir?

Además de Andreus, Larkin era su única amiga verdadera. Y ahora se iba a Acetia, el distrito de Eden más alejado del orbe del palacio, para casarse y vivir una vida propia. Una vida con responsabilidades elegidas por ella y no impuestas por estrategias o circunstancias de nacimiento. Una vida sin lugar para aquellos con sed de poder.

—¿Es esto lo que deseas hacer? —Por dentro, todo se le revolvía. Las velas y el fuego de la chimenea titilaban—. Si tu padre está insistiendo para que te cases, yo podría interceder en tu nombre. Puedo explicarle que todavía eres joven y quieres esperar.

—Soy cuatro meses mayor que tú, Alteza. Zylan es un buen hombre. Dijo que desde el momento en que nos conocimos, supo que nos casaríamos. Se preocupa por mí.

—Claro que sí. —Carys parpadeó para controlar el escozor de las lágrimas. Llorar era una debilidad que no podía permitirse. Ni siquiera por una amiga—. Eres una de las mejores personas que he conocido. Él no merecería casarse contigo si no viera eso. ¿Cuándo planeas casarte?

—En el solsticio de invierno. Hasta entonces, viviré con la familia de la hermana de Zylan. Padre cree que debemos viajar cuanto antes, ya que los días se están volviendo más cortos. Dice que nos vendrá bien a Zylan y a mí pasar varias semanas juntos para conocernos mejor antes de la ceremonia. Yo creo que él espera que cambie de idea, así no tiene que cocinarse él mismo.

—Pero no lo harás.

Cuando Larkin se decidía, casi nunca cambiaba de idea. Y una vez que entregaba su corazón incondicional, nunca lo pedía de vuelta. Lo había demostrado una y otra vez a lo largo de los años.

Larkin apoyó una mano en el brazo de Carys.

—Sé que, cuando lo conozcas, vas a entender por qué tengo que irme. También lo vas a querer.

Quizás. Pero Carys también lo odiaría por llevarse a su amiga.

Nunca había deseado tanto algo como poder ir a Acetia también, al menos para asistir a la boda de Larkin. Pero no le sería posible. La gente hablaría si Carys salía de la ciudad. Se darían cuenta de lo importante que era Larkin para ella. El regalo de boda de Carys para Larkin tendría que ser dejarla ir sin la amenaza de la oscuridad persiguiéndola. Tal vez entonces, Larkin podría ser libre por las dos.

—Espero que fuertes vientos guíen tus pasos, aunque voy a extrañarte mucho. —Carys rodeó con los brazos a su amiga, deseando poder estar feliz. En cambio, sentía un vacío.

—Si tan solo pudieras estar conmigo —sugirió Larkin, con una risa que no tapaba sus lágrimas—. Imagina el problema que causaríamos.

Por un minuto, Carys se permitió imaginar: al fin poder ser ella misma y hacer uso de sus habilidades sin que nadie la juzgara. ¿Cómo sería lograr hacer algo que *ella* quería sin recurrir a estrategias o engaños? ¿Quién sería ella entonces?

Quería descubrirlo, más que ninguna otra cosa, pero en cambio, dijo:

—No creo que el mundo esté preparado para los problemas que causaríamos juntas.

Larkin sonrió con melancolía.

—Bueno, tal vez algún día. Nunca se sabe cómo van a soplar los vientos, Su Alteza.

—Tal vez —dijo, aunque ella sí sabía.

Su vida idealista y tan admirada estaba justo aquí, en la Ciudad de los Jardines. Mientras Andreus la necesitara para guardar sus secretos y mantenerlos alejados de todo mal, *algún día* no sería posible.

2

—Casi listo —avisó Andreus mientras cambiaba de lado. Podía sentir al líder de los Maestros de la Luz respirando detrás de él. Si bien no se oponía a tener la respiración caliente de alguien en la nuca, prefería que esa persona estuviera envuelta en el aroma de un perfume y usara faldas en lugar de apestar a grasa y sudor.

Pronto, se dijo a sí mismo mientras ajustaba el mango de la tenaza de hierro en su mano helada. Tendría que haber pensado en usar guantes, pero el sol había estado cálido más temprano a pesar del frío del viento. Ahora, el viento había empezado a soplar mucho más fuerte y Andreus estaba dispuesto a buscar algún lugar agradable donde calentarse.

—Las mejoras estarán listas para probarse en una vuelta más —comentó.

Sí. Con eso bastaba. Aun así, probó una vez más con la tenaza para asegurarse de que el tornillo estuviera ajustado antes de dejar caer la herramienta al suelo y levantarse.

Mientras se sacudía las manos en los pantalones, se dio vuelta e hizo un gesto con la cabeza al Maestro Triden, quien se había acercado a la base del molino, junto a las palancas de control.

—Cuando guste, Maestro.

Andreus se apoyó contra las almenas blancas y fingió no contener la respiración cuando el Maestro Triden accionó el interruptor cerrando el circuito eléctrico que Andreus acababa de mejorar. Si había hecho todo bien, los faros del muro ya debían estar alumbrando contra el cielo nocturno cada vez más oscuro. Si no, su padre nunca le dejaría saber cómo había terminado.

"Eres un príncipe, no un trabajador común. Actúa como tal. Deberías parecerte un poco más a tu hermano. Si estuvieras menos distraído, los Maestros de la Luz no estarían teniendo estos problemas con la energía en los muros".

—¡Funciona! —gritó un aprendiz medio colgado sobre las almenas—. ¡Todas las luces están alumbrando, incluso con más fuerza que antes!

Los otros aprendices vitoreaban mientras Andreus se alejaba del muro blanco y caminaba hacia los tres Maestros amontonados sobre el panel de control.

—¿Cómo se ve? —preguntó.

El Maestro Triden se dio vuelta y sonrió, dejando a la vista el diente roto de adelante.

—Los medidores muestran menos pérdida de energía desde esta línea. Vamos a hacer que los muchachos controlen todas las medidas de energía durante toda la semana que viene. Si este diseño sigue demostrando ser superior, como espero que lo sea, Príncipe Andreus, comenzaremos el proceso de reemplazo de todos. Con un poco de suerte, este invierno no habrá apagones y el reino tendrá que agradecerte. El rey estará satisfecho.

Andreus se rio burlonamente. Rara vez el rey estaba satisfecho con un hijo que pasaba más tiempo estudiando los molinos que blandiendo una espada.

—Creo que todos estaremos satisfechos si la Ciudad de los Jardines atraviesa el invierno sin ningún ataque.

—El Consejo, nuestra adivina, y el rey sabrán del éxito de tu trabajo en mi próximo informe, al igual que todos en la ciudad. Tu trabajo para mantener a la Ciudad de los Jardines, y al resto de Eden, a salvo te hace tan héroe como el Príncipe Micah que se encuentra luchando en los campos de batalla.

Claro que no. Andreus debía estar con Micah y su padre, consiguiendo la gloria en el campo de batalla. Si la muerte fuera lo único por temer, él *estaría* ahí, sin duda. Pero revelar su secreto era mucho más aterrador.

El Maestro Triden hizo una reverencia y se dio vuelta para gritar unas órdenes a los aprendices. Las ráfagas de viento hicieron que Andreus se ajustara más la capa alrededor del cuerpo mientras giraba y se dirigía hacia la escalera de la torre más cercana. El viento era fuerte y constante. Estaba bajando la temperatura. Ahora que había tenido éxito, quería llegar a su próxima cita, que no solo estaba alejada del frío, sino que también, si la dama cumplía su palabra, iba a darle mucho calor.

Aun así, con el frío que hacía, Andreus se detuvo antes de llegar a la puerta de la torre y caminó hacia el muro para observar la ciudad a los lejos. El resplandor de los faros era suave a esta hora del día, pero pronto crearían un boceto radiante de la ciudad en expansión. Era esta luz la que mantenía a las decenas de miles de personas de abajo a salvo de los *Xhelozi*, que pronto saldrían a cazar.

Nada mal para un día de trabajo.

Andreus, sonriendo, salió de la luz que se debilitaba y bajó corriendo las escaleras mientras trataba de decidir si debía lavarse antes de ver a la encantadora Lady Mirabella o si ella encontraría atractivas las manchas de grasa de sus manos. Se olió la túnica y giró bruscamente en el salón hacia el sector privado de la familia real en el castillo. No era nada sexy oler a lata oxidada. Un baño rápido, ropa limpia, y...

—Príncipe Andreus —una voz suave lo llamó desde atrás—. Disculpe, Su Alteza, pero la reina me envió a buscarlo.

Andreus suspiró, luego se dio vuelta y le regaló a la dama de compañía preferida de su madre su sonrisa más encantadora.

—Lady Therese, espero que mi madre no sea la única razón por la que me buscas. Porque, definitivamente, la reina no es la razón por la que estoy feliz de verte.

El vestido que Lady Therese llevaba puesto resaltaba las caderas redondeadas, y el escote bajo le permitía dar un vistazo a sus otros atributos. Desde que había llegado a la corte hacía dos meses, la joven viuda se las había arreglado para evadir su interés, incluso había rechazado la propuesta de conocer de cerca el orbe de Eden. Al principio, fue irritante; pero debía admitir que su negativa daba lugar a un cambio de rutina interesante. Tener una corona le implicaba, la mayoría de las veces, no tener que perseguir a su presa.

—Estoy aquí, a pedido de la reina, Su Alteza. Su madre necesita hablar con usted. —Lady Therese se inclinó en reverencia y bajó la mirada.

—¿Te dijo mi madre sobre qué necesita hablar?

Lady Therese sacudió la cabeza.

—Solamente dijo que es urgente.

La reina pensaba que hablar sobre el menú del desayuno era urgente. Dios nos libre si él se salteaba una comida y llegaba a marearse.

—Dile a mi madre que buscaste por todos lados y no pudiste encontrarme dentro del castillo.

Los ojos azules de Lady Therese se abrieron ampliamente.

—¿Desea que *mienta*?

Sí. Él les gustaba más a las mujeres cuando no decía la verdad.

—¿Podría pedirte que traiciones a tu propia conciencia por mí? —Hizo una reverencia burlona. Una chispa de diversión se encendió en las facciones de ella y él respondió con una sonrisa—. Si te das vuelta y yo desaparezco repentinamente, podrás regresar con mi madre y decirle la pura verdad.

Sus palabras le arrancaron una risa por lo bajo a Therese.

—¿No cree que ella se dará cuenta del engaño?

—Claro que se dará cuenta. También dará por sentado que hice uso del carisma que ella me enseñó para distraerte. Créeme, la reina no te castigará por algo que es, en esencia, su culpa.

—Es incorregible, Su Alteza.

Andreus acortó la distancia entre ellos y bajó la voz, así ella debía inclinarse para oír sus palabras.

—Y tú eres cautivadora cuando sonríes.

Más cerca ahora. Tan cerca que la tela de la manga de ella rozaba la ropa de él.

—Ambos hemos lidiado con los asuntos urgentes de mi madre lo suficiente como para saber que cualquier problema que ella tenga puede esperar. Y como se supone que tú estás revisando el castillo para encontrarme, mi madre no esperará que regreses enseguida. Podríamos… pasar un rato juntos. —De pronto, el olor a óxido y grasa no parecía tan desagradable.

—¿Y arriesgarme a que la reina se enoje?

Andreus sonrió y deslizó un dedo por la mano de Therese.

—Lo que mi madre no sabe, no puede enojarla.

Cliché, pero los clichés existían por algo. Levantó la mano de Therese para besarla y se sorprendió cuando ella se la sacó.

—Me temo que tengo otros planes, Alteza. Pero quédese tranquilo; primero, le voy a avisar a la reina que usted recibió el mensaje. Lo estará esperando.

Dicho eso, Therese se dio vuelta y desapareció de la sala, dejando a Andreus en un suspiro ante el bamboleo de sus caderas y el mal cálculo que había hecho. La mayoría de las mujeres del castillo estaban felices de cumplir sus órdenes. Estaba claro que Therese era diferente. Él la admiraba, aunque también la maldecía por hacer que tuviese que ir a lidiar con su madre.

Giró en la esquina y divisó, a la distancia, al Jefe Élder Cestrum. El canoso consejero puso su garra de hierro sobre el brazo de Élder Ulrich mientras hablaban frente a la entrada de la sala de audiencias del Consejo. Rápidamente, Andreus giró, se levantó la capucha de la capa, y se dirigió al salón a la izquierda. Estaba más que dispuesto a tomar el camino largo a fin de evitar al Jefe Élder.

Si bien Andreus estaba agradecido a Élder Cestrum por haber convencido a su padre de permitirle trabajar con los Maestros de la Luz, Andreus no era estúpido. El Consejo no hacía nada de puro buenos que eran.

Tal vez si las cosas fueran diferentes, él sería como los otros en la corte que negociaban favores y enfrentaban a las personas entre sí para ganar poder. Pero su secreto debía permanecer tal cual estaba. Así que había intentado hacer saber al pueblo lo poco que su padre se preocupaba por su hijo real más joven, y le creyeron. Era la única explicación que entendían sobre por qué un príncipe estaba siempre trabajando entre los plebeyos con sus herramientas oxidadas.

Carys sí seguía el juego, principalmente por él, así ella podía distraer a las personas de mirar con demasiada atención o hacer preguntas que él no podía responder. Desde que el Consejo lo había ayudado con su pedido de trabajar con los Maestros, a ella le había preocupado que el Jefe Élder comenzara a pedir favores. Andreus esperaba que Carys se equivocara. Quedar atrapado entre su padre y el Consejo le resultaba bastante incómodo.

Decidido a no cruzarse con nadie más con quien no quisiera hablar, Andreus se escondió en uno de los pasillos traseros que solo usaban los sirvientes. Criados y sirvientas se inclinaban y hacían reverencias mientras él atravesaba apurado las áreas del castillo iluminadas por antorchas, donde ya no se brindaba energía. Su padre creía que, en tiempos de guerra, no había beneficio alguno en utilizar los recursos del viento para iluminar áreas por las que la mayoría de lores y damas nunca pensarían andar.

—Príncipe Andreus.

Andreus se encogió. Luego sonrió cuando reconoció al pequeño niño que se acercaba, con un florero con jazmines de invierno.

—¡Max! ¿Cómo te sientes?

—Me siento bien, Su Alteza. —El niño dio un salto y casi se le cae el florero. Cuando se enderezó, le sonrió a Andreus con sus dientes separados—. El remedio que me preparó la señora Jillian me mejoró la respiración. Tiene gusto feo, pero ella dice que debo seguir tomándolo.

—Escucha a la señora Jillian —le aconsejó Andreus.

La mujer era irritable, pero cuando se trataba de curar, ella sabía lo que hacía y siempre salía corriendo cuando Andreus la mandaba a llamar. También era discreta, lo que era igual de valioso.

—Lo haré, Príncipe Andreus. Necesito crecer fuerte si voy a ser un Maestro de la Luz como usted. —Antes de que Andreus pudiera corregirlo acerca de su posición como Maestro, Max continuó—. La prueba que estaba haciendo salió bien, ¿no? Yo quería ir a verlo por mí mismo, pero Lady Yasmie me tuvo ocupado con muchas tareas. Recién cuando me pidió que fuera a buscar estas flores pude mirar la ciudad por una ventana. Las luces están encendidas. ¡Resplandecientes como el sol! Eso significa que funcionó, ¿verdad?

El niño tomó aire y Andreus rio.

—Sí, funcionó. Si sigue funcionando, los Maestros de la Luz van a cambiar todo el sistema. Con algo de suerte, este invierno no habrá ninguna parte del muro de la ciudad que permanezca a oscuras cuando sea de noche.

Max suspiró y dio una patada al suelo con su bota recién hecha.

—Cómo me hubiese gustado poder verlo hoy, Príncipe Andreus.

—¿Qué te parece si te llevo a las almenas, así puedes verlo por ti mismo?

—¿De verdad? Eso sería… —Le cambió la cara cuando miró hacia abajo, y vio el florero que tenía en las manos—. Tengo que llevarle estas flores a Lady Yasmie ahora o mi trasero quedará lleno de brea.

—Avísame cuando Lady Yasmie y sus amigos te den un momento libre. —Andreus cortó un racimo de pequeñas flores amarillas y le indicó—: Y coméntale que el Príncipe Andreus dijo que las flores son pálidas en belleza comparadas con ella.

Max frunció el ceño.

—¿A las mujeres realmente les gusta que les diga esa clase de tonterías?

Andreus recordó cuando él y Lady Yasmie pasaron el día en su habitación apenas unas semanas antes.

—Sí, Max. Realmente les gusta. Ahora, apúrate y no seas tan insolente. No quiero que te echen del castillo al poco tiempo de que te hice entrar.

—No se preocupe, Su Alteza. —Y con una reverencia por la mitad, el niño se perdió en el salón, casi atropellando a dos sirvientas muy jóvenes que doblaban la esquina. Lo que sea que Max les haya dicho hizo sonrojar a una de las niñas. Andreus rio. Fue una lección rápida. Bien. Max necesitaría de ingenio si quería tener éxito en el castillo. El niño miró rápidamente para atrás hacia Andreus, le regaló un saludo alegre y se fue.

Costaba creer que Max había estado tirado en la tierra, apenas respirando, hacía unas pocas semanas. Andreus lo había distinguido cuando regresaba cabalgando de revisar la instalación eléctrica en los muros exteriores de la ciudad. El niño estaba casi azul bajo tanta mugre, cuando la señora Jillian puso sus manos sobre él.

A pesar del cuidado que ella le brindó, y su obvia recuperación, su familia no lo quería de vuelta. Cada vez que le faltaba el aire, creían que estaba poseído por demonios. Si creían en algo así, había vociferado Andreus, entonces no merecían tenerlo con ellos. Con o sin problemas de respiración, Max serviría en el castillo como paje. Cuando fuera lo suficientemente mayor, podría servir como escudero de Andreus. Él se aseguraría de que el niño tuviera un lugar, tal como su madre y hermana se aseguraron de que Andreus mantuviera el suyo, a pesar de su secreto. Era lo justo.

Para cuando Andreus logró trepar la angosta escalera de los sirvientes hasta el tercer piso y alcanzar la puerta de dos hojas del solar de sus padres, ya estaba sin aliento. Se recostó contra el muro por varios minutos y esperó a que la opresión que sentía en el pecho desapareciera. Cuando lo hizo, se limpió la transpiración de la frente y revisó que su capa estuviera acomodada para ocultar las peores manchas de grasa que arruinaban su camisa blanca. Luego, golpeó. En menos de diez segundos, Oben, el chambelán de su madre desde hacía mucho tiempo, abrió la puerta de madera oscura y Andreus ingresó a la habitación que él y Carys habían evitado la mayor parte de su niñez.

La alfombra del suelo había sido reemplazada al menos doce veces desde aquellos años; su madre siempre buscaba el estilo perfecto. Esta era amarilla. Sillas revestidas de terciopelo azul que no recordaba que estuvieran allí en su última visita, así como varios divanes, estaban esparcidas en toda la habitación. Cuando su padre estaba fuera del castillo, como hoy, los asientos, casi siempre, estaban ocupados por mujeres tejiendo o bordando. A su madre le gustaba supervisar los rumores que circulaban por el palacio y usaba los mejores trucos de la manera que creía conveniente. Ahora, sin embargo, las únicas personas en la habitación eran su madre, Oben, y dos de las ayudantes de la reina que servían el té.

—¿Me mandaste a llamar, Madre? —dijo Andreus cuando su madre se dio vuelta.

Su cabello castaño oscuro era del mismo color que el de él, pero sus ojos eran de un marrón más intenso, muy diferentes al color avellana de los de él. Justo ahora, sus ojos oscuros brillaban de ira. Perfectos, ya que llevaba puesto un vestido rojo. Aun así, la voz de su madre sonó controlada cuando habló.

—La expresión "mandarte a llamar" implica que tuve que obligarte como tu reina para que me visites. Uno podría suponer que no hubieses venido si simplemente hubiese sido tu madre la que pedía tu compañía.

—Me expresé mal. "Mandar a llamar" fueron palabras equivocadas. —Cambió la táctica—. Perdóname, Madre. Por supuesto que disfruto de tu compañía.

—¿De verdad? —Lo miró mientras se dirigió a la mesa y tomó asiento—. No puedo evitarlo, pero me doy cuenta de que solo me has visitado tres veces desde que tu padre y tu hermano fueron a observar a la guardia que está peleando la guerra.

—Estuve ocupado, Madre. —Andreus se deslizó en el asiento frente a la reina y le obsequió el racimo de flores—. Además, Micah me dijo que ibas a pasar tiempo con Imogen. Algo relacionado con los planes para la boda y la selección de vestidos. Actividades que no están alineadas con mis intereses.

—Lady Imogen no necesita de mi ayuda, y si todo sale como espero, no andará por aquí lo suficiente como para convertirse en la próxima reina. —Su madre olió las flores antes de apoyarlas sobre la mesa. Luego, levantó el té y bebió toda la taza de un trago. Dio un suspiro de satisfacción y le hizo una seña a la sirvienta para que le sirviera más—. ¿Quieres un poco, querido?

—No. —Puso la mano sobre la taza. Había aprendido de los problemas que había tenido su hermana, y tenía en cuenta que era mejor cuidarse de las infusiones de su madre. Uno nunca sabía lo que podían contener.

Su madre observó la mano y se quedó mirándolo fijamente y con dureza. El silencio era ensordecedor por desaprobación. Cuando él miro hacia abajo, se dio cuenta el porqué.

La grasa. No solo se había manchado el dorso de la mano, sino que la tenía enterrada bajo las uñas.

Rápidamente, le regaló a su madre su mejor sonrisa aniñada.

—Mis disculpas por mi apariencia, Madre. Me dirigía a lavarme cuando recibí tu mensaje. Pensé que era mejor no hacerte esperar solo por un poco de mugre.

Era mucha mugre, pero en el momento, no pensó en que la cantidad importaba.

—Tu padre tiene razón. No deberías estar trabajando como un plebeyo. Te hace parecer uno de ellos. El pueblo busca inspiración en sus reyes y reinas, en especial en tiempos de guerra. A nadie le inspira la tierra.

Claramente, su madre no había conocido a Max.

—Estoy seguro de que no me llamaste para hablar de la mugre debajo de mis uñas. Estabas hablando de Imogen. ¿Tuvieron una discusión?

Su madre bebió otro largo trago de té mientras lo estudiaba por sobre la taza. Finalmente, apoyó la delicada taza sobre el platillo e hizo una seña a las sirvientas para que se fueran. Apenas cerraron la puerta, ella se inclinó hacia delante y dijo:

—Varias veces le he pedido a Imogen que mirara el futuro y me dijera que ve. ¿Sabes qué dice?

—No. —Ahora que Imogen se había propuesto pedirle que mantuviera la distancia, él sabía muy poco sobre lo que ella pensaba o sentía.

—Dice que habrá oscuridad. Y cuando la oscuridad disminuya, van a aparecer dos caminos frente a nuestro reino y no se sabe cuál se elegirá.

—Suena igual al tipo de tonterías místicas que solía decir el adivino Kheldin. Tú siempre estabas contenta con sus predicciones.

—Los videntes adivinan el futuro —dijo su madre bruscamente, al tiempo que empujó hacia atrás la silla y comenzó a caminar de un lado a otro de la alfombra amarilla—. Los adivinos tienen verdaderos poderes. ¿De qué otra manera explicas la habilidad del adivino Kheldin para cambiar la posición de los molinos a fin de que capturen perfectamente los vientos?

Se le vino a la mente la capacidad de observación de los Maestros de la Luz, así como también alrededor de una docena de otras explicaciones no místicas, pero Andreus se mordió la lengua. Su madre creía firmemente en los poderes mágicos de los adivinos, en su habilidad para llamar a los vientos, leer las estrellas y, por lo tanto, saber el futuro. A ella le encantaba hablarle sobre la leyenda de la raíz de Artis y sobre cómo había sido usada por siglos para poner a prueba a los adivinos. Si bien era una linda historia, a Andreus le costaba creer que alguien pudiera hablarle al viento y hacer que obedeciera, mucho menos vislumbrar el futuro al mirar fijamente el cielo por la noche.

Él solo creía en lo que podía ver con sus propios ojos.

Pero su madre tenía fe, en especial luego de la predicción que hizo el adivino Kheldin antes de que Andreus y Carys nacieran. Andreus había vivido toda su vida con miedo de que alguno de los cuatro miembros del Consejo que servían en aquel entonces recordara la predicción, hecha años antes de su nacimiento, e hiciera algo en su contra. Si alguno de esos miembros del Consejo compartía esa información, alguien más podía enterarse de su secreto. Si era condenado por ello, ¿qué pasaría? Andreus prefería no enterarse de qué tipo de oscuridad llegaría. Por lo tanto, fuera de los muros, se aseguraba de mantenerse fuera de la vista del Consejo. Así fue que comenzó a estudiar sobre los molinos. Y por suerte, el Consejo no era del tipo que se ejercitaba caminando en las almenas.

—Entonces, ¿Lady Imogen dio una mirada al futuro y no estás contenta con lo que vio? —preguntó—. Eso no parece ser un reclamo justo. Es similar a odiar el cielo porque a veces tiene nubes.

—No —regañó su madre y caminó hacia la mesa para servirse otra taza de té—. Me preocupa porque eso es *todo* lo que ha visto. Durante las últimas seis semanas, le he pedido una lectura y sigue repitiendo la misma visión una y otra vez. Odio decirlo, pero me da miedo de que la prometida de tu hermano sea un fraude.

Andreus esperó el próximo bombardeo de su madre, pero en lugar de continuar despotricando como solía hacer, se limitó a dar sorbos a su té como esperando que él hablara. Sobre qué, no tenía idea. ¿Se había perdido de algo? Luego de varios momentos largos bajo la mirada fija de los ojos oscuros de su madre, cambió de posición en el asiento.

—¿Es todo, Madre?

Ella apoyó la taza bruscamente.

—Claro que no. ¿No ves a lo que me refiero? El matrimonio de tu hermano pondrá en peligro a todo nuestro reino. Estamos en guerra. Si los vientos nos fallan y los Xhelozi atacan en los meses fríos, Eden estará enormemente debilitada y nuestros enemigos reunirán sus tropas y avanzarán. Con la falta de talento de Imogen, ni siquiera veremos venir la embestida hasta que ya estén en nuestras puertas. Depende de ti que hagas algo al respecto.

—¿De mí? —Se puso de pie empujando la silla hacia atrás—. ¿Qué quieres que haga? ¿Qué la eche de la Torre del Norte?

La manera en que ella se detuvo y pensó sobre ello antes de sacudir la cabeza hizo estremecer a Andreus.

—Claro que no —dijo—. Micah necesita entender que está cometiendo un error terrible al casarse con alguien tan débil. Hemos estado en guerra con Adderton por años; con la guardia luchando contra nuestros vecinos, ninguno puede exponerse a cazar a los Xhelozi. Ahora tenemos una adivina que no puede ayudarnos a emplear el poder que necesitamos para mantener alejadas a las bestias. Tu hermano debe cambiar de rumbo, antes de que sea demasiado tarde.

—Micah no me escuchará. —En los últimos meses, apenas había escuchado a su padre o al Consejo—. E incluso si lo hiciera, él no puede quitar del poder al adivino de Eden. Solo el rey tiene autoridad para ordenar la muerte del adivino y nombrar uno nuevo. —Cosa que Padre no haría porque quitar a Imogen equivaldría a admitir que se había cometido un error.

—Me malinterpretas, Andreus. —Madre atravesó lentamente la habitación y miró por la ventana la oscuridad a lo lejos—. No te estaba pidiendo que "hables" con tu hermano. Créeme, lo he intentado. No, quiero que le demuestres su falta de criterio de la manera en que solo *tú* puedes hacerlo.

Andreus frunció el ceño.

—No estoy seguro de lo que me estás pidiendo, Madre.

Su madre giró y lo enfrentó.

—No te estoy pidiendo esto como tu madre. Te lo estoy pidiendo como tu reina. Hasta que Micah regrese de los campos de batalla, quiero que pases todo el tiempo que sea posible con la bella Imogen. Dile que deseas oír su opinión sobre tus nuevos diseños o las adulaciones que creas que la halaguen más. Luego, usa esos dones que mis sirvientas dicen que has empleado con ellas con gran éxito. Convéncela de cometer un error que tu hermano no pueda perdonar.

—Madre, ¿no estarás sugiriendo...? —Pero lo estaba. Una simple mirada a su expresión lo dejó en claro. Estaba sugiriendo *exactamente* lo que sus palabras insinuaban. Su madre, su reina, le estaba indicando que llevara a la cama a la prometida de su hermano.

Con cuidado, puso las manos sobre la mesa y dijo:

—Creo, querida madre, que has bebido demasiado té.

Dio una mirada a Oben, al otro lado de la habitación, pero su rostro no tenía expresión. Luego de todos estos años de asistir a la reina, Oben se había vuelto experto en ocultar sus pensamientos.

Antes de que la situación empeorara, lo que era difícil de imaginar, Andreus dijo:

—Ahora voy a irme y voy a olvidar que hemos tenido esta conversación.

—No lo olvidarás —insistió ella, atravesando la habitación para quedar a su lado—. No puedes olvidarlo porque no te lo estoy pidiendo. Esto es una orden, y si esperas que el Consejo te permita continuar con el trabajo que tanto te gusta, la vas a cumplir. Y mientras lo haces, piensa en qué les ocurre a nuestros molinos si no hay vientos que los mantengan girando. Piensa en la guerra que tu padre nos tiene peleando sin un sexto sentido que guíe sus decisiones. A pesar de lo que pienses, necesitamos un adivino que pueda ayudar al reino a sobrevivir. —Su madre tomó su mano entre las de ella y lo miró con amor—. Tu hermana y yo hemos hecho tantos sacrificios por ti. Es hora de que pagues con un poco de tu propio sacrificio.

No, no podía hacer lo que le pedía.

Porque ya lo había hecho.

Con cuidado de que no se le reflejaran en la expresión los recuerdos de Imogen en el molino, beso a su madre en la mejilla y respondió:

—Si eso es todo, Madre, tengo una cita que cumplir.

Su madre suspiró.

—Bien. Pero volveremos a hablar pronto, y espero oír que has hecho lo que debes por el bien del reino.

Cuando él giró hacia la puerta, ella agregó:

—Te amo, lo sabes.

—Lo sé. —Sintió la misma punzada en el corazón que siempre sentía cuando ella decía esas palabras. Con todos los defectos que tenía su madre, ella lo amaba realmente. El hecho de que él aún estuviera en el castillo, a pesar de todos los presagios, lo probaba—. También te amo, Madre.

Ni bien Oben cerró las puertas detrás de él, Andreus se detuvo y se dejó caer sobre el muro.

Seducir a Imogen.

Nada le gustaría más. Esa noche había vuelto a su mente una y otra vez. El viento rugiendo en la noche. La mano suave de ella sobre la de él mientras le arrancaba una sonrisa única. Ese roce fue como fuego quemando el resto del mundo hasta que solo quedaron el golpeteo de las aspas, el ruido de los engranajes y ella.

Ella era una adivina. Una de las falacias que amenazaba su propia vida debido a predicciones inventadas. Apenas unos días antes, ella había aceptado casarse con su hermano.

Y a Andreus no le había importado.

Su boca.

Su piel.

Su voz tímida y su mirada baja que solo parecía tener vida cuando se paraba en las almenas y miraba al cielo. O a él.

Pero ella iba a casarse con Micah porque Micah la quería y lo que Micah quería, lo conseguía. Andreus había deseado odiar a la adivina el día en que ella le dijo que Micah le había pedido que no volviera a pasar tiempo a solas con él. Intentó odiarla. Pero cada vez que veía a Imogen sola sobre las almenas o encogiéndose ante las órdenes que le gritaba su hermano, sentía la misma punzada de deseo de tomarla en sus brazos y protegerla de cualquier mal.

Con la mirada de la reina puesta sobre ella, Imogen no aceptaría fácilmente. Si su madre no obtenía lo que quería de él, entonces usaría a otros. Tal vez ya lo había hecho. No le importaba.

No iba a involucrarse. Imogen era solo una niña. Y él tenía muchas de esas. ¿Acaso no había una esperándolo ahora mismo en los establos, lista para decir que sí a lo que él quisiera?

Andreus dio una última mirada a la puerta de doble hoja de la habitación de sus padres y se dirigió a las escaleras. Se lavaría, cambiaría y le llevaría a Mirabella un obsequio, así no se enojaría por la tardanza. Al eliminar el enojo…

Andreus se detuvo.

Las luces titilaron…

Y de pronto, todo se oscureció.

3

Carys tomó aire cuando las luces en la cima de la enorme escalera de piedra blanca titilaron una vez dos veces y luego se apagaron. Por un segundo, todo se quedó quieto. Luego, la gente comenzó a gritar.

Mientras giraba, miró hacia abajo, a la Ciudad de los Jardines, que se esparcía muy lejos de ella, y observó que el muro que la rodeaba también se sumergía en la oscuridad.

—Alteza, debe entrar al castillo —le gritó el más experimentado de sus dos guardias, mientras el otro se quedaba paralizado en la cima de las escaleras—. Debe ser un ataque. Tiene que irse.

¿Ataque? Miró de reojo en la penumbra mientras la gente gritaba. Ninguna campana sonó en señal de que el guardia había divisado un enemigo. Pero si los estaban atacando, ella debía encontrar a su hermano. Tenía que llegar a Andreus.

Ahora.

Como no había llevado sus estiletes con ella, Carys se volvió hacia el joven guardia que permanecía duro como piedra. Lo alcanzó y liberó el cuchillo que él llevaba en el cinturón.

—Su Alteza...

—Necesito esto. No le digas a nadie que lo tomé o te encontrarás al frente de la guerra sin nadie dispuesto a cuidarte la espalda.

—El cuchillo es suyo, Princesa. No le diré a nadie. Pero ¿no debería ir con usted y protegerla?

Ella dudaba de si el muchacho era capaz de derrotar una de las ardillas rayadas del establo, por no hablar de lo que fuera que le preocupaba que estuviera acechando en la oscuridad. Pero admiraba su compromiso con el deber, a pesar del miedo que tenía... a la oscuridad y a ella.

—Deberías unirte al resto de la guardia y revisar el estado del muro. Defiende la Ciudad de los Jardines como has jurado hacerlo y prometo que serás recompensado. —El muchacho la miró boquiabierto cuando ella dio la vuelta y, por sobre el hombro, le ordenó: —Vete. —Luego, levantándose la falda, corrió a través de las sombras que cubrían la entrada en forma de arco del castillo.

—Entre —alguien gritó, mientras Carys se metía a los empujones entre los miles que corrían hacia la entrada del castillo.

—Ay. —Se tropezó cuando algo le golpeó la pierna—. ¡Les ordeno que salgan de mi camino! —gritó. Al oír su voz, todos alrededor de ella se dispersaron, un claro beneficio de ser una paria. Se liberó de la multitud y se dirigió a las escaleras. Un muchacho con una antorcha estaba en el pasillo. Lo tomó del hombro, lo llevó a un rincón hacia abajo del salón, tomó la antorcha y dijo:

—Quédate aquí hasta que las luces vuelvan a encenderse. Si alguien te cuestiona, dile que estás cumpliendo órdenes de la Princesa Carys.

Luego, giró y atravesó corriendo los salones que nunca habían estado en esa oscuridad en todos sus años de vida. Incluso cuando algunas de las luces se apagaban en la ciudad, el castillo siempre continuaba alumbrando. Hoy no. ¿Por qué?

Andreus se estaría preguntando lo mismo. Estaría intentando solucionar el problema. Si podía llegar a las almenas, lo haría. Ahí es donde lo encontraría. El estrés y el esfuerzo excesivo podían desencadenar un ataque al que él no prestaría atención hasta que estuviera demasiado avanzado como para ocultarlo. Si eso pasaba, no importaría si todos los Xhelozi de las montañas llegaban a las puertas Estarían perdidos antes de que ellos dieran el primer golpe.

Carys corrió. Bajó hacia el hueco de la escalera que sabía que era utilizada por los Maestros de la Luz y la guardia. La escalera era empinada y angosta y estaba iluminada por antorchas titilantes. Se levantó la falda con la mano en la que tenía el cuchillo, sujetó con firmeza su propia antorcha y trepó.

Un tramo de escalones.

Dos.

Tres.

Cuatro.

Hasta que llegó a la entrada de las almenas y se paró en la oscuridad. A su derecha, hombres gritaban. Había más gritos frente a ella. Las antorchas ardían y titilaban en el viento que comenzaba a soplar en ráfagas más fuertes, a medida que ella se apuraba sobre la piedra en busca de su gemelo. ¿Dónde estaba? Puso la mano que sostenía el cuchillo hacia atrás, preparada para lanzarlo ante cualquier señal de peligro.

El viento le corrió la capucha de la capa. Hizo que sus cabellos le golpearan la cara mientras giraba y entrecerraba los ojos en la base del molino más cercano a ella. Continuaba vibrando contra el cielo. Burlándose de la oscuridad. Burlándose de ella.

Luego, la noche parpadeó y la luz en lo alto de la torre más alta comenzó a brillar. Un círculo blanco enorme, en contraste con el negro del cielo, dio luz más resplandeciente con el correr de los segundos.

Una proclamación de alegría salió de las almenas cuando las luces de los muros blancos comenzaron a parpadear, una a una. Carys dejó caer la antorcha y corrió apurada hacia donde podía ver por sobre los muros blancos. La ciudad ya no estaba en la oscuridad. Estaba a salvo. El castillo estaba seguro. Pero, ¿qué pasaba con su hermano?

Carys deslizó el cuchillo del guardia bien adentro del bolsillo de la capa, así nadie lo vería en la luz ahora radiante. El viento golpeó más fuerte y ella se dirigió deprisa hacia un grupo de hombres vestidos de gris y les gritó:

—¿Dónde está el Príncipe Andreus? ¿Lo han visto?

El primer grupo se inclinó sobresaltado mientras movían la cabeza. Pero un hombre mayor detrás de ellos señaló a varias siluetas que se acercaban. Tres de ellos vestían las sotanas grises de los Maestros. El otro tenía una capa a rayas que le resultaba familiar, de color amarillo, blanco y azul.

Dreus.

Y estaba sonriendo. Estaba bien.

Carys cerró los ojos, respiró profundo para estabilizarse, y luego avanzó. Cuando Andreus la reconoció, se separó de los Maestros de la Luz y atravesó la piedra blanca.

—Carys, ¿estás bien? —El cabello oscuro le flameaba alrededor de la cara. El viento comenzó a disminuir, luego se detuvo.

—Estoy bien. Solamente estaba preocupada por las luces. Vine aquí a ver qué estaba pasando. —Los hombres pasaron apurados con herramientas en las manos, ajustándose las capas y sotanas—. ¿*Tú* estás bien? —Tenía la cara roja por el frío, pero su respiración parecía normal. Carys no notaba los síntomas que normalmente indicaban que su hermano estaba teniendo un ataque. Aun así...

—Estoy bien —le aseguró él—. No tienes que preocuparte por mí.

Lo que era un alivio, considerando que había muchas otras cosas por las que preocuparse.

—¿Sabes por qué dejaron de funcionar las luces?

Andreus se acercó un poco más, luego miró a su alrededor antes de decir:

—Al parecer, alguien cortó deliberadamente una de las líneas del orbe.

—¿Cómo? ¿Por qué? —Incluso aquellos que se esforzaban por boicotear al rey nunca querrían dañar el sistema de energía eólica antes de los meses fríos.

—Lo hizo con un hacha, supongo, y no tengo idea del porqué. Pero quienquiera que lo haya hecho, sabía exactamente dónde cortar la línea para dejar sin energía a todo el castillo y a la Ciudad de los Jardines. Carys... —Los ojos de su hermano se entrecerraron—. Usaron el defecto en el sistema que le mencioné a Padre hace unos meses.

—¿El que te ordenó que no revelaras a nadie?

—Ese. —Andreus miró atrás a los Maestros que estaban ocupados revisando líneas y medidores, y un montón de otras cosas que Carys no terminaba de entender.

Ella sí entendía la orden de su padre. Y lo enojado que estaría si creía que Andreus había desobedecido deliberadamente.

La reunión familiar semanal que el padre insistía en realizar nunca era divertida. Él había comenzado las reuniones cuando Micah tenía ocho años a fin de asegurarse de que el príncipe heredero estuviese al tanto del alcance de los deberes del rey y preparado para la vida en el trono. La madre fue quien insistió para que Carys y Dreus fueran incluidos cuando cumplieron ocho años. El padre permitió su presencia, pero rara vez los involucraba en la discusión, razón por la cual Andreus, con el tiempo, había comenzado a llevar sus libros y planos de diseños para ayudarse a pasar el tiempo. Carys dudaba de que su hermano se hubiera dado cuenta de que había hablado en voz alta cuando dijo:

—Hay un defecto.

Pero su padre había escuchado.

—¿Estás interrumpiendo a tu rey?

—No, Padre... Su Majestad. Lo lamento. Solo me sorprendí por algo que vi en el plano del diseño de la energía eólica.

Carys contuvo la respiración cuando su padre puso atención a Andreus.

—¿Un defecto dijiste?

Los ojos de Dreus se iluminaron ante el interés de su padre. Rara vez el rey preguntaba sobre el trabajo que realizaba su gemelo con el viento.

Con entusiasmo, Andreus puso el plano frente a su padre y explicó el defecto que había encontrado. Un lugar en la línea que, si se cortaba, podía hacer que fallaran todas las otras líneas de la ciudad.

—Una vez que se lo mencione a los Maestros, estoy seguro de que podemos arreglar...

—No se lo mencionarás.

—Pero...

—No volverás a hablar de esto con nadie —ordenó su padre.

—Pero, Su Majestad... —Su hermano respiró profundo—. La seguridad del reino depende de las luces del muro.

—Y de la creencia en que las medidas que *hemos* tomado no tienen defectos. Tres cuartos de la guardia está peleando o ha muerto en la guerra con Adderton. Los Lores de los Siete Distritos han enviado nuevos reclutas, pero no están entrenados, y los Xhelozi están respirando más rápido que antes. Lo único que está evitando el pánico es la confianza en que las luces mantendrán alejada la oscuridad. Cualquier rumor de "defectos" va a destruir esa confianza y todo el control que tenemos sobre la ciudad va a desaparecer.

—Pero si lo arreglamos...

—Entonces, habrá rumores sobre "otros" defectos, problemas que aún no se descubrieron, ¡incompetencia! Los bastianos que quedan, sin duda, tienen gente aquí en la corte lista para propagar la desconfianza como reguero de pólvora. Con nuestra guardia consumida, solo están a la espera del momento indicado para volver a intentar recuperar el trono. ¡Y no será mi hijo quien les dé esa oportunidad! ¿A menos que él haya decidido tomar su legítimo lugar al mando de la guardia? En ese caso, llamaré a los Maestros de la Luz y discutiré este asunto con ellos ahora mismo.

Carys recordó lo que le costó a su hermano antes de sacudir la cabeza y decir:

—Prometo no volver a hablar de esto, Mi Rey.

—Andreus —dijo ella, observando cómo él ahora se rehusaba a mirarla—. No le dijiste a nadie sobre el defecto que encontraste. ¿No? —Como no respondió, lo tomó del brazo y le hundió los dedos—. Andreus. Mírame. ¿Le dijiste a alguien cuando el rey te había ordenado que no lo hicieras?

—No exactamente.

—¡Andreus! —Carys miró a su alrededor y vio no solo aprendices y Maestros de la Luz, sino también miembros de la corte y guardias caminando por las almenas. Personas que habían estado sumergidas en la oscuridad ahora estaban buscando satisfacer su curiosidad sobre lo que había ocurrido.

El sonido de los molinos tapaba mucho, pero ahora que el viento se había calmado, había mucho menos como para disimular una conversación al aire libre.

—Ven conmigo.

Carys simuló intentar correrse del camino de los trabajadores y llevó a Andreus más cerca de la base de la torre más próxima, así quedaban directamente debajo de un enorme molino. El ruido de engranajes y aspas vibrantes era más fuerte allí, y aún podían ser vistos. Esconder secretos a la vista de todos fue una de las primeras habilidades que había adquirido Carys al criarse en la corte.

Con la espalda hacia el muro y la mirada en aquellos que podrían escuchar, preguntó:

—Dime. ¿Cómo le dices algo "no exactamente" a alguien?

—No hice nada. —Andreus le sacó el brazo—. Esto no es mi culpa.

Lo que significaba que él creía que sí lo era. Conocía a su hermano. Podía ver la mentira en sus ojos.

—Dreus. Hay muchas cosas de las que no somos culpables, pero aun así debemos lidiar con ellas. —Si aún no había aprendido eso, tenían más problemas de los que ella sospechaba—. Como no le dijiste *exactamente* a alguien sobre el defecto, entonces ¿qué dijiste *exactamente*?

Él respiró profundo y miró hacia abajo, a la ciudad.

—Yo… hice preguntas. Sabía que llevarían a que los Maestros encontraran el defecto por su propia cuenta. Técnicamente, no desobedecí la orden de Su Majestad.

—¿Desde cuándo a Padre le importan los tecnicismos?

—Mira, había un problema grave. Quise ayudar a solucionarlo. ¿No es eso lo que la familia real debe hacer? ¿No se supone que nos ocupemos de la seguridad y el bienestar del pueblo que gobernamos? —Andreus no esperó a que ella respondiera—. Pensé que, si los Maestros de la Luz podían descubrirlo por ellos mismos y llevaban el asunto al Consejo de Élderes, se vería como cualquier otra acción para la que solicitaban permiso para aprobar. Y si están haciendo un montón de otras mejoras menores para prepararse para el invierno, nadie tendría motivos para murmurar sobre defectos en el diseño. Es por eso que los impulsé a realizar una prueba de la nueva conexión que he creado hoy.

—Hoy. —Trató de recordar los detalles del último diseño de su hermano. Algo sobre una nueva conexión que, de alguna manera, era mejor para transportar la energía eólica—. Pensé que los Maestros iban a esperar hasta que el rey regresara del campo de batalla para probar tu diseño.

—Iban a esperar, pero cuando Padre envió un mensajero para avisar que él y Micah estaban demorados, el Maestro Triden decidió que debíamos hacer una puesta a prueba. De esa manera, estaríamos listos para hacer los cambios en el sistema apenas Padre y el Consejo estuvieran de acuerdo.

El Consejo.

Con el rabillo del ojo, Carys divisó la característica capa azul con una V púrpura profunda del otro lado de las almenas. La V significaba virtud, y la fuerza era la virtud que representaba el distrito de Bisog. Ella no necesitaba ver la garra de hierro o la barba blanca en punta para saber que era el Jefe Élder Cestrum, haciendo preguntas a uno de los Maestros.

El Consejo. ¿Qué podrían tener que ver ellos en todo esto?

Andreus puso una mano en el brazo de ella. Sonrió y dijo:

—Mira, si estuviésemos hablando de la corte, quizás dudaría. Pero es el Maestro Triden y la Orden de la Luz. A ellos no les importa la conspiración y el engaño. Su única preocupación es que se acercan los meses fríos y deben asegurarse de que las luces no nos fallen cuando más las necesitemos.

—Pero hay otros que trabajan con los Maestros —argumentó Carys—. Herreros y tejedores y miles de aprendices, y no todos ellos coinciden con las sotanas grises. Esas personas deben querer algo.

Porque todos querían algo, y cuando alguien codiciaba algo lo suficiente, rara vez preguntaba el precio.

—Creo que los sueños oscuros que estuviste teniendo hacen que busques el peligro. Las luces funcionan ahora. Todo estará bien, Carys. —Su hermano intentó tranquilizarla cuando Élder Ulrich y su capa roja con corazones negros cosidos en los hombros, que representaban la caridad del distrito Derio, apareció en la entrada de la torre a la derecha. El cuero cabelludo sin cabellos casi brillaba en la oscuridad y su único ojo sano giró hacia Carys y Andreus. Un momento después, Élder Jacobs, quien a pesar de su voz tranquila y modesta nunca parecía ser lo suficientemente humilde como él deseaba que la gente creyera, apareció a su lado el cabello largo, oscuro y con trenzas, flameaba en el viento.

Ella pensó en el apagón de las luces, la prueba de Andreus y lo que dijo Larkin sobre la falta de energía abajo, e intentó ver tres casilleros más adelante en el tablero de ajedrez.

Andreus pensaba que ella buscaba conexiones debido a los sueños que no podía recordar, sueños que la habían dejado inquieta durante los últimos meses. Tal vez él tenía razón, pero Carys lo dudaba. Alguien estaba jugando un juego. La pregunta era quién, y hacia qué pieza del juego estaban apuntando. ¿Andreus? ¿Su padre? ¿O alguien más?

Lo tomó del brazo nuevamente y le preguntó con calma:

—¿Tuvo éxito la prueba que realizaste hoy?

Andreus sonrió, transformando sus apuestos rasgos en los de aquel niño con el que solía jugar a las escondidas.

—Así es. Los Maestros van a observar los engranajes y si todo sigue bien, reemplazarán el cable de las líneas a partir de la semana que viene. Y mientras lo hacen, pueden corregir el defecto de diseño que se ha descubierto ahora y que, claramente, nos hace vulnerables.

Carys frunció el ceño.

—Padre va a pensar que le tendiste una trampa. Va a creer que lo desafiaste, que lo hiciste ver débil, y que estás intentando ganar poder por ti mismo.

—Eso es ridículo —dijo Andreus. Aunque ella pudo ver, por la manera en que se entrecerraron los ojos de su hermano, que él sabía que no lo era—. Tú sabes que no puedo permitirme atraer la atención sobre mí.

—Yo lo sé, Dreus —dijo ella, al mismo tiempo que vio que el Jefe Élder Cestrum los miraba desde el otro lado del camino—. Pero otros no. ¿Le contaste a alguien sobre la prueba? ¿A alguna de tus *damas*?

—Mis *damas*, como las llamas, no tienen interés en hablar, hermana. Si lo tuvieran, yo me estaría equivocando y además… —Andreus frunció el ceño.

—¿Qué?

Se dio vuelta y miró al orbe hacia arriba, luego tomó a Carys del brazo y la llevó al interior de la torre. Si bien los muros la protegían del frío, Carys no podía quitarse el escalofrío que le corría por el cuerpo. Su hermano revisó la escalera y susurró:

—Bien. Hay una persona a la que le dije. La familia de Max solía decirle que los Xhelozi vienen en la oscuridad para llevarse a los niños deformes o enfermos. Yo le dije que los Xhelozi nunca vendrían por él. Pensé que por fin se sentiría a salvo si entendía cómo funcionaba todo. Max. El pequeño que Andreus había rescatado.

—¿Le contaste sobre la nueva conexión?

Andreus suspiró.

—Y sobre la prueba, luego de que preguntara cuándo comenzaría a usarla el castillo. Pero no le habrá dicho nada a nadie. Solo quise tranquilizarlo haciéndole saber que las luces siempre van a estar encendidas. El niño estaba asustado. Yo sé lo que es vivir con ese tipo de miedo.

—Yo sé que sí, Dreus. —Y muy bien—. Pero tienes que tener cuidado. Todo el mundo ha estado hablando del niño.

—Porque yo lo salvé.

—Dreus, el niño no entiende la vida en el castillo o los juegos que juega la corte. No sabe que una sola palabra inocente sobre ti puede traernos problemas. Tienes que averiguar si habló con alguien. Tenemos que saber quién está detrás de esto. Si Padre piensa que actuaste deliberadamente en su contra, te enviará a prestar servicio con la guardia.

Si eso ocurría, solo era cuestión de tiempo hasta que la desgracia de Andreus se diera a conocer, y a diferencia de otras veces, ella no podría distraer a todos antes de que se dieran cuenta de lo que estaba pasando.

—Hablaré con él. Es un niño curioso y es probable que ande husmeando por aquí, en algún lugar. —Andreus la miró y tomó su mano fría—. Deberías bajar al Salón de las Virtudes. Asegúrate de que todos sepan que no nos están atacando y que no es el fin del mundo. Te encontraré abajo ni bien tenga respuestas. Luego pensaremos en nuestro próximo paso.

—¿Próximo paso, Príncipe Andreus?

El Jefe Élder Cestrum estaba en la puerta. Carys sintió que se le cortaba la respiración mientras el élder los estudiaba detenidamente.

Sin sobresaltarse, su hermano dijo:

—En asegurar a todos que la ciudad está a salvo y que la casi inmediata reparación de las luces demuestra que estamos más que preparados para los meses fríos que nos esperan. Lo último que querría el rey es encontrarse con intranquilidad cuando regrese.

—Por eso, ahora voy a bajar para circular entre los miembros de la corte. Ellos necesitan saber que he visto trabajar a los Maestros de la Luz, que el viento está soplando fuerte, y que todo está como debe ser —dijo Carys. Sonrió al Jefe Élder y agregó—: ¿Le importaría acompañarme, señor? Como es el miembro más respetado del Consejo, su voz ayudará a mitigar los miedos que aún queden.

El Jefe Élder Cestrum dio un paso al frente y se acarició la punta de la barba blanca con la mano enguantada.

—Estaría feliz de acompañarla, Princesa, ya que seguro su hermano quiere hablar con los Maestros antes de entrar. —Giró hacia Andreus y sonrió—. Oí que tenemos que agradecerle por solucionar rápidamente el problema de esta noche. Puede que el rey no respete a aquellos que prefieren la inteligencia antes que la fuerza, pero el Consejo sí lo hace. Tiene el agradecimiento de los élderes, Príncipe Andreus.

Se inclinó ante su hermano, quien aprovechó la oportunidad para cruzar la puerta con un paso largo y volver al frío y al viento. Élder Cestrum miró a Carys y le tendió su brazo derecho.

—¿Vamos, Su Alteza? —Carys apoyó la mano sobre la garra de hierro y se levantó la falda con la otra mano, luego comenzó a bajar los escalones de piedra.

—Su hermano está manejando bien esta crisis —dijo Élder Cestrum con una pequeña sonrisa—. Igual que usted, Princesa. Tal vez, el rey y la reina han sido demasiado precavidos en involucrarlos a ambos en asuntos más serios del reino y la corte.

El frío de la garra de metal debajo de sus dedos la hacía temblar, cuando llegaron al descanso y continuaron hacia el próximo tramo de escalones. Carys eligió las palabras con cuidado, ya que intentaba descubrir qué quería Élder Cestrum.

—El rey tiene motivos para hacer las cosas que hace, mi lord.

—Sí. —Él la miró y asintió—. Sí que tiene motivos. Y buenos. Pero esos motivos, hasta donde sé, ya no existen. Por los rumores que escucho de la corte, usted ha superado su pequeña debilidad.

Pequeña debilidad. Tal vez, él pensaba que era amable de su parte hacerlo parecer tan insignificante. O quizás intentaba ver si ella admitía lo fuerte que un vicio la mantuvo bajo su férrea opresión. Incluso ahora, ella podía sentir que la apretaba.

—No puedo controlar los rumores de la corte ni la voluntad de mi rey, Lord Cestrum, lo que es bueno, ya que no tengo la más mínima intención de intentarlo.

—¿Y no le molesta, Princesa, que la consideren tan poco?

Ella rio.

—¿Es una broma, mi lord? Cuanto menos me involucro en la política del reino, menos tiempo pasan los líderes de los Siete Distritos y sus subordinados tratando de meterme en sus estúpidos planes para ganar poder. Si piensa que me importa que me tengan en consideración, ha juzgado mal a su acompañante.

Élder Cestrum le dio una mirada fría y calculadora antes de asentir.

—Es madura para su edad, Princesa.

—Como apenas acabo de cumplir diecisiete —argumentó, mientras llegaban al siguiente descanso—, yo diría que no es un logro significativo.

Élder Cestrum rio cuando llegaron al pasillo y se dirigieron hacia el Salón de las Virtudes, donde la corte estaría esperando novedades de lo que había ocurrido con la energía. Sin duda, ya se habían contado historias sobre los ataques de los Xhelozi. Al menos, esos eran rumores fáciles de eliminar. Si tan solo el resto de la telaraña que se estaba tejiendo esa noche fuera tan obvia como

Un gong resonó en los salones, y Carys y Élder Cestrum se detuvieron. Otro gong sonó, seguido de varios más.

—El rey ha vuelto —dijo Élder Cestrum, dirigiéndose al pasillo que ya estaba llenándose de personas apuradas para presenciar su llegada—. Vamos, Princesa. Saludemos a su padre.

Los miembros de la guardia formaron filas enfrente y detrás de Carys y el Jefe Élder, mientras ellos se movían por los corredores hacia el patio. Su padre habría visto que los edificios se habían oscurecido mientras se acercaba a la Ciudad de los Jardines. Querría respuestas a sus preguntas, y con poco tiempo para pensarlas, Carys cayó en la cuenta de que había una sola manera de explicar que alguien había encontrado el defecto en el sistema sin culpar a Andreus. *Ella* confesaría haberle dicho a alguien sobre el descubrimiento de su hermano y recibiría el castigo que su padre eligiera imponerle. Luego de años de ser castigada por su obstinación, falta de comprensión, o su lengua afilada, ella sabía que sería severo. Pero sobreviviría. Siempre lo había hecho y siempre lo haría, si eso mantenía a salvo el secreto de su hermano.

Mientras organizaba las palabras en su cabeza, se detuvo en el patio detrás de Élder Cestrum y caminó con pasos largos por el sendero de piedra blanca, iluminado con faroles, hacia la entrada del Palacio de los Vientos. Llegaron justo cuando un grupo de hombres subía los últimos escalones que llevaban al descanso del castillo. El sonido de los molinos vibraba. Los hombres avanzaban tambaleándose, por el cansancio del viaje y por los sacos sucios y pesados que cargaban.

Uno de ellos se arrodilló y dejó caer al suelo, frente a él, el saco que traía.

No. No era un saco.

Carys corrió hacia delante. Oyó que alguien gritaba su nombre. Unas manos trataron de detenerla, pero ella empujó al hombre que intentaba protegerla fuera de su camino. Nada podía esconder esta verdad. Nada podía esconder la tela con manchas de tierra que ahora se daba cuenta de que estaba bordada con el escudo de Eden.

Algo en su interior se quebró y se dejó caer sobre las rodillas. El estómago se le contrajo. Todo se estremeció cuando extendió los brazos y pasó por encima del cuerpo que había sido depositado en los escalones.

La inundaron los recuerdos. Una voz grave que le contaba historias sobre la Guerra del Conocimiento. Un hombre imponente en un trono de zafiro y oro. Manos que la calmaban cuando era pequeña y tenía miedo en el silencio del invierno, con terror de que los Xhelozi los lastimaran a todos. Ojos color ámbar, como los de ella, en los que algún día esperaba ver aprobación. Ojos que no volverían a abrirse.

Carys no podía respirar. No podía moverse. Las lágrimas le quemaban los ojos, la garganta. No podía llorar. No aquí. No ahora. No frente a todos. Su padre no permitiría ese tipo de debilidad. No perdonaría... No...

Pusieron algo en el suelo, al lado de su padre. Ella parpadeó para limpiarse los ojos y sintió que el muro que estaba conteniendo las lágrimas se desmoronaba cuando la luz que su gemelo había ayudado a reparar alumbró el rostro pálido y ensangrentado.

El viento le agitaba el cabello.

Las lágrimas corrieron por sus mejillas mientras ella tocaba la mano helada de su hermano mayor.

El orbe alumbró resplandeciente, pero la oscuridad había llegado a Eden, y Carys no sabía si había alguna luz que pudiera ahuyentar ese tipo de oscuridad.

4

A menos que estuviese metido en problemas por hablar de más mientras servía a las damas de la corte, el niño tenía que andar por ahí, en algún lado. Andreus inclinó la cabeza a un Maestro que estaba ordenando a los aprendices que dejaran las herramientas y se dirigieran hacia la parte de atrás de las almenas.

Comenzó a agacharse para entrar a la base a de uno de los molinos cuando oyó la voz de Max que lo llamaba:

—Príncipe Andreus, ¿lo vio? Todo en el castillo se puso oscuro y todas las damas comenzaron a gritar. Nadie sabía dónde encontrar velas ni que debían quedarse quietos para no chocar nada en la oscuridad.

No. Andreus dudaba que lo hicieran.

—Apuesto a que tú no te chocaste contra ningún muro al subir aquí.

Max enderezó los hombros mientras tiritaba debido a que el viento, una vez más, comenzaba a ganar fuerza.

—Ni una vez, Su Alteza. Y vine aquí porque eso es lo que usted me dijo que hiciera si alguna vez había un ataque y se apagaban las luces.

Andreus se había olvidado que le había dicho a Max que el lugar más seguro en un ataque sería las almenas. El muro blanco de cuatro pisos por encima de la planicie lo hacía el castillo más seguro de Eden y de cualquiera de los reinos más allá de las montañas o de las aguas.

—Oí a los aprendices decir que usted fue quien arregló las luces.

Andreus sonrió ante la admiración en los ojos del niño.

—Los Maestros también se ocuparon, pero sí —admitió—, yo descubrí el problema primero y resolví cómo reorganizar los cables para que las luces volvieran a encenderse.

—Lo sabía. ¿Cómo lo hizo en la oscuridad? ¿Usted...?

—Podemos hablar de eso en otro momento. —Andreus puso una mano en el hombro de Max y lo condujo hacia las escaleras que bajaban al castillo—. Ahora, voy a hacerte algunas preguntas mientras te acompaño a la cama.

Andreus apuró el paso cuando varios miembros de la guardia y algunos sirvientes se detuvieron y se inclinaron al verlo pasar. Si su hermana tenía razón en que no era una coincidencia que la prueba y el sabotaje de las luces ocurrieran el mismo día, no quería que nadie lo escuchara hablando sobre ello con Max.

—¿Hice algo malo? —Max levantó la vista hacia Andreus con miedo mientras llegaban al primer piso—. ¿Lady Yasmie...?

¿Qué tenía que ver el niño con Lady Yasmie? Lo que fuera, se ocuparía de ello más tarde.

—No. No hiciste nada malo —dijo, y notó que Max se esforzaba para seguirle el ritmo. Excelente. Ahora Andreus estaba asustando al niño basado en la paranoia de su hermana. Aminoró el paso y dijo—: Solo tengo algunas preguntas acerca de las personas con las que has hablado desde que viniste a vivir al castillo y si...

El estruendo de un gong sonó en el amplio pasillo. Cuando era pequeño, el llamado de los gongs lo llenaba de emoción. Ahora, hacía que le sudaran las manos y se le contrajera el estómago.

—Mi padre ha regresado.

—¿El Rey? —gritó Max—. Pensé que estaba demorado en los campos del sur. ¿Significa que ganamos la guerra?

—No hay que perder las esperanzas —dijo Andreus, aunque sabía que si se hubiese ganado la guerra, su padre habría enviado un mensajero por delante para asegurarse de que las tropas fueran recibidas con un banquete, música y festejos. Si tan solo... Eso habría sido suficiente para distraer a Padre, durante semanas, del resto de los asuntos del Salón de las Virtudes—. Vete a la cama. Con Padre y Micah de vuelta, todos estaremos más ocupados mañana. Hablaremos cuando todo se haya calmado.

—Está bien, Su Alteza —dijo Max con una reverencia torpe pero entusiasta. Luego se dio vuelta y salió corriendo por el pasillo hacia el sector de los sirvientes, y Andreus se apresuró hacia el patio que llevaba a las puertas del castillo para saludar a su padre y rey.

Seguramente, vio que las luces se apagaron cuando volvía. No se podría ocultar lo ocurrido. Lo mejor que podía esperar Andreus era que su padre estuviera conforme al ver que se había solucionado el problema, al menos hasta que Andreus descubriera quién estaba detrás del sabotaje y cuál había sido el motivo.

—Andreus. —La voz de su madre irrumpió detrás de él y giró para mirarla, envuelta en un manto color rojo oscuro, acercándose con pasos largos por el sendero blanco. La seguía en silencio el imponente Oben, siempre presente.

—Madre, no contaba con que vinieras, si no te habría esperado. —Desde que Andreus podía recordar, Padre siempre insistió con ser recibido cuando los gongs anunciaban su regreso, pero, hasta donde recordaba, Madre no había cumplido ese decreto ni una sola vez. En cambio, ella esperaba que Padre fuera a buscarla y le suplicara perdón por dejarla sola en el castillo durante su ausencia. Si ella realmente extrañaba al rey cuando no estaba, era discutible, pero no tan importante como la farsa que montaba cada vez que regresaba.

—El percance que tuvimos hoy con la energía no me deja otra opción más que defenderte a ti y a nuestra familia de la ira de tu padre.

—Yo puedo defenderme solo.

—Si así fuera, tu hermana tendría una vida muy diferente —lo corrigió ella—. Pero esta noche, me aseguraré de que todos vean a la familia real junta, unida y segura, aquí en nuestro reino.

Andreus entendió la orden detrás de esas palabras cuidadosamente elegidas. Si Micah o Padre hacían comentarios para provocar a Andreus o a Carys, él debía ayudar a su hermana a tomárselos a broma. Sin confrontaciones. Hoy no.

—Sí, Madre.

Ella frunció los labios y estudió a Andreus antes de tomarle el brazo.

—Me dijo Oben que fuiste clave para arreglar el orbe y las otras luces tan rápidamente.

—Los Maestros…

—*Tú* fuiste el héroe de la noche —dijo de manera brusca—. Los Maestros fallaron. Su sistema se averió debido a un error que *ellos* cometieron, y fue el príncipe quien identificó el problema y restauró la luz. Eso es lo que el Consejo va a anunciar a la ciudad mañana. Y para todos aquellos que escuchen, esa será la verdad. La gente hablará de cómo tu sabiduría hizo retroceder a la oscuridad. ¿Entiendes?

Nadie hablaría del sabotaje. Sería como si nunca hubiese pasado.

—Sí, pero los Maestros…

—Los Maestros conocen su lugar. Oben ya se ha asegurado de que todos fueran correctamente incentivados a mantener la boca cerrada y detener a cualquiera con el que no se haya negociado aún. Y mañana, les enseñarás lo que descubriste a fin de garantizar que este tipo de cosas no vuelvan a pasar nunca más.

Andreus se ajustó la capa mientras se acercaban a la puerta y el pueblo se agrupaba a su alrededor. Miles de ciudadanos de Eden aparecían, a menudo, para recibir al rey. Sin duda, ahora mismo estarían elogiando a Micah por la cantidad de soldados que había decapitado en el campo de batalla.

Andreus refunfuñó. La guerra era cruel, y la mayoría de las veces sin sentido, con lo poco que se lograba. Era tan fácil aplaudir y glorificar desde un lugar seguro. Dudaba que alguno de los aduladores de su padre aclamara tan fuerte si fuera enviado al frente.

Solo cuando se acercaron, Andreus se dio cuenta de que no había ovaciones ni explosiones de risas. Solo murmullos bajos detrás del sonido de los golpes del gong que anunciaban el regreso del rey.

La gente cerca de la puerta se apartó en silencio para darles paso cuando estuvieron más cerca. Ninguno podía mirarlo a los ojos. Sintió que su madre se tensaba a su lado cuando los gongs dejaron de sonar. Solo cuando vio a su hermana arrodillada en el suelo y divisó a su hermano y a su padre mirando a las estrellas con ojos ciegos, Andreus entendió por qué.

—¿Qué significa esto? —Su madre miró al Jefe Élder Cestrum, que se agarraba la capa con la garra de hierro.

—Lo lamento, mi reina —dijo Élder Cestrum, prolongando las sílabas de "lamento"—. Deberían habernos avisado antes para prevenirnos… para prevenirla a *usted* de que la tragedia nos ha golpeado.

Tragedia.

Las personas alrededor de Andreus murmuraban cuando él dio un paso al frente. Por un momento, no escuchó nada más que los latidos de su corazón. Ni a su madre, que señalaba a los cuerpos en el suelo. Ni al Jefe Élder Cestrum, que se había parado al lado de la reina. Ni a Élder Ulrich, que tenía el ojo sano apuntando a Andreus, mientras decía algo. Todo era silenciado por el golpe seco de su corazón, cada vez más rápido y más fuerte. Todo en su interior se puso tenso y dolía. No podía ser verdad. Quería darse vuelta y marcharse o, mejor aún, despertarse, porque esto, claramente, era una especie de pesadilla. Su padre y su hermano no podían estar muertos. Los reyes y príncipes no yacían en las piedras del palacio sucios, cortados y muertos.

Entonces, Carys giró y lo miró; sus ojos color ámbar brillaban mientras una lágrima le manchaba la mejilla.

Esa lágrima.

Su hermana nunca había llorado en público. Ni siquiera cuando se rompió el brazo a los siete años. Ni cuando su padre hizo que la azotaran por uno de sus arrebatos. Nunca. Ella quería, necesitaba, que el pueblo creyera que nunca podría quebrarse. Decía que las armaduras eran fuertes. Y ella creía que su trabajo era ser la *armadura* de Andreus.

Pero esa gota mostraba la verdad. Esa armadura se había roto. Y la mitad de la familia de ambos ya no estaba.

—¡No! —gritó una voz detrás de él. Todos se dieron vuelta, mientras Imogen, con la capucha de la capa púrpura cayéndose, se abrió paso entre la multitud—. No puede ser. —Se tambaleó hacia delante y se detuvo cuando vio el cuerpo de Micah—. Esto no debía pasar. —Se balanceaba mientras miraba fijamente el rostro manchado de tierra de Micah—. ¡Esto no debía pasar!

—Imogen. —Andreus dio un paso al frente y le puso una mano en el hombro; era la primera vez que la tocaba desde esa noche. Se dijo a sí mismo que tocarla era lo que le provocaba la sensación de cosquilleo en el brazo. Nada más—. Micah querría que fueras fuerte ahora.

Sacudió la cabeza y miró a Andreus. Los ojos negros flotaban en confusión.

—El Príncipe Heredero quería gobernar. Se suponía que yo estaría a su lado. Lo vi en las estrellas.

—No viste nada. —La madre de él escupió las palabras a Imogen y la adivina se encogió ante cada una de ellas—. Eres *inútil*, y gracias a tu debilidad, mi hijo está muerto.

Imogen se apartó de Andreus cuando su madre tiró del brazo que le sostenía Oben, que había aparecido a su lado para sujetarla. Caminó alrededor de Imogen con una mirada fulminante, luego atacó a los miembros de la Guardia Real, que se encontraban no muy lejos de donde yacían los cuerpos.

—¿Cómo ocurrió esto? ¿Cómo murieron mi esposo y mi hijo? —apuntando a la Guardia, se dirigió a Élder Cestrum y reclamó—: ¿Y por qué *estos hombres* que juraron por su propia vida defender a mi esposo y a mi hijo están vivos, mientras que su rey y el príncipe heredero fueron cazados como animales?

Andreus miró a los hombres que estaban en la cima de los escalones justo detrás de los cuerpos de su padre y su hermano. Cinco miembros de la guardia personal del rey. Cien hombres habían acompañado al rey a los campos de batalla junto con cincuenta más de la guardia de Micah y otros miles de soldados de infantería y caballeros. Los soldados de infantería y caballeros se habrían quedado para dar apoyo al esfuerzo bélico, pero los guardias personales habían vuelto con el rey y el príncipe heredero.

Ciento cincuenta hombres habían rodeado a su padre y a su hermano. Y, aun así, cayeron.

Los hombres cambiaron de lado y miraron hacia el Jefe Élder Cestrum y el resto de los Élderes que se encontraban detrás del líder del Consejo.

—Respondan a su reina —dijo Andreus. Cada palabra le costó más que la anterior. El cosquilleo en el brazo iba convirtiéndose en pinchazos fríos. El corazón le retumbaba aún más fuerte en los oídos. Carys se puso de pie y se acercó a él, observándolo con atención. ¿Ella sintió la tensión en su voz? La habrá sentido. Carys había estado cerca casi siempre que él había tenido un ataque. Ella conocía las señales tanto como él. Pero, a veces, los síntomas eran menores.

Este era menor. Tenía que serlo. No podía arriesgarse a que fuera de otra manera.

Carys se paró al lado de él, con el mentón hacia arriba. Ojos limpios y decididos. Su hermana era fuerte otra vez. Ya no había lágrimas cuando se puso a su lado, con la espalda derecha como una tabla.

—Sí —dijo el Jefe Élder Cestrum lo suficientemente fuerte como para que todos los que estaban cerca pudieran oírlo—. Cuéntenle a su reina, y a todos nosotros, por qué están aquí en lugar de estar muertos en los campos de batalla del sur.

Andreus intentaba respirar lento y profundo, pero la respiración solo salía corta y rápida. Hizo a un lado su preocupación, cuando el más alto de los guardias, con una barba tupida y oscura, y siete galones en cada hombro para indicar que era miembro de la fuerza élite del Rey, dio un paso al frente y se inclinó.

—Mi reina, es verdad que le fallamos a usted y a nuestro rey y al príncipe, pero no fue en los campos de batalla.

—Entonces, ¿dónde? —preguntó Carys, alejándose de Andreus—. ¿Dónde cayeron mi padre y mi hermano? Andreus se esforzó por concentrarse en las palabras del hombre y no en el rostro afligido de Imogen. Ni en la transpiración que le corría por la nuca y la espalda. Ni en el dolor que lo atravesaba con cada latido del corazón. Cada vez más fuerte.

—Fue una emboscada, Su Alteza. Al menos cien de ellos, en uniforme blanco y rojo, emergieron en manada de las tierras desoladas del Témpera. Para cuando nos dimos cuenta de lo que pasaba, el rey se había caído del caballo y alrededor de la mitad de nuestros hombres estaban muertos. La sorpresa fue una ventaja demasiado grande para poder vencerlos. Todos, menos nosotros cinco, cayeron ante las espadas cobardes de Adderton.

—Imposible —dijo Carys en voz tan baja que Andreus estaba seguro de haber sido el único que la oyó, bajo la ráfaga de viento que envolvía las capas alrededor de ellos. Pudo ver la manera en que ella observaba a los hombres que fallaron en traer a casa a su padre y a su hermano. Luego miró fijamente los cuerpos de su padre y su hermano y frunció el ceño. Había algo que ella veía y que él no. Intentó concentrarse en qué podía ser, pero el dolor estaba esparciéndose y era todo lo que podía hacer para no gritar.

—Los atacantes asesinaron al rey y al príncipe, ¿y resulta que quedaron ustedes cinco vivos? —Élder Ulrich dio un paso al frente y apuntó el ojo sano hacia ellos.

—*Ustedes* deberían haber muerto. —La voz de la madre de Andreus resonó como un látigo—. Su juramento y su honor demandaban que ustedes murieran defendiendo a su rey y a su príncipe. ¡*Ustedes* deberían haber muerto!

El hombre de la Guardia Real miró fijamente a la reina, luego tragó con dificultad y asintió.

—Yo estaba al frente de la Guardia cuando comenzó la batalla, mi reina. Yo quería morir defendiéndolos. Tenía la intención de morir. —Miró a Imogen, que estaba en silencio, triste y sola—. Cuando me derribaron, caí no muy lejos de donde yacía el Rey Ulron, sobre las hojas, sin vida. Quise levantarme y vengar su muerte, pero sabía que la batalla había terminado. La mayoría de los guardias estaban muertos. Y me di cuenta de que la única manera de vengar realmente la muerte de mi señor era asegurarme de que aquellos que ordenaron que nos atacaran fueran llevados ante la justicia. Fingí estar muerto para poder recuperar los cuerpos del rey y el príncipe y traerlos a casa a usted, mi reina.

El hombre de barba inclinó la cabeza. La madre de Andreus comenzó a temblar y Andreus apretó el puño mientras el dolor latía, crecía y le presionaba el pecho. Las rodillas se le debilitaron. La visión se le nubló, se aclaró, y volvió a nublarse.

No. Ahora no. Hoy no.

—¿A casa? —preguntó su madre, en voz baja—. ¿Usted salvó su vida para traer hombres muertos "a casa"? Su rey está muerto porque su Guardia Real olvidó cómo hacer su trabajo. —Su madre caminaba frente a los cuerpos como un lobo estudiando a su presa—. Hay un castigo por romper el juramento.

—Con certeza, mi reina —Élder Cestrum dio un paso al frente—, estos hombres han visto el horror. Pueden ser perdonados...

—Mi esposo, su Rey, está muerto. Mi hijo, el Príncipe Heredero, está muerto. No habrá perdón. Quiero sus cabezas.

La multitud alrededor de ellos suspiró y murmuró.

—Pero, mi señora —comenzó Élder Jacobs, estos hombres tienen información que es vital para...

Ella se volteó y miró fijamente a cada uno de los miembros del Consejo.

—No me importa lo que ellos puedan saber. El reino sabrá que un juramento a la virtuosa corona es el camino de la luz, y aquellos que rompan su juramento y caminen en la oscuridad, perecerán. Andreus será quien les muestre. Hagan lugar a la justicia del rey.

—El Príncipe Andreus no tiene su espada, mi reina —dijo el Jefe Élder Cestrum.

Él oyó su nombre y las palabras alrededor de él, pero las voces sonaban como si estuvieran debajo del agua. Débiles, como si el mundo comenzara a desvanecerse. La transpiración le corría por la espalda. El corazón... dolía. Dios, cómo dolía. No podía respirar.

—Carys. —La palabra sonó tensa y apenas audible. El dolor se esparcía más rápido. Más caliente. Los pinchazos de antes se habían extendido. Le apretaba el pecho. Era cada vez más difícil respirar.

—Que alguien le dé una espada a mi hijo —gritó su madre—. Él les mostrará lo que le ocurre a aquellos que no se mantienen fieles a Eden y a las siete virtudes.

Oyó el susurro del roce del metal al liberarse de la vaina. No. No había manera de que pudiera blandir una espada. No ahora. Su madre lo sabría, si prestara atención. Y ahora, todos estarían observándolo.

—Príncipe Andreus. —Él parpadeó cuando apareció un guardia, borroso, y le ofreció un sable enorme con ambas manos—. Mi espada es suya.

Le dolía todo. La visión se le nubló. El pulso de la sangre le rugía en los oídos cuando estiró el brazo para alcanzar la espada, más grande que la que había usado cuando no trabajaba con los Maestros.

—Hazlo. Por mí, hijo mío. —Oyó la orden de su madre. Las piernas lo amenazaban con desplomarse. Nunca podría levantar la espada. No en ese momento. No con el pecho apenas capaz de tomar aire, y las rodillas débiles y luchando para mantenerlo en pie. Pero, ¿qué opción tenía? Las luces estaban tan brillantes. El dolor de la maldición que sufría se clavaba profundo en su pecho.

Maldito.

El Consejo lo vería. Ellos recordarían la predicción que había hecho el último adivino. Creerían que Andreus no tenía ninguna virtud. Nada de luz. Pensarían que él era parte de la oscuridad.

Cerró los dedos, resbaladizos por la transpiración, sobre la empuñadura de hierro y se obligó a levantar la espada.

—No —gritó su hermana y tomó la empuñadura de la espada. Carys exageró haber empujado a Andreus, aunque apenas lo había rozado con la mano. Pero ese acto le permitió a él trastabillar hacia atrás y todos creyeron haber entendido por qué.

Aquellos reunidos en la puerta se quedaron sin aliento cuando su hermana tomó la empuñadura de la espada con ambas manos y la bajó frente a ella. El cabello se agitaba alrededor de su rostro cuando gritó:

—Estos hombres no morirán. No aquí. No hasta que yo haya oído todo acerca de cómo fueron asesinados mi padre y mi hermano.

—Esa no es su decisión, Princesa —dijo el Jefe Élder Cestrum.

Carys giró hacia él y dio un paso al frente con la espada en alto. Todos vieron a su hermana amenazar al líder del Consejo de Élderes.

—No dejaré que la sangre de estos inútiles manche el suelo donde yacen mi padre y mi hermano. ¿Y acaso el Rey y el Príncipe no valen más que la basura? ¿Por qué siguen tendidos en el suelo? ¿No les importa?

Andreus tambaleó un paso hacia atrás cuando su hermana, con la espada todavía frente a ella, avanzó hacia el Consejo. La multitud alrededor de él emitió sonidos de sorpresa y Andreus dio otro pequeño paso hacia atrás, luego otro, mientras buscaba a tientas el bolsillo de la capa donde se encontraba el remedio que llevaba consigo. Cerró los dedos alrededor del pequeño tubo negro que siempre lo acompañaba a todos lados. El remedio nunca podría curarlo. Nunca podría eliminar la maldición con la que había nacido y que, desde entonces, había ocultado cada día de su vida. Pero, ayudaba a aliviar los síntomas cuando un ataque se aproximaba. Solo esperaba que no fuera demasiado tarde para que hiciera efecto.

Sus dedos no estaban lo suficientemente fuertes como para sacar el tapón. Tenía que usar los dientes. Así que escupió la tapa de corcho a un lado y tragó la mezcla horrible, mientras su hermana se dirigía hacia su madre con la espada aún en alto.

—¿Te preocupa más la cabeza de estos hombres que tu propio rey e hijo? ¿Qué clase de reina eres?

El chasquido del golpe sobre la piel arrancó soplidos de todos los que estaban mirando. La cabeza de Carys giró bruscamente hacia atrás cuando la mano de su madre tuvo contacto con su objetivo. Carys miró a Andreus y su madre volvió a darle otro golpe en la cara.

Ella le estaba diciendo a él que se escondiera. Luego encontrarían una excusa para su desaparición. Ahora, no había opción.

—¿Cómo te atreves? —reclamó su madre, golpeándola de nuevo. Esta vez más fuerte. Carys apretó la mandíbula, pero no se movió—. Yo soy quien dirá lo que se va a hacer. Ellos morirán.

Andreus dio varios pasos más hacia atrás, dolorosos e inestables, hasta que finalmente llegó al muro de piedra y pudo usarlo para ayudarse a mantenerse de pie mientras se abría camino hacia un lugar despejado.

—No hay paz —gritó su madre—. No hasta que todos aquellos que hayan estado involucrados en el asesinato de mi hijo y mi esposo sean ejecutados. Todos. Ellos pagarán. Todos ellos pagarán.

Andreus iba sujetándose del muro a medida que los pasos se hacían más cortos. Observó a su madre hecha una furia a través de la puerta, seguida por Oben y varios miembros de la guardia del castillo. Temía que alguno de ellos girara y lo viera ahí, transpirado y tembloroso, apenas capaz de sostenerse. Pero ninguno lo hizo.

Bajo el rugido en sus oídos, Andreus oyó que Élder Cestrum ordenaba a los guardias quitarle la espada a Carys y dejarla bajo arresto. Ella pagaría por apuntar la espada hacia la reina.

Andreus quería defender a su hermana. Quería asegurarse de que no sería castigada por protegerlo. Pero, sabía que ella nunca lo perdonaría si se revelaba el secreto que ella había protegido todos estos años. No cuando ella había hecho un trabajo tan bueno al distraer a la corte y al Consejo, otra vez.

Sin aliento, obligó a sus piernas a moverse mientras usaba el muro como guía, hacia un rincón que estaba escondido detrás de varios arbustos altos. Pero se movía muy lento, y el mundo a su alrededor comenzaba a oscurecerse. Pudo oír pasos que se acercaban a la puerta. Las voces sonaban cada vez más fuerte a medida que él avanzaba dando tumbos hacia el lugar abierto. Los molinos se agitaban en lo alto.

Un paso.

Dos pasos.

Andreus llegó al sector despejado y cayó de rodillas cuando la presión se expandió en su interior. Respiró con dificultad y se desplomó hacia delante. Hubo otro destello de dolor. Luego, todo se oscureció.

5

Carys sujetó la pesada espada entre las manos mientras su madre le decía algo, discretamente, al Jefe Élder Cestrum. La reina luego fulminó con la mirada a Carys, con una ira que la dejó sin aliento, antes de dirigirse enojada hacia la puerta, escoltada por Oben y dos miembros de la guardia. La multitud se separó y se inclinó en reverencia para darle paso a la reina. Luego giraron y la siguieron con la mirada.

Carys se mantuvo firme y luchó para mantener la espada en alto. El miedo que había sentido por su hermano la había empujado a actuar. Le había dado la fuerza para no flaquear ante su madre, que debería haber entendido por qué Carys había hecho lo que hizo.

El día que Carys y Andreus nacieron, el adivino dijo que la reina daría a luz a dos niños el mismo día y a la misma hora. Uno sería puro de espíritu. El otro estaría maldito. El adivino Kheldin creía que, si al niño lleno de oscuridad se le permitía vivir una vida plena, la maldición nacida con él se propagaría por el reino y la luz de Eden se oscurecería para siempre.

Según Madre, ella y la partera hicieron todo lo posible para asegurarse de que nadie más que ellas dos supiera alguna vez que Andreus casi se muere o que, durante la primera semana, le costaba recobrar el aliento, en especial cuando lloraba. Temían que el Consejo de Élderes viera la maldición que predijo el adivino en el estado frágil de Andreus.

La partera desapareció del castillo una noche, dos días después del nacimiento. Fue encontrada muerta; la habían tirado del caballo mientras partía de la Ciudad de los Jardines. Madre dijo que había sido la ayuda de los Dioses para mantener a salvo a Andreus. Pero, la manera en que Madre miró a Oben cuando lo dijo dio a entender a Carys que los Dioses habían tenido poco que ver con el accidente. Su madre estaba decidida a hacer lo que fuera necesario para proteger a Andreus del daño que el Consejo, y otros, pudieran hacerle.

Cómo alguien podría creer que la condición de Andreus podía provocar que el reino cayera en la oscuridad, iba más allá de la comprensión de Carys. Pero la gente tenía fe en el poder de los adivinos.

Durante cientos de años, el pueblo de Eden fue alentado a creer en las visiones y predicciones de los adivinos que prometían mantener el reino a salvo. Todas las historias decían que fue un adivino quien predijo que el castillo y el reino caerían trecientos años antes. Y un adivino también vio la reconstrucción del reino; un monarca que creía profundamente en las siete virtudes; el orbe que, algún día, brillaría sobre el castillo; y la batalla sangrienta que llevó al abuelo de Carys al trono. La creencia en los poderes mágicos de los adivinos y las fuerzas más allá de lo normal era sagrada. Tan sagrados como honrar a los vientos.

Los reyes siempre habían tenido un adivino que los aconsejara, porque el pueblo creía en las visiones que llegaban de los Dioses. Creían en ellas con una devoción que asustaba a Carys. Ella sabía que, algún día, esa firme convicción en los adivinos podía tornarse en contra de su hermano y llevarlo a la muerte.

Pero hoy, no. Por la manera en que todos se quedaron mirando, ella sabía que, mañana, todo el castillo y la Ciudad de los Jardines estarían hablando de ella y de la espada que ahora empuñaba.

Cambió de lado la pesada espada. Sentía los brazos cada vez más cansados. El miedo que la había impulsado a actuar era reemplazado, rápidamente, por la tristeza y la conmoción que había hecho a un lado. Aun así, continuó manteniendo la espada y miró fijo al Consejo, para darle unos últimos segundos a su hermano. Luego, mirando los cuerpos de su padre y su hermano, Carys dejó caer la espada.

El metal retumbó en las piedras blancas. El guardia alto que la había cedido, la tomó rápidamente del suelo con una sola mano. Y el Consejo, liderado por el Jefe Élder Cestrum, se movió hacia ella.

—Les pido disculpas por mi arrebato, mis señores —dijo, levantando el mentón de la manera en que siempre lo hacía su madre—. Pero me alegra que estén de acuerdo con que estos miembros que quedan de la Guardia Real sean interrogados. Quiero que quien sea que esté detrás de esta masacre de mi familia sea castigado.

Era la verdad. No toda la verdad, pero todo lo que podía decir con absoluta convicción. Su padre estaba muerto. Su hermano mayor, cortado. Quería vengarse de aquellos que les habían quitado la vida. Asesinar a aquellos que trataron de defenderlos tenía poco sentido para ella. Con o sin juramento.

—Mi madre está fuera de sí por el dolor —continuó—. No debemos actuar precipitadamente ni dejarnos llevar por la ira.

Élder Cestrum frunció los labios finos mientras se arreglaba el pelo blanco del mentón.

—Capitán Monteros —llamó.

El capitán de la guardia del castillo, de toda la vida, dio un paso al frente.

—Agarre a estos miembros de la Guardia Real y mándelos a la Torre del Norte. Y haga que sus hombres lleven los cuerpos del Rey Ulron y el Príncipe Micah a la capilla. Enviaremos a las mujeres para que los preparen para el funeral.

El Capitán Monteros se inclinó ligeramente y dijo:

—Sí, mi lord.

Dio una mirada a varios de sus hombres, quienes inmediatamente pusieron bajo arresto a los sobrevivientes de la Guardia Real. El guardia que explicó por qué ellos seguían vivos la miró, luego miró a Élder Ulrich, y volvió a mirarla y, cuando pasó, le sostuvo la mirada con una intensidad feroz, como si intentara decirle algo.

—Princesa Carys. —El Jefe Élder Cestrum se dirigió a ella, y ella sabía lo que se venía antes de que él lo pronunciara. Así como sabía lo que iba a pasar cuando tomó la espada. Ya había pasado por eso antes; aunque habían pasado años desde la última vez.

Élder Cestrum hizo una reverencia y le explicó:

—Usted va a ser reprendida por atentar contra la vida de su madre y desafiar la voluntad de la reina. Sin embargo, el Consejo ha decidido que, en deferencia a su dolor, se le dará la opción de someterse a su castigo ahora o esperar hasta mañana cuando haya tenido oportunidad de asimilar su pérdida.

—Iré ahora —dijo ella. Por más que quisiera ver cómo estaba su hermano, era poco lo que ella podía hacer por él. Que la castigaran esta noche mantendría la atención sobre ella en lugar de permitir que la gente especulara sobre la ausencia de Andreus.

—¿Está segura, Su Alteza? —preguntó Élder Ulrich, mientras varios guardias levantaban los cuerpos de su padre y su hermano del suelo y comenzaban a trasladarlos al interior del castillo.

Todo en su interior se detuvo por un segundo. Las lágrimas comenzaron a formarse con el recuerdo tangible de su pérdida, que le abría una herida en el corazón.

Cuando los cuerpos desaparecieron detrás de la puerta, volvió a dirigirse a Élder Ulrich.

—Ya estoy sufriendo, mi lord. —Ella se centró en el único ojo azul que la observaba con gran preocupación y en la hendidura de la cicatriz blanca imperfecta del otro, que nunca se podría cerrar ni tampoco podría volver a ver—. Nada más terrible podría pasarme en el día de hoy.

Élder Ulrich suspiró.

—Como quiera, Princesa.

—¡Guardias! —El Jefe Élder Cestrum golpeó las manos. Dos miembros de la guardia aparecieron a su lado—. Por favor, escolten a la Princesa Carys a la Torre del Norte. El Capitán Monteros los encontrará allí apenas pueda, así todos podremos dejar atrás esta parte de la noche.

Como si eso, alguna vez, fuera posible.

—Muy bien. —No esperó a los guardias para atravesar la multitud de miembros de la corte que continuaban observando el drama. Algunos sonrieron con satisfacción cuando ella pasó. Otros susurraron entre ellos; sin duda, en otros tiempos, ella habría pedido a gritos que su madre fuera a socorrerla. Después de todo, Carys había hecho lo que su madre le indicó. Había ayudado a su hermano.

La distracción fue siempre una buena solución. Las primeras veces, cuando había tirado la sopa en el regazo de Lord Nigel, o cuando hizo zancadillas al mejor amigo de Micah, Garret, y él se cayó de cabeza en una fuente, la gente se había reído y había echado la culpa a su corta edad. Cuando cumplió doce años, su padre dijo que no podía esperar que los Lores de Eden, o cualquiera de los súbditos, acataran las virtudes del reino si su propia hija no lo hacía.

—Evidentemente, necesitas una lección que te sirva de recordatorio de lo que ocurre cuando reniegas de la luz. Esto no es por maldad sino por amor.

Amor.

¿Era amor insistir en hacer azotar a tu hija mientras dos miembros de la Guardia Real la sostenían?

Sí. De una manera extraña, lo era. El mundo era más seguro si la gente creía que la justicia era la misma para aquellos que ocupaban el poder que para los que no lo tenían. Fue una lección que su padre quiso que ella aprendiera. Él esperaba que luego de esa primera ocasión, ella no volviera a ser azotada.

—Lo lamento, Padre —susurró cuando llegaron a la entrada de la Torre del Norte. El más delgado de los dos guardias abrió torpemente la puerta, luego se hizo a un lado para dejarla pasar primero.

Antorchas iluminaban el interior de la torre. El reino no gastaba la energía que necesitaba para la seguridad de los muros en aquellos que habían renegado de la luz. El primer piso era usado para interrogatorios y era donde el Consejo de Élderes llevaba adelante los juicios para ladrones comunes, cazadores furtivos y aquellos que no habían pagado los impuestos. Carys se sentó en una de las sillas usadas por el Consejo y observó cómo cambiaban las sombras proyectadas por las antorchas en los muros de piedra. Los dos guardias se quedaron en la puerta, ninguno dispuesto a mirarla.

Ella entrelazaba y soltaba las manos. Luego, las frotó en el regazo cuando se le contrajo el estómago. Los segundos no pasaban más y ella miraba la puerta, esperando que llegara el Capitán Monteros e infligiera el castigo. Todo su interior estaba intranquilo y ella pensó en la botella de las Lágrimas de Medianoche que había dejado en su habitación. No había pensado en que su visita a la ciudad le llevaría tanto tiempo, así que no la había traído con ella. Pero, habían pasado horas desde que había tomado el sorbo, tan necesario, de la bebida que le había dado su madre luego de la primera vez que la habían traído a esta habitación espantosamente cruel. Si tan solo esta torre hubiera sido arrasada por el túnel de viento que los golpeó años atrás, en lugar de la torre del sur.

Pero, a diferencia de los hombres en las celdas escaleras arriba, ella había elegido venir aquí al defender a Andreus. Y se iría, una vez que le dieran el castigo.

Sentía tirones en los músculos de las piernas y le dio un calambre en el estómago. ¿Nervios? ¿Necesidad? ¿Ambos?

Se puso de pie y dio una mirada a la habitación; se sentía como si estuviera por salirse de sí misma. Las paredes parecían acercarse cada vez más. Necesitaba moverse.

Localizó las escaleras y dijo:

—Voy a subir a hablar con los hombres de mi padre. Avísenme cuando llegue el Capitán Monteros. —Los dos guardias se miraron entre ellos y Carys comenzó a subir los escalones antes de que pudieran debatir si se suponía que ella permaneciera en el primer piso.

El primer piso olía a tela húmeda, a tierra y a moho. Eso era malo. El piso de arriba era peor. Transpiración. Orina. Heno podrido.

—¿Dónde están los hombres de mi padre? —preguntó a los guardias que custodiaban los escalones.

—Están en las celdas del próximo piso, Su Alteza —le informó un guardia de cabello gris—. El resto de los prisioneros de ese piso fueron trasladados para mantenerlos aislados.

Sin dar importancia a la manera en que le temblaban los dedos cuando se levantó la falda, Carys giró y trepó las escaleras. El olor a podrido se hacía más fuerte a medida que subía y, peor aún, cuando tomó una antorcha de la escalera y caminó por el pasillo pegado a las celdas. Cada celda tenía una puerta gruesa de madera con una ventana hecha de barrotes de acero. Las primeras dos celdas estaban vacías, pero una cara le devolvió la mirada cuando se acercó a la tercera.

—Su Alteza —dijo el hombre al ponerse de pie y dirigirse a la puerta. A la luz de la antorcha, Carys vio al hombre que habló por los cinco, en la entrada del castillo—. Su padre no querría que estuviese aquí.

—Hay muchas cosas que han ocurrido hoy que mi padre no quería —respondió—. Deseo saber por qué.

—Le dije por qué.

No todo. Porque ella había visto a su padre de cerca y, cuando la conmoción inicial desapareció, ella pudo ver con claridad lo que había matado al rey.

—Ambos sabemos que usted mintió —susurró ella.

—No mentí, Su Alteza. —El guardia acercó la cara a los barrotes—. Fue una emboscada.

—El rey y el príncipe heredero siempre viajan en el centro de la Guardia Real.

—Sí, Su Alteza.

—¿Y allí estaban cuando apareció la emboscada?

—Sí, Su Alteza.

—Si mi padre estaba rodeado por la Guardia, ¿cómo es posible que no haya tenido oportunidad de tomar la espada y fuera atacado por detrás?

Lo primero era una suposición. Lo segundo era más que eso. El daño a la túnica de cuero y la rasgadura manchada de sangre en la parte de atrás del manto eran pruebas suficientes para su teoría. Pero, al ver al hombre encogerse de miedo detrás de los barrotes de la celda, confirmó del todo que era verdad.

Su padre había sido atacado en el medio de un grupo de hombres que, se suponía, debían defenderlo. La única explicación para que no haya desenvainado el arma y luchado contra el enemigo era que el ataque fuera directamente desde atrás. De sus propios hombres.

—¿Por qué? —susurró ella.

El hombre miró en dirección al crujido que venía de las celdas de más abajo.

—Su Alteza, usted no quiere que la gente sepa que estuvo aquí.

—¿Qué gente? —El sonido de botas contra la piedra resonaba en el pasillo. Alguien venía. Carys se acercó a la puerta de la celda, sujetó fuerte la antorcha en la mano, y siseó—: Te ayudaré a escapar. Si me dices la verdad, te daré la vida. Encontraré una manera de sacarte a ti y a los otros de aquí.

No tenía ni idea de cómo hacerlo, pero eso era menos importante que saber si había alguien más detrás de la muerte de su padre y su hermano. Si el resto de la familia podía estar amenazada. Si ella podía estar en peligro.

De reojo, vio al guardia con pecas en la cara aparecer en las escaleras.

—El Capitán Monteros está en camino, Su Alteza. Esperará encontrarla abajo.

—Entonces, allí es donde me encontrará —dijo, mirando atrás a la ventana con barrotes de hierro. La cara del hombre había vuelto a desaparecer en las sombras. Pero, ella regresaría luego.

Volvió a poner en su lugar la antorcha que había tomado y alcanzó los últimos escalones, momentos antes de que la puerta de la Torre del Norte se abriera de repente y apareciera el Capitán Monteros. Carys no esperó sus instrucciones. En cambio, caminó hacia el área que los guardias usaban para interrogar a los prisioneros y se desató la capa. No demostraría miedo. No lloraría. Su madre le había dicho que, a fin de proteger a su gemelo, Carys debía ser el vivo ejemplo de la virtud de la fortaleza. Era en esos momentos en los que Carys sabía que su madre tenía razón.

Necesitaba fortaleza para desabrocharse la parte de atrás del vestido sin dejar que el capitán viera que le temblaban las manos. Necesitaba gran determinación para correr la tela y dejar a la vista la espalda, mientras se apoyaba con presión contra la pared.

—Tal vez, usted debería hablar con la reina —dijo el Capitán Monteros desde atrás—. Explicarle que estaba molesta por la muerte de su padre y de su hermano. Estoy seguro de que ella reconsiderará este castigo.

Si tan solo pudiera ser verdad. Pero no había pasado antes y no sería diferente hoy. Si ella lo intentaba, su madre, probablemente, no escucharía cuando le explicara sobre los guardias del rey en las celdas de arriba y la verdad que, estaba segura, aún tenían para contar.

Carys miró sobre el hombro. Si bien ella era tan alta como su hermano, el Capitán Monteros era mucho más alto que ella. Y más fuerte.

—Cuanto antes comience, Capitán, antes terminaremos con esto.

—Si está segura, Alteza. El Consejo ha determinado que serán tres golpes. —Levantó una correa ancha de cuero.

Carys rio.

—Están *piadosos*. Haga lo mejor que pueda para ser rápido.

Mantuvo los ojos abiertos, aunque no podía ver nada con la cara apretada contra la piedra. Cerrarlos implicaba debilidad. Las piernas le temblaban. El estómago le daba vueltas. Exhaló para aflojar los músculos porque era peor si estaba tensa. Pero no pudo evitar encogerse al oír el silbido del cuero que atravesaba el aire, y luego...

Dolor.

Dejó caer la parte de adelante del vestido y agarró las manijas que tenía a cada lado de la cabeza para evitar desplomarse, mientras el sufrimiento le arrancaba la fortaleza desde abajo. El corazón le palpitaba. Un gemido se le atascó en la garganta y respiró hondo cuando el silbido de la correa volvió a aparecer, provocando ardor al agrietarle la parte baja de la espalda.

Aferró los dedos a las manijas. Tensó la mandíbula, rehusándose a emitir algún sonido, cuando todo lo que quería hacer era llorar por el dolor punzante.

Uno más. Ella sobreviviría a uno más

Tomó aire, se soltó, y se deslizó por la pared hasta el piso húmedo con los ojos llenos de lágrimas. Se había terminado.

No estuvo tan mal, se dijo a sí misma mientras el dolor la quemaba y se agudizaba.

—Se terminó, Princesa —susurró el Capitán Monteros. Luego, levantó la voz para que todos oyeran—. Se ha cumplido su penitencia. Se han restaurado las siete virtudes.

Carys maldijo por lo bajo. Las virtudes podían irse al infierno.

El viento penetrante fue bienvenido cuando, con rigidez, ella salió de la torre. Aire frío sobre la piel caliente y dolorida. El dolor era más leve ahora que habían pasado unos minutos. Todavía terrible, pero soportable. Era increíble lo que una persona podía tolerar.

El guardia con pecas en la cara apareció a su lado.

—Me gustaría estar sola —dijo.

El joven guardia bajó la mirada hacia las botas.

—El Capitán Monteros me dijo que la escolte a su habitación, Su Alteza.

—Bueno, tenemos un problema —dijo ella, haciendo un gesto de dolor al comenzar a caminar— porque no voy a mi habitación. —Había dos cosas que tenía que hacer primero.

Cerró las manos en puños y, con cada paso, hundía más profundo las uñas en las palmas para evitar rendirse ante el dolor. El frío calmaba el calor de las heridas, pero luego de los primeros momentos reconfortantes, la hacía acurrucarse dentro de la capa para intentar detener el escalofrío. Con cada temblor del cuerpo, ella tensaba más fuerte los dientes mientras atravesaba el patio e ingresaba al castillo. El guardia con pecas la seguía.

Las luces resplandecían en los salones y ella se obligó a caminar como la princesa que era a lo largo del castillo hasta la capilla. En el interior del gran espacio en forma de bóveda, lleno de bancos y estatuas que representaban cada una de las siete virtudes, brillaban cientos de velas titilantes, símbolos de la época anterior a que las virtudes se convirtieran en el principio guía del reino.

Al frente, como lo esperaba, las siluetas de dos cuerpos yacían en bancos de piedra blanca.

—Discúlpeme, Su Alteza. —Élder Jacobs se levantó de un banco en las sombras, cerca del fondo de la capilla, haciendo saltar a Carys ante el movimiento repentino—. No quise asustarla. Con la conmoción de más temprano en las puertas, no tuve la oportunidad de darle mis condolencias por su pérdida.

—Se lo agradezco, mi lord, pero estoy aquí para hacer el luto y pedir…

—También lamento no haber podido intervenir por usted. —Su piel oscura se mezclaba con las sombras, pero sus ojos reflejaban la luz de las velas, lo que hacía que parecieran brillar mientras caminaba lentamente hacia Carys. Mientras se movía, la larga trenza se ondulaba, como si tuviese vida propia—. Fue una vergüenza que tuviese que soportar más dolor en una noche llena de tanta tristeza. La Torre del Norte es un lugar que una princesa del reino jamás debiera pisar.

—Por si no lo ha notado, Élder Jacobs —dijo Carys—, no soy el tipo de princesa que se desmaya. Una visita a la Torre del Norte no es placentera, pero no me mató.

—Me alegro. Pero, debe tener cuidado, Princesa Carys. Que una polilla vuele cerca de una llama y viva no significa que la próxima vez no se prenderá fuego. —Apuntó, con un dedo oscuro y largo hacia abajo, a una polilla gris que estaba en el suelo—. Estos son tiempos peligrosos. Le dije lo mismo a su hermano, hace unos minutos.

—¿Andreus estuvo aquí?

Élder Jacobs asintió y un destello de alivio hizo a un lado algunos de los dolores de Carys. El ataque había pasado. Su estrategia había funcionado.

—Y también Lady Imogen. Presentaron sus respetos a su padre y su hermano y se fueron juntos, no hace mucho.

—Ya veo. Ahora, si no le importa, mi lord —dijo Carys, intentando mantenerse calmada mientras los dolores y las pulsaciones aumentaban—, me gustaría estar sola con mi padre y mi hermano, así yo también puedo presentar mis respetos.

—Por supuesto, Princesa —dijo él con suavidad. Luego, con una reverencia perfectamente ejecutada, Élder Jacobs se dirigió a la puerta. Cuando llegó a la entrada en forma de arco, se dio vuelta y la miró, luego desapareció, con la trenza fina y oscura deslizándose detrás de él.

Por un momento, Carys se quedó mirando la entrada, preguntándose el significado retorcido entre las palabras de Élder Jacobs. Siempre jugaba el papel de "mediador": negociaba acuerdos entre el Consejo y el Rey, o entre el Rey y los Grandes Lores de los Siete Virtuosos Distritos. Pero rara vez, sus mediaciones generaban algo más que decepción y desacuerdo. ¿Qué desacuerdo estaba tratando de generar ahora?

Sin respuesta a esa pregunta, Carys volvió a mirar al frente de la capilla. Sintió el corazón tenso al caminar hacia el pasillo central. Cientos de llamas titilantes fueron acomodadas sobre y alrededor del banco de piedra blanca en el que depositaron el cuerpo de su padre. El resplandor suave de las velas iluminaba su rostro. Incluso muerto, era apuesto, con el cabello y la barba de color dorado que alguien había lavado y peinado, así se parecía más a él mismo. Solo ahora, estaba tranquilo. Y pálido. Ahora que se habían limpiado las manchas de sangre y tierra, era obvio que el hombre que ella siempre había creído imbatible, ya no estaba.

Carys extendió el brazo para tocarle la mejilla, como lo hacía cuando era muy pequeña y aún se le permitía subirse a su regazo.

Hielo.

Y a pesar de la ropa nueva con la que lo habían vestido y la túnica de ceremonia acomodada sobre los hombros, él nunca volvería a estar tibio. Se estremeció. Quizás ella tampoco lo estaría. No después de hoy.

Oyó que el joven guardia se movía en el fondo de la capilla cuando caminó los tres metros que había entre su padre y su hermano.

Micah.

El próximo Protector de las Virtudes. Guardián de la Luz. Gobernante de Eden.

Para ella, él siempre se había visto como una versión más joven de su padre, sin la barba. Quizás, era por eso que siempre estaban en desacuerdo en los últimos años. Ambos eran líderes. A ninguno le gustaba ceder ante nada. Ahora, alguien los había obligado, a los dos, a hacer exactamente eso. La pregunta era ¿quién? ¿Fue realmente el Reino de Adderton o alguien más había dispuesto que los asesinaran?

Carys se moría de ganas de apoyar la cabeza en el hombro de Andreus y llorar. Por él. Por ella. Por el dolor que le pasaba como un rayo por la espalda y, lentamente, le carcomía el corazón. El estómago le dio vueltas. Las manos le temblaron, otra vez, cuando desató la túnica de color azul oscuro con la que habían vestido a su hermano. Intentó no mirarle el rostro mientras lo hacía; aunque no pudo.

Micah nunca la defendió. Con frecuencia, él quería que la castigaran más severamente por sus acciones. Afirmaba que ella avergonzaba a la corona. Pero siempre iba a su puerta a llevarle dulces o una palabra amable cuando el castigo terminaba.

Carys corrió la túnica y observó el pecho musculoso cubierto de vellos de su hermano. Igual que en el cuerpo de su padre, había una sola herida. Un cuchillo había entrado por la base de la garganta. Un lugar que no cubría la malla metálica que usaba. Carys comenzó a darlo vuelta y, esta vez, no pudo evitar que un gemido de dolor se le escapara de los labios y que las lágrimas le quemaran el fondo de los ojos.

—Permítame, Alteza.

No había oído que el joven guardia se había acercado y comenzó a ordenarle que se retirara, pero no pudo. Si hablaba, lloraría. Y no estaba segura de si sería capaz de detenerse.

Asintió y le permitió que la ayudara a girar el cuerpo de su hermano.

Tenía cicatrices, de hacía años, a lo largo de la espalda. Un tajo de color rosa, prácticamente cicatrizado, decoraba su hombro. Un recuerdo de sus esfuerzos en el campo de batalla al sur, supuso ella. Pero la perforación del cuchillo en la garganta era el único corte reciente. Tomó cada una de sus manos entre las de ella y las dio vuelta, una a la vez. Callosidades. Las uñas cortadas casi hasta la raíz. Pero sin cortes ni rasguños.

Micah, que entrenaba durante horas todos los días con su guardia, para ser siempre mejor y más fuerte que sus enemigos en el campo, había sido derribado sin indicios de haberse defendido a sí mismo. Tal vez, uno de ellos fue tomado por sorpresa durante el ataque, pero ¿los dos, su padre *y Micah*?

Parecía imposible.

El guardia del rey había mentido. Tal vez, los soldados de Adderton los habían emboscado, pero la historia no terminaba ahí. Y ella averiguaría como seguía.

—Gira al príncipe sobre la espalda.

El guardia hizo lo que le ordenó, luego comenzó a vestirlo.

—Yo puedo hacerlo —dijo con calma—. Necesito hacerlo.

Con los dedos temblorosos, le costó mantener la túnica recta y ajustarla. El guardia estuvo a su lado todo el tiempo. Pensó en pedirle que se fuera, pero era reconfortante tenerlo cerca. Quizás porque él era cálido y respiraba en medio de toda la muerte que la rodeaba.

Cuando terminó, se inclinó hacia delante, sin importarle que su cuerpo se quejara por el movimiento, y besó la frente de su hermano. Luego se volvió e hizo lo mismo con su padre, mientras el soldado permanecía en silencio detrás de ella observando.

Luego, Carys se ajustó la capa alrededor de ella, tragó el nudo de furia y tristeza, y le dio la espalda a la muerte. Se dirigió a su habitación; cada paso era más doloroso que el anterior. Tuvo que detenerse dos veces y apoyar la mano en la pared. Cada vez era más difícil convencer a su cuerpo de que siguiera moviéndose. Y solo seguiría empeorando, ya que las heridas se inflamaban y los moretones, por los golpes de la correa, se hacían más profundos.

Tenía que llegar a su habitación.

Andreus estaría allí, esperando con té de corteza de sauce, ungüentos y paños fríos para bajar la inflamación y aliviar el ardor que tenía en la espalda. Estaría dolorida mañana. Pero se sentiría mejor con los cuidados de Andreus.

Carys logró llegar a la puerta de la habitación antes de que sus piernas se rindieran. Se tomó del marco para sostenerse mientras el joven guardia abrió la puerta y se hizo a un lado para que ella pudiera entrar. Una fogata crujía en la chimenea de la sala de estar. Carys esperaba ver a su hermano en una de las sillas de respaldo alto forradas en terciopelo azul o en la ventana que miraba a las montañas por encima de la planicie.

Pero la habitación estaba vacía. Carys miró hacia la puerta del cuarto principal, al final de la habitación, y cuando se abrió, le dio un vuelco el corazón, pero no fue su hermano quien apareció. Juliette, la dama de compañía de cabello oscuro de Carys, se acercó deprisa.

—Su Alteza, lamento su pérdida. Tengo té listo para usted y una comida, si cree que puede comer.

—Un té estará bien. —Con solo pensar en comida, el estómago de Carys se rebelaba. Comer era lo último que necesitaba—. ¿El Príncipe Andreus ha estado aquí?

—No, Princesa. —Juliette se movió hacia una mesa cerca del hogar para servir el té—. Nadie ha estado por aquí.

Ni su madre, que sabía de su castigo. Ni su gemelo, a quien acababa de defender.

Tal vez Andreus no sabía que ella había regresado.

—Juliette —dijo, con un gesto de dolor mientras se sujetaba del respaldo de una silla—. Pídele al guardia que está apostado afuera que vaya a la habitación del Príncipe Andreus y le informe de mi llegada aquí.

—Sí, Alteza. —Juliette se apresuró hacia la puerta. Minutos más tarde, la sirvienta regresó—. ¿Puedo ayudarla a ponerse algo más cómodo, Su Alteza? ¿Algo más suave, quizás?

Ella había oído sobre los golpes. Todos deberían saberlo a esta altura.

Los chismes del castillo se propagaban como fuego en un pajar. Pero, aunque cambiarse y ponerse una túnica suave y suelta parecía el paraíso, Carys dijo:

—Estaré bien. Puedes irte por esta noche.

Solo la familia vería sus cicatrices. Siempre.

—Pero…

—Vete.

Juliette giró las manos frente a ella, se inclinó en una reverencia, y prometió regresar por la mañana. Cuando la puerta volvió a abrirse, Carys quiso llorar ante la presencia del guardia que apareció.

—Lo lamento, Alteza. El Príncipe Andreus no respondió.

La desilusión la inundó.

—No habrá regresado a su habitación aún.

El guardia bajó la mirada hacia la alfombra marrón claro.

—Creo que estaba allí, Su Alteza. Pero no estaba solo. Oí dos voces antes de golpear. Tal vez, es por eso que prefirió no responder.

—¿Dos voces? ¿Una era de mi madre? —preguntó ella. Eso explicaría su ausencia.

El guardia se movió y la cara con pecas se le ruborizó.

—La otra voz era de una mujer, Su Alteza, pero estoy casi seguro de que adentro no estaba la reina.

—Ya veo. —Solo deseaba lo contrario—. Puedes irte ahora.

—Sí, Princesa —dijo, inclinándose. Cuando se fue, Carys giró y caminó hacia la puerta con pasos lentos y cuidadosos. Luego, reunió lo que le quedaba de fuerza y dejó su habitación para caminar a lo largo del pasillo hacia la habitación de su hermano. El guardia tenía razón sobre las voces en el interior. Apoyó la oreja contra la puerta y oyó resoplidos y la voz de su hermano que calmaba a la mujer que estaba allí. Luego lo oyó decir el nombre de la mujer.

Imogen.

La adivina que no vio la muerte del rey y del príncipe heredero. La mujer que Andreus miraba con fascinación, a pesar de haber jurado no sentir nada por ella. Y ahora, estaba con ella en lugar de estar con ella.

El dolor punzante en la espalda se hacía más fuerte con cada paso que daba de regreso a su propia habitación.

Dolía.

Todo dolía.

La espalda.

El corazón.

El alma.

Necesitaba ser fuerte. Su padre lo exigiría.

Pero él estaba muerto.

Una lágrima cayó. Más lágrimas le quemaron la garganta y se escaparon sin control cuando cerró la puerta detrás de ella. Dio algunos pasos más mientras la presión, el dolor y la ola de tristeza se abrieron camino. Se deslizó hasta el piso y dejó salir las lágrimas. Lágrimas por la pérdida. Lágrimas por el reino, por el dolor cada vez mayor y por el miedo al mañana. Lágrimas porque estaba sola.

Aislada.

Destrozada.

Cansada.

Había peleado tanto tiempo. ¿Para qué? Miró hacia la puerta, deseando que se abriera. Esperaba que su hermano recordara que ella lo necesitaba.

Se le hizo un nudo en el estómago. Las lágrimas salieron a la fuerza, haciendo que el ardor de la espalda le quemara aún más. Y bien profundo, adonde los azotes no podían llegar, había un vacío mucho peor que cualquier golpe que pudiera recibir. Ella podía armarse de valor para soportar cortes, moretones y heridas hasta que sanaran, pero el vacío se hacía cada vez más grande. Más profundo. Sin esperanza. Y sola.

Hizo tres intentos hasta que pudo levantarse del piso. Con pasos pesados y tambaleantes, caminó hacia el cuarto.

La risa estruendosa de su padre sonaba en sus recuerdos. La sonrisa poco usual de Micah titiló y se desvaneció.

La luz de la vela brillaba ahí dentro. Juliette probablemente tuvo la intención de que fuera reconfortante. En cambio, las sombras la llamaban, así que abrió el pequeño armario al lado de la cama y sacó una botella roja de vidrio que su madre le había traído hacía cinco años.

—Esto te ayudará con el dolor —dijo Madre, y ella misma puso la botella en los labios de Carys. Y así fue.

Le extrajo el dolor. Cada sorbo que bebía de esa infusión amarga, la ayudaba a calmar la ira que la desbordaba por dentro. Diez días después del primer sorbo, las heridas y los moretones habían desaparecido, la molestia que le provocaban se había ido, pero la necesidad de esa bebida había crecido.

—Todo lo bueno tiene un precio —dijo su madre cuando a Carys le temblaron las manos y tuvo retorcijones en las entrañas luego de que pasaran doce horas desde la última dosis—. Solo un poco todos los días es un precio bajo para algo tan útil. Confía en mí.

Confiar.

Un poco todos los días, con el tiempo, se convirtió en un poco más para mantener a raya los temblores, los malestares estomacales y la transpiración. Dos veces, había bebido bastante más. Con ira. Con desesperación. Quiso no sentir nada y empeoró las cosas. Desde entonces, se había cuidado de beber solo lo necesario, para mantener controlados los síntomas de antojo del cuerpo. Después de todo, Andreus la necesitaba.

Ella lo necesitaba a él ahora. Había confiado en que él estaría allí esperándola, así podían llorar juntos, y así él podía ayudarla como ella acababa de ayudarlo a él. Y él había elegido estar con alguien más.

Dolía moverse.

Dolía respirar.

Dolía pensar.

Ella no quería pensar. El vacío la estaba comiendo por completo. Había una única salida. Ya no le importaba cuál era el precio.

Con dedos temblorosos, Carys destapó la botella y la llevó a los labios. La boca se le llenó de amargura al beber toda la poderosa infusión que la había mantenido prisionera de la oscuridad durante años.

Qué nombre tan acertado, pensó. "Lágrimas de Medianoche", para cuando la noche se ponía más oscura y el dolor era demasiado grande para soportar. Para cuando no había ninguna luz.

Al diablo con la luz, pensó cuando el latido de la espalda se calmó. El dolor del corazón se anestesió y todo en su interior se volvió cálido y fluido, y el vacío fue alejándose cada vez más.

Carys dejó caer la botella. Estalló contra el suelo y ella sonrió al sentir que el peso del vacío en su interior se desvanecía. Dio la bienvenida a la oscuridad. Y se abrazó al abismo.

6

Andreus miró el rostro manchado por las lágrimas de Imogen y no pudo reprimir el deseo, siempre presente, de protegerla. El cabello largo oscuro. Los ojos intensos que le esquivaban la mirada cada vez que él la miraba.

Ahora esos ojos estaban llenos de lágrimas, y le temblaban las manos mientras permanecía frente a Andreus suplicando su perdón por haber fallado.

Él respiró hondo e hizo a un lado la debilidad que aún sentía luego del ataque.

Maldito.

Quizás lo estaba.

Durante años, había intentado negarlo. A pesar de lo duro que trabajaban su hermana y su madre para ocultar su secreto, él había querido creer que no era real. Los adivinos y sus afirmaciones de que leían el futuro en las estrellas y llamaban a los vientos no era real. Él había estudiado los vientos y la historia del clima. Él trabajaba con las herramientas que los capturaban y proporcionaban la energía para las luces de las que dependía Eden.

Pero hoy, tirado en el rincón con la mano presionada sobre el tajo que se había hecho en la frente, donde se golpeó contra el muro al caer, se preguntó si la maldición era real. Gracias a su hermana y al remedio, su cuerpo resistió el ataque sin que nadie se haya enterado. Su hermana lo necesitaría cuando terminara el castigo que había recibido por él. Debía decirle a Imogen lo que fuera necesario para que se marchara, así él podía ir a ver a Carys. Pero al mirar los ojos de Imogen, brillosos por la culpa, no se animó a acompañarla a la puerta.

—Intenté ver a la reina, para explicarle que las estrellas me ocultaron esto, pero su chambelán me dijo que ella estaba en la cama y no la podían molestar. Y su hermana está... ocupada. Así que vine a verlo a usted.

—Dudo que mi madre fuera buena compañía, Lady Imogen. —Probablemente, ella ya se había bajado varias copas del té infame, que la ayudaba a controlar su temperamento, pero en grandes dosis, también le soltaba la lengua—. Le cuesta sobrellevar la muerte.

—Tenía razón en culparme. —Imogen caminó a través de la habitación para mirar, por la ventana, las montañas por encima de la planicie.

—Tú no eres responsable de la muerte de mi padre y mi hermano —dijo él, atravesando la habitación para quedar al lado de ella.

—No pude mantener a salvo a mi prometido.

—Era el trabajo de la Guardia Real asegurarse de que estuvieran a salvo.

—También el mío. Y fallé. Tenía tantas ganas de hacer lo que era correcto para el reino. Intenté seguir lo que yo creía era lo correcto. Pero me equivoqué.

—Lo lamento —dijo Andreus. Si bien él no terminaba de creer en el poder que ella decía tener, sí entendía la culpa—. También desearía haber podido cambiar las cosas. Podría haber cabalgado al campo de batalla con mi padre y Micah. Tal vez, si lo hubiese hecho, habría visto acercarse a quienes los atacaron y podría haberlos ayudado.

Imogen caminó hacia él. La seda de la falda crujió. Extendió el brazo para tocarlo, pero justo antes de hacerlo, retiró los dedos. Con calma, dijo:

—No hay nada que usted pudiera haber hecho que ciento cincuenta hombres que los rodeaban no hayan intentado. Pero si yo no hubiese confiado en la Cofradía o en la visión que tuve que me decía que este sería mi hogar, nunca hubiese venido al Palacio de los Vientos. Su hermano y el rey no habrían depositado su fe en mí. Quería creer en la visión de que yo pertenecía a algún lugar. Que no tuve un hogar de niña porque mi verdadero hogar estaba esperando que yo llegara. Fui ingenua, y Micah tendría que haber dejado que el Consejo y el rey me reemplazaran como adivina. Si él no hubiese intervenido…

—Espera un minuto. —Andreus la detuvo—. ¿Mi padre y el Consejo querían reemplazarte?

Ser adivino de Eden no era un trabajo que alguien simplemente dejaba de hacer. El juramento que prestaba el adivino era de por vida.

—No quise decir eso, Su Alteza. Micah dijo que nadie iba a saberlo. Solo estoy molesta y digo cosas que no debería. Todo se va a resolver como debe ser. —Imogen bajó la mirada al suelo y se rodeó con los brazos—. Debería visitar a su hermana. La princesa no debería quedarse sola ahora.

No. Carys no tenía que estar sola. No esta noche. No después de perder a la mitad de su familia y haber sido castigada por salvarlo. Debía verlo por ella misma, ver que había triunfado y que él estaba bien. Él le debía eso. Pero lo que Imogen estaba contando el reemplazo del adivino solo ocurría ante su muerte, ya sea que fuera por causas naturales o por orden del rey.

—Mi hermana es una mujer fuerte. Sabe dónde encontrarme si me necesita. Si tú necesitas ayuda, déjame ayudarte.

—El Príncipe Micah dijo…

—El Príncipe Micah ya no está. —Andreus dio un paso hacia adelante. Puso una mano bajo el mentón de Imogen y le inclinó la cabeza hacia arriba—. No puede protegerte. —Aunque a Micah nunca le interesó proteger a su prometida. Según Andreus, Imogen era solo un medio para lograr un fin—. Pero juntos podremos encontrar la manera de mantenerte a salvo; sin embargo, antes, debes decirme qué ha ocurrido que yo no sepa.

Ella contuvo la respiración y lo estudió por un segundo.

Dos.

Él vio, en los ojos de ella, el recuerdo de esa noche en las almenas. Durante semanas, Andreus acompañó allí a la adivina, delgada y tímida, para ayudarla a entender los nuevos proyectos de molino y las líneas que transportaban la energía a las luces dentro del castillo y de la ciudad que se encontraba debajo. Al principio, ella preguntaba con titubeo, pero, con el tiempo, su voz se hizo más fuerte y sus palabras sonaban con más confianza. Al menos, con él. Andreus adoraba verla cobrar vida. Había disfrutado de ver la sonrisa que solo parecía dibujarse cuando él se acercaba, y nada quiso más en el mundo que abrazarla y cuidarla cuando ella habló sobre la familia que había perdido cuando tenía cinco años. Le había contado, en voz baja, cuánto quería que el Palacio de los Vientos fuera el hogar que ella nunca había tenido, y Andreus reconoció el mismo deseo que él había experimentado toda su vida. El anhelo de seguridad absoluta.

Su belleza. Su pasión por el viento. Su necesidad de protección, lo conmovían.

Luego, Micah e Imogen anunciaron su compromiso y él se sintió traicionado.

Fue Imogen quien, más tarde, lo buscó en las almenas a la noche. Para agradecerle, dijo, por hacerla sentir como si fuera importante. Ella le tomó el brazo y una chispa se encendió, incluso con el viento frío que soplaba. Debido al frío, nadie más desafiaba a la noche en lo alto del castillo. No había nadie que lo viera inclinar la cabeza hacia abajo con la intención de alcanzar la mejilla de ella y conseguir que lo mirara. Sus labios tocaron los de ella y nada más importó. La timidez a la que se había acostumbrado desapareció. De pronto, ella era como el viento... y lo llevaba. Torpemente, entraron a uno de los molinos en donde no importó nada más que el calor de la piel.

Una semana después, Imogen volvió a buscarlo, pero esta vez para pedirle que mantuviera la distancia, por respeto a su hermano. Andreus quiso preguntarle por qué había aceptado casarse con Micah, pero ella se fue antes de que él tuviera la oportunidad. Se dijo a sí mismo que no le importaba. Una noche, una mujer, no significaba nada para él. Para demostrarlo, buscó otras mujeres para divertirse y las usó para comprobarlo, y colocó un escudo entre Imogen y su corazón.

Pero en ese momento en que ella estaba allí, con su mano en la de él, admitió que ese escudo nunca había existido realmente. Quería abrazarla y protegerla ahora tanto como había querido hacerlo esa noche en el molino.

—Por favor, Imogen —dijo, apretándole la mano—. Dime qué puedo hacer para ayudarte.

Los ojos de ella se llenaron de lágrimas.

—No puedo creer que, después de todo lo que he hecho, esté dispuesto a ayudarme. Y estoy agradecida, pero no hay mucho que pueda hacer. Sé que no cree en las visiones, mi príncipe. Micah dijo que usted siempre ha dudado, así que no hay manera de que entienda cómo es vivir la vida regida por la fe. Antes de llegar al Palacio de los Vientos, mi voz al viento era fuerte y mi vista a las estrellas era clara. Nunca me traicionaron cuando les pedí que me guiaran. Pero, desde que entré a estos muros, solo he tenido una visión. El Consejo cree que la Cofradía mintió acerca de mis habilidades. Que soy parte de una conspiración en contra de su familia y del Reino de Eden. Pero no es así. Micah les dijo que no y me hizo…

—¿Qué?

Ella sacudió la cabeza.

—Me hizo fingir tener una visión sobre una serpiente escondida en el bosque. Unos días después, el Capitán Monteros trajo la cabeza de un hombre, que dijo que lo atacó mientras cabalgaba entre los árboles.

—El Capitán Monteros fue reconocido por matar a un espía de Adderton.

Ella sintió.

—Y Micah convenció al rey de que mi visión había sido real. El rey se puso de mi lado, pero Élder Cestrum le dijo a Micah que no estaba convencido. Él aún busca reemplazarme, y ahora que su padre y Micah ya no están, no pasará mucho tiempo hasta que encuentre una manera de tener *mi* cabeza.

Los labios de Andreus temblaron; tomó a Imogen entre sus brazos y la sostuvo fuerte contra su pecho.

—El Consejo no te lastimará. No después de lo que ya ha ocurrido.

—Usted no es tan ingenuo, mi príncipe.

No, no lo era. Si el Consejo tenía los ojos puestos en Imogen, la muerte de Micah detendría sus planes, pero no los haría cambiar de idea. Y luego de la conversación que él había tenido con su madre ese día, dudaba que la reina intercediera. Era más probable que ella hiciera todo lo necesario para ver la cabeza de Imogen en una canasta y un nuevo adivino instalado en la Torre de las Visiones. Él no permitiría que eso pasara. La abrazó fuerte y le prometió:

—Haré lo que deba hacer para mantenerte a salvo. Como lo hizo Micah.

—Micah. —La palabra fue un susurro antes de que Imogen se separara de su pecho y se soltara de sus brazos. Los celos que él había negado por meses lo atormentaron. Respiró profundo y retrocedió.

—Realmente lamento tu angustia, Lady Imogen.

Ella se alejó de él y bajó la cabeza; el cabello largo le cubrió la cara.

—Su hermano habría sido un rey fuerte. Me pidió que me casara con él porque creía que nuestra unión lo haría más fuerte aún, y yo acepté porque pensé que era lo correcto para Eden. Pero le fallé al reino, y no puedo hacer otra cosa más que pensar en que no vi en las estrellas lo que se venía, porque una parte de mí no quería.

—¿Qué?

—Debo irme. —Imogen se tomó la falda y giró hacia la puerta, pero Andreus la atajó antes de que pudiera dar el segundo paso.

—¿Qué quieres decir, Imogen? —Su corazón latía. Todo en su interior se detuvo—. ¿Por qué no querrías ver lo que iba a ocurrir?

Ella sacudió la cabeza e intentó soltarse.

—Necesito irme del castillo. Una verdadera adivina nunca habría dejado que sus propios sentimientos interfirieran en sus visiones. Quise encariñarme con su hermano, pero él lo hizo tan difícil. No sabía nada sobre mí. Nunca me preguntó de dónde venía ni prestó atención a qué flores eran mis preferidas. Él quería mi poder, no mi corazón, así que nunca le preocupó si yo se lo había dado a otra persona. —Imogen giró lentamente y levantó los ojos brillosos para encontrarse con los de él—. Pronto su madre subirá al trono y ella y el Consejo me van a hacer responsable de mis errores. Merezco pagar.

—No hiciste nada mal —insistió él.

—Sí, lo hice —dijo Imogen en voz baja—. Acepté casarme con su hermano, pero me enamoré de usted.

Andreus se quedó allí, inmóvil, mirando fijo a la adivina que lo había visitado en sueños durante meses. Ninguna de las mujeres con las que había estado desde entonces se podía comparar. Tan vulnerable. Hermosa. Triste. Si realmente tenía poderes, ella era tan peligrosa e intocable como siempre. Y lo amaba.

Cuando él no dijo nada, Imogen dejó caer la mano y suspiró.

—Debo dejarlo ahora.

—No lo hagas. —Pérdida. Deseo. Recuerdos del pasado. Incertidumbre sobre el futuro. El deber con su familia. Pero cuando ella lo miró con los ojos llenos de lágrimas y arrepentimiento, triunfó el deseo. Él no quería pensar en Micah esa noche o en su padre o en el hecho de que era más seguro dejar que Imogen se fuera. Estaba maldito. Debería querer protegerse a sí mismo. En cambio, solo quería abrazarla.

La boca de él se encontró con la de Imogen en un beso suave que se profundizó y creció y forzó a su cuerpo a moverse hacia ella. Ella levantó las manos y las entrelazó en el cabello de él, y, otra vez, no había nada más que ellos dos. Él se desabrochó la ropa y, cuando ella asintió a la pregunta implícita, comenzó a desatarle el vestido.

Mañana sería otro día y con él llegaría el dolor de la pérdida y el arrepentimiento. Por ahora, pensó, mientras ella dejaba que le deslizara el vestido por los hombros y lo dejara caer a sus pies, se consolarían uno a otro en las sombras.

Si esto los condenaba a ambos, no le importaba.

Imogen se había ido cuando él despertó. Un pequeño trozo de seda púrpura, muy probablemente arrancado del dobladillo del vestido, estaba en el piso junto a la cama, pero nada más hablaba de la pasión y la satisfacción que habían encontrado en los brazos del otro. Habría indignación si alguien se enteraba de lo que habían hecho. Para él sería más fácil, se atenuaría. Él era, después de todo, un príncipe del reino el único príncipe ahora. Y el interés que tenía en las mujeres era bien conocido. Podía tomarse libertades con las virtudes que otros no tenían permitido.

Pero para Imogen se esperaba que, como mujer, mantuviera intacta su propia virtud. Además, era la adivina y el criterio para juzgarla era más alto. Mientras cualquiera que se enterara de la indiscreción de *él* murmuraría sobre ello por un día y luego volvería a sus asuntos, las habladurías sobre la visita de Imogen a su habitación la perseguirían por siempre.

La gente pensaría que ella estaba decidida a ser la Reina a cualquier costo. Otros dirían que había deshonrado la promesa de usar sus dones para el bien del reino. Nadie se quedaría sin emitir su opinión, y la mayoría de las opiniones no serían buenas.

Y, aun así, a pesar de ello y del miedo que tenía a que el Consejo de Élderes buscara hacerle daño, ella se había entregado a él en cuerpo y alma. Probablemente, él debería sentirse culpable. Después de todo, sin importar lo que ambos sentían, ella había sido la prometida de su hermano.

Pero no sentía culpa. Tal vez al otro día, durante el funeral, vería el cuerpo de su hermano y lo reconsideraría, pero, por ahora, de lo único que se arrepentía era de no haber estado despierto cuando Imogen se fue, así podía volver a asegurarle que haría lo que tuviera que hacer para mantenerla a salvo. Imogen necesitaba su protección y su amor, y él le daría ambas cosas.

En segundo lugar, se arrepentía de no haber visto a Carys la noche anterior. Ella sabía cómo cuidarse por sí misma, y su dama de compañía, Juliette, estaba más que capacitada para ayudarla a aliviar el dolor de los azotes que había recibido.

Recibido por él.

La gratitud y la culpa hicieron a un lado los pensamientos sobre Imogen. Rápidamente, se vistió con pantalones negros, una camisa negra de mangas largas y una túnica color óxido con el escudo de su familia bordado en los hombros. Luego de ajustar la espada a un lado, Andreus consideró bajar a la cocina por algunos panes de miel que tanto le gustaban a su hermana. Entonces, divisó al guardia fuera de la habitación de ella, descartó la idea, y se apresuró hacia el otro extremo del pasillo.

El guardia no parecía ser lo suficientemente mayor como para haber comenzado el entrenamiento, ni mucho menos estar asignado a un puesto fuera de la habitación de la princesa de Eden. Cuando el muchacho no intentó detenerlo, Andreus empujó la puerta y entró de prisa.

—Su Alteza. —La dama de compañía de Carys hizo una reverencia, luego miró sobre el hombro de Andreus a la puerta que había quedado abierta; el joven guardia la cerró rápidamente.

—¿Dónde está mi hermana?

—Descansando, Su Alteza. Se rehusó a que me quedara con ella y tuvo una noche difícil.

Carys había estado sola.

La culpa le remordió, caminó hacia al cuarto de su hermana y abrió de un empujón la puerta decorada de doble hoja.

El cuarto estaba sombrío. Unas velas brillaban en los candelabros junto a la entrada y otra cerca de la cama donde dormía su hermana sobre los cobertores, aún con el vestido que tenía puesto cuando la vio por última vez. Luego, observó una botella de vidrio, que le resultaba familiar, junto a ella y vidrios rotos en el piso.

Había tomado dos.

Un cuarto de una botella de las Lágrimas de Medianoche de su madre debería haber aliviado el dolor. Hacía dos años, Carys había necesitado una botella entera para pasar la noche, luego del último baile que su padre había permitido que se realizara en el castillo. Andreus supo que su hermana estaba en problemas antes de ese día. Había estado con los ojos brillosos. Había perdido peso, por lo que su figura, en general delgada, parecía frágil. Incluso cuando estaba perfectamente peinada, el cabello se veía opaco y sin vida. Él se había horrorizado de lo inmóvil que estuvo durante horas, luego de beber tanto de la infusión.

Luego de ese episodio, día tras día, fue tomando cada vez menos, hasta que volvieron a brillarle los ojos y el cerebro volvió a tener la rapidez de un rayo.

Él le había creído cuando ella dijo que ya no necesitaba las botellas rojas.

Había mentido.

Carys se movió en la cama; estiró el brazo como si tratara de alcanzar algo. Probablemente, lo que fuera que aparecía en uno de los vívidos sueños llenos de ciclones que ella tenía desde que él podía recordar. Se extendió de nuevo, luego soltó un gemido e hizo un gesto de dolor. Esperó que su hermana despertara, pero sus ojos no se abrieron. A pesar de la luz, las Lágrimas de Medianoche la tenían atrincherada, con firmeza, en la oscuridad.

Lentamente, se sentó en la cama junto a ella y le aflojó los cordones del vestido para poder ver el castigo que había recibido por él. Corrió la tela con mucho cuidado. Aun así, ella se encogió de dolor cuando él le examinó las líneas inflamadas rojas y púrpuras, en relieve, que iban desde los omóplatos hasta la parte baja de la espalda. La sangre estaba seca sobre una pequeña sección en el centro donde la correa había golpeado lo suficientemente fuerte como para abrirle la piel.

Y bajo esas heridas dolorosas a la vista, había otras cicatrices. Ya no estaban rojas ni dolían, pero, sin embargo, eran recordatorios de la maldición contra la que había luchado toda su vida. Él se había ocupado de esas heridas cuando ella las recibió. No había estado aquí la noche anterior, pero de seguro, Juliette iba a estar.

Maldita sea, Carys y su orgullo.

No dejó que Juliette limpiara el corte y le aplicara los ungüentos de la señora Jillian en el resto. Si lo hubiera permitido, ahora no habría necesitado estar drogada hasta la inconciencia. Carys debía saberlo mejor que nadie. Ella debería haber pensado en lo que ocurriría hoy. Su madre los necesitaría para ayudarla a planificar el funeral. Querría saber por qué Carys estaba ausente, al igual que el Consejo y el resto de la corte.

Bueno, tendría que inventar una excusa y esperar que Carys volviera de esto lista para enterrar a su padre y a Micah al otro día.

Con cuidado, volvió a cubrir la espalda de su hermana con el vestido y dejó el cuarto.

—Ocúpate de las heridas de la Princesa Carys y vigila que nadie entre aquí hasta que ella esté en condiciones de recibir visitas.

—Pero, Su Alteza, la princesa dijo…

—La princesa está profundamente dormida. No se dará cuenta de tu ayuda. —Luego, giró y se fue a buscar a su madre y a cumplir con su deber.

El día pasó rápidamente. Su madre estuvo distraída, mientras la gente le hacía preguntas sobre qué habitaciones preparar para los dignatarios extranjeros y los huéspedes que llegaron de los distritos del reino para el funeral y posterior coronación.

Andreus estaba agradecido con Oben por responder de inmediato a las consultas que para todos los demás eran tan importantes y él no tenía idea de cómo manejar. Mientras tanto, a su madre parecía no importarle nada en absoluto, ni siquiera la ausencia de su hija, ya que se paseaba por el estrado del Salón de las Virtudes y miraba, con intervalos de minutos, el trono de oro y zafiro. Lo único que pareció atraer su atención fue la aparición del Jefe Élder Cestrum, acompañado de Élder Ulrich y el Capitán Monteros.

—Discúlpeme, Su Majestad —dijo Élder Cestrum con una reverencia—. Lamento interrumpir los planes para el funeral y su coronación, pero el Capitán Monteros y yo acabamos de estar en la Torre del Norte. Los cinco miembros de la Guardia Real que quedaban están muertos.

—No. No pueden estar muertos.

Andreus miró detrás del élder y del capitán y vio a Carys de pie, con una mano sobre una columna de oro, en la entrada principal del Salón de las Virtudes.

—Creí que iban a ser interrogados antes de morir —continuó Carys mientras ingresaba al salón.

Élder Cestrum giró hacia Carys y se inclinó.

—Fueron interrogados, Su Alteza. El Consejo se dispuso a interrogarlos esta mañana. Pero cuando fuimos a las celdas para retirarlos, los encontramos a los cinco en el piso de sus celdas… muertos. Al parecer, fueron envenenados.

7

—¿Envenenados? —Carys intentó concentrarse en las palabras y no en las palpitaciones que sentía en el corazón y la cabeza. El hombre con el que habló en la celda, la noche anterior, sabía algo más sobre cómo habían muerto su padre y su hermano. Y ahora, se había llevado esa información a la tumba—. ¿Encontraron muerto a alguno de los otros prisioneros de la Torre del Norte?

—No, Princesa —respondió el Capitán Monteros—. Solo a los cinco miembros de la Guardia Real.

—Entonces, no fueron envenenados por comida podrida o agua contaminada. Alguien asesinó a estos hombres deliberadamente, antes de que se pudiera impartir la justicia del rey. —O antes de que ella pudiera negociar con ellos para saber la verdad.

Se le revolvió el estómago. Sentía la piel tirante y la cabeza le latía. Debería haber bebido más que un solo sorbo de las Lágrimas de Medianoche cuando despertó, pero estaría pagando el precio de la debilidad de la noche anterior por el resto de los días. El precio sería mucho más alto si se rendía ante la necesidad desesperada de más. Un poco la calmaría y la mantendría en funcionamiento. Había demasiado en juego como para rendirse ante el constante deseo de la calidez y la tranquilidad que le brindaba la droga.

—Alguien habrá querido vengarse por la muerte del Rey Ulron y el Príncipe Micah, y pensó que la corona se estaba moviendo muy lento —dijo el Capitán Monteros.

—De todas maneras —dijo Élder Cestrum, dándose vuelta para mirar al trono—, se ha impartido justicia. El Consejo enviará un comunicado para que todos sepan que quienes rompieron el juramento están muertos. Y una vez que esté oficialmente instalada como monarca, mi reina, tendremos que discutir cuál es la mejor manera de tomar represalias contra Adderton. El pueblo querrá que ellos paguen por los crímenes que cometieron.

Todos giraron y miraron a la reina, que deslizaba los dedos por el trono como acariciando a un amante.

—Madre... —dijo Carys, mientras se alejaba de la columna que le sirvió de apoyo, frente a la piedra blanca pulida del sitio del trono—. ¿Oíste a Élder Cestrum? Los cinco guardias fueron asesinados. No los podemos interrogar.

La reina giró y se miró fijamente con Carys. Luego, sin una palabra, bajó los escalones del estrado y salió del salón.

—La reina está cansada, claramente —dijo Andreus cuando su madre desapareció en la esquina—. Es un día difícil. Estoy seguro de que se ocupará de los otros asuntos una vez que termine el funeral.

—Si usted y su hermana no tienen ninguna objeción, Su Alteza —dijo el Jefe Élder, ajustándose la túnica con la garra de hierro—, el Consejo de Élderes hará los arreglos para coronar a su madre como monarca, de inmediato, luego del funeral de mañana. Con la guerra hacia el sur y la emboscada de Adderton en nuestras fronteras, sería mejor no esperar.

—Hagan lo que tengan que hacer.

—Muy bien, Su Alteza.

El Jefe Élder y el Capitán Monteros giraron y pasaron en fila al lado de Carys, que esperó que se despejara el espacio para caminar, a lo largo del salón oro y blanco en forma de bóveda, hacia su hermano. Cada paso retumbaba en la enorme sala decorada con murales que representaban las siete virtudes. Sobre y detrás del trono, al lado del que se encontraba Andreus, había una versión más pequeña del orbe que, hasta la noche anterior, nunca se había permitido que se oscureciera.

Carys se detuvo frente a los escalones del estrado y se quedó observando a su hermano. Deseaba que él hablara. Que le explicara dónde había estado la noche anterior y por qué eligió abandonarla cuando ella más lo necesitaba.

Cuando el silencio continuó, ella preguntó:

—¿Cómo estás hoy?

—Bien —dijo él, y miró alrededor del salón antes de bajar los escalones y tenderle las manos—. Estoy perfectamente bien. ¿Cómo estás tú?

Carys miró las manos, pero no las tomó. La herida entre ellos era muy reciente, pero no había tiempo para ahondar en ella.

—Los guardias del rey no estaban diciendo la verdad sobre lo que les ocurrió a Padre y a Micah. Por eso los asesinaron.

Andreus dejó caer las manos a un lado.

—¿De qué estás hablando?

—Hablé brevemente con uno de ellos anoche, antes de… —No. Bajo el efecto de la droga, ella podía sentir el latido del dolor. No podía pensar en eso ahora—. Padre y Micah estaban en el medio de sus hombres cuando ocurrió el ataque, pero ambos fueron asesinados antes de que tuvieran oportunidad de defenderse. Yo iba a interrogarlo hoy, solo que ahora él y los otros están muertos.

—¿Qué estás diciendo, Carys?

—Estoy diciendo que la historia que nos contaron no es verdad —susurró, mirando alrededor para asegurarse de que el lugar continuaba vacío—. O no del todo. Adderton habrá participado en el ataque, pero debe haber otros que los ayudaron a organizarlo. Otros en los que Padre y Micah confiaban. Es lo único que tiene sentido.

Su hermano la tomó del brazo.

—¿Estás diciendo que miembros de la Guardia Real asesinaron a su rey? ¿Por qué?

—No lo sé —admitió ella—. Tal vez es una nueva maniobra de los bastianos para recuperar el trono. Tal vez Adderton decidió que tendrían mayores posibilidades de negociar si la paz, si los dos hombres que disfrutaban de pelear la guerra ya no estaban a cargo.

O quizás, había alguien más que manejaba los hilos. El Consejo de Élderes. Los Lores de uno de los distritos o alguien que Carys aún no había tenido en cuenta. La lista de aquellos que querían el poder era demasiado larga como para contarlos.

—Todo lo que sí sé —insistió ella— es que las luces fueron saboteadas anoche. El rey y el príncipe regresaron muertos y las únicas personas que pueden contar la verdad de lo que pasó fueron asesinadas en sus celdas. ¿Crees que todo eso es pura coincidencia?

—No lo sé. —Andreus se pasó una mano por el cabello y caminó sobre el piso blanco reluciente—. Cuesta creer que el ataque y el sabotaje pueden estar relacionados.

—¿Hablaste con el niño?

—Comencé a hablarle. Luego, sonaron los gongs y… —Sacudió la cabeza—. Para cuando volví a mi habitación… estaba pensando en otras cosas.

Otras cosas.

—Lo sé. —Ella contuvo la respiración y esperó a que
él se disculpara. Que le dijera que ellos aún eran un equipo.
Cuando no dijo nada, ella pasó a su lado y miró fijamente
el trono encima del estrado—. Parece que Lady Imogen
también estuvo pensando en otras cosas. Fui lo suficientemente tonta como para creer que estarías allí para
ayudarme *a mí.*

—Puedo explicarlo.

—Estoy segura de que sí. —Ella giró—. Pero ambos
sabemos que hay cosas más importantes de qué ocuparse, así
que dejémoslo en el pasado. —A la distancia, tras Andreus,
ella divisó a alguien detrás de una columna y bajó la voz—.
Si hay alguien conspirando en contra de nuestra familia,
tenemos que descubrirlo antes de que sea demasiado tarde.
Busca a Max y pregúntale con quién ha hablado, pero ten
cuidado de que nadie los vea juntos. Anoche hablé con uno
de los guardias del rey y hoy, están todos muertos.

Andreus la miró como si quisiera decirle algo, luego
suspiró.

—Me puede llevar un rato encontrar a Max y estar a
solas con él sin que nadie nos vea. Una vez que lo haga, te
contaré lo que me entere. Antes, debes descansar un poco.
Mañana va a ser un día largo.

Sí. Ella pensó en el dolor y la incertidumbre, y sintió la
necesidad atrayente de la infusión que haría que todo fuera
mejor. Pero, como entendía que no podía caer en la tenta-
ción, supo que el día siguiente sería realmente largo.

El blanco era el color de la pureza. El negro era el color
de la muerte. El púrpura, el color de la nobleza. Su padre
y su hermano estaban envueltos en los tres colores, para
mostrarle a la muerte que eran puros de corazón y líderes
de su pueblo, mientras atravesaban las puertas del reino de

la muerte. Carys llevaba un tono más oscuro de púrpura y estaba de pie junto a su hermano, quien también vestía tonos oscuros. El Jefe Élder Cestrum estaba en el frente de la capilla con Imogen. Ambos, vestidos de blanco, preparados para supervisar la ceremonia final de las vidas del padre y del hermano de los gemelos. Que solo podía realizarse cuando su madre llegara.

Carys podía oír los roces de las telas y los murmullos de especulación, no tan discretos, de la corte y los lores invitados detrás de ellos. Su madre no había aparecido para saludar a los Lores de los Siete Distritos que habían llegado a lo largo de la noche y esa mañana. Y el servicio de despedida del Rey y el Príncipe se suponía que comenzara hacía ya bastante tiempo.

—Uno de nosotros debería haber ido con Élder Jacobs a buscar a Madre —ella susurró a Andreus. Al estar en la capilla ahora, era difícil sacarse de la cabeza las palabras que dijo el hombre del Consejo la otra noche. Él le había advertido sobre los peligros de la Torre del Norte. Al día siguiente, los cinco guardias estaban muertos.

—Intentábamos que fuera menos obvio que ella no estaba aquí. —Andreus había pasado la mañana tratando, una vez más, de encontrar a Max, que se había escondido luego de la discusión que tuvieron la noche anterior.

El niño aseguró que ni una sola vez dijo algo sobre Andreus o lo que él sabía sobre las luces alimentadas por la energía del viento. La manera en que el niño respondió la pregunta y salió corriendo para ayudar en la cocina hizo sospechar a Andreus que *sí* había alardeado con alguien y estaba preocupado porque lo expulsaran del castillo.

Mientras tanto, un alboroto iba creciendo, lentamente, detrás de ellos. Se hacía tarde. Tenían un viaje largo por delante, hasta la tumba. Un poco más tarde y la oscuridad estaría descendiendo para cuando regresaran.

—Élder Ulrich y Lord Marksham han enviado a varios sirvientes para recordarle la hora a Madre. Solo respira. No tenemos más opción que quedarnos aquí y esperar. Esto se terminará pronto —dijo Dreus, tomando la mano fría de Carys con la suya que estaba tibia—. Ya verás.

—¡Reina Betrice! —alguien anunció.

Carys lanzó un suspiro de alivio, y ella y Andreus se dieron vuelta. Todo en su interior se detuvo, al mismo tiempo que la gente se inclinaba en saludos y reverencias, mientras su reina caminaba por el pasillo en un ondulado vestido amarillo. El cabello castaño suelto sobre los hombros. Eso y la sonrisa que asomaba en sus labios le daban una apariencia casi aniñada, tan diferente al estilo serio que tantas veces había querido que Carys imitara. *"Lucir seria es la única manera en que la gente te tratará con seriedad"*.

¿Quizás, ahora que reinaba, Madre ya no sentía la necesidad de lucir de una manera en particular?

Madre no dijo ni una palabra al ocupar su lugar junto a Andreus, directamente en frente del estrado de piedra blanca donde yacía el Rey Ulron con los brazos cruzados sobre el pecho.

Élder Cestrum esperó a que la reina le indicara que podía comenzar. Como no lo hizo, Lady Imogen se acercó a ella y le preguntó en voz baja:

—Su Majestad, ¿le gustaría que comencemos?

—Por supuesto. —Madre sonrió—. Que comience la celebración.

¿Celebración?

Carys no tuvo tiempo de pensar sobre el comportamiento de su madre, ya que Imogen giró y caminó hacia las siete velas que se encontraban sobre columnas de oro detrás de los cuerpos de Micah y su padre.

Imogen se paró detrás de la primera de ellas y la encendió mientras Élder Cestrum entonó:

—Humildad.

Imogen siguió con la próxima; se veía fuerte y segura como siempre que cumplía con sus deberes. Tan diferente a la manera en que se presentaba cuando no estaba actuando de adivina.

—Fortaleza.

Luego otra. Por cada vela que se encendía, se anunciaba una virtud. Paciencia. Castidad. Templanza. Caridad. Resistencia.

Carys miraba cómo titilaban las velas mientras el Jefe Élder hablaba de la defensa de las virtudes por parte de la corona y el poder de la luz para mantener el reino a salvo. Era más fácil mirar el movimiento de las llamas que el rostro de su hermano o de su padre. Pero pronto, las palabras se terminaron, y la adivina y el Jefe Élder se ubicaron a cada lado de su hermano. Tomaron los bordes de una tela decorada con los símbolos de las virtudes y la extendieron para cubrir el cuerpo de Micah.

Andreus tomó la mano de Carys con la de él y ella se aferró como a la cuerda de salvación que era. La presión detrás de los ojos, y en el pecho, aumentaba contra la barrera que las Lágrimas de Medianoche habían levantado, cuando la tela se deslizó sobre el rostro de su hermano.

La adivina y el élder caminaron luego hacia el centro de la capilla y repitieron el proceso con el rey. Esta vez, Carys se obligó a mirar ese rostro todo el tiempo que pudiera. Para recordar. Y cuando la tela lo cubrió, ella prometió que no dejaría escapar de la justicia a aquellos que estaban detrás de su muerte.

El resto del Consejo apareció. A la luz de las velas, levantaron ambos cuerpos cubiertos en ataúdes de madera y los trasladaron de la capilla. Carys siguió a su madre y a su hermano, por el pasillo, a lo largo del castillo y hacia los escalones, a la ciudad que se encontraba abajo, desde donde luego cabalgarían para escoltar al rey y al príncipe hasta su lugar de descanso final.

Los gongs volvieron a sonar mientras bajaban las escaleras hacia donde esperaban los caballos. Andreus tuvo que ayudar a su madre a montar el suyo. Con la capa azul que Oben la había convencido que usara, la reina saludó a la gente que, con solemnidad, bordeaba la calle, mientras el cortejo se abría paso hacia la puerta principal, para luego girar hacia las montañas.

Mientras cabalgaba alrededor de la planicie hacia las cumbres detrás de la llanura, Carys miró hacia atrás. La fila de caballos era de, al menos, un kilómetro y medio. Una cara ancha enmarcada en cabello rojo giró, captó su atención, y la mantuvo. Incluso a la distancia, ella podía ver el color marrón exacto de los ojos, la nariz torcida, y la sonrisa burlona que a ella le parecía tan fascinante cuando él y Micah peleaban con los guardias en los campos de práctica.

Hasta hacía un año, Lord Garret había sido el mejor amigo de Micah. Luego, un día, Carys despertó y se enteró de que él se había ido. El tío de Garret, Élder Cestrum, solo dijo que había regresado a ayudar a su padre para supervisar el distrito de Bisog, y Micah no quiso hablar del verdadero motivo, sin importar lo ingeniosa que fue ella con las preguntas. Nadie, ni siquiera el Jefe Élder Cestrum, volvió a mencionar el nombre de Garret desde entonces.

Y ahora Garret había regresado.

Él sonrió para hacerle saber que ella lo estaba mirando fijamente. Con el ceño fruncido, Carys se dio vuelta y observó el río hacia el sur, donde ella y su hermano jugaban de niños. No se rendiría ante el deseo de volver a girar para ver si Garret aún estaba mirando. Ahora, ella era más grande que cuando, por primera vez, sintió que se quedaba sin aliento cuando lo veía entrar, con ese cabello que parecía estar en llamas. Desde entonces, había aprendido a no dejarse impresionar por músculos fuertes o pechos redondeados como toneles de vino. Solo porque algo parecía que podía mantenerte a salvo, no significaba que lo haría.

Aun así, podía sentirlo detrás de ella al igual que a Élder Jacobs, quien le había advertido que no se acercara demasiado a las llamas porque podía quemarse. ¿Se refería a no averiguar la verdad sobre la emboscada o a algo más?

Cabalgó en silencio, contenta de haber bebido varios sorbos de la botella roja para ayudarse a resistir el viaje por la ladera que llevaba a las Montañas de las Sombras y a la majestuosa Tumba de la Luz, construida hacía cientos de años. Los artesanos del pasado cavaron, tallaron y pulieron la piedra, creando así una entrada ornamentada al lugar de descanso de los gobernantes de Eden. Unos siete metros hacia dentro de la caverna, había dos puertas grandes de hierro que el padre de Carys había ordenado colocar a los Maestros de la Luz. Esas puertas solo podían abrirse utilizando la energía del molino que tomaba el aire directamente por encima de la caverna. Solo la familia real y el líder de la Cofradía de la Luz sabían cómo operar las puertas. Si atacaban el castillo y asesinaban a la familia real, el secreto de las puertas impediría que los usurpadores profanaran a aquellos que habían sido depositados en la luz.

Su madre debía operar las puertas ahora, pero ella solo rio ante la idea de bajarse del caballo y les pidió a Andreus y a Carys que fueran sin ella. El Capitán Monteros mantuvo a todos los dolientes atrás cuando los hermanos dejaron a su madre, que sonreía bajo el sol, para entrar a la caverna.

Andreus caminó hacia la esquina de la izquierda mientras que Carys caminó hacia la derecha. Tardaron solamente unos minutos en encontrar las piedras correctas que su padre les había mostrado años antes.

Debajo de la piedra de Carys, había un hueco rectangular con cables y un montón de piedras sin ninguna finalidad aparente. Demoró apenas unos minutos en escarbar entre las rocas hasta encontrar la piedra pequeña, perfectamente limpia. La llave que los Maestros habían creado. Con cuidado, puso la piedra en el espacio entre los cables de metal, mientras al otro lado de la entrada de la tumba, su hermano hacía lo mismo. Segundos después, las puertas comenzaron a moverse. Una luz más brillante que el sol al mediodía salió desde el interior de la caverna. Carys se cubrió los ojos y los guardias llevaron adentro los ataúdes para que descansaran en ese lugar, en esa habitación siempre cubierta por la luz blanca de la virtud.

Para cuando las puertas de la tumba volvieron a cerrarse, la oscuridad comenzaba a caer.

El regreso fue más rápido es decir, turbulento. Las heridas de Carys que aún estaban curándose se quejaban con cada rebote. Pero el aullido que venía de las montañas, y la llamada en respuesta que sonaba como una puerta oxidada abriéndose, hacían que todos se dieran vuelta para mirar detrás de ellos y que Carys alentara a su caballo Nala a ir más rápido.

La temporada de frío se les venía encima. Los Xhelozi comenzaban a despertarse.

El cielo se oscureció. Bien acurrucada en la capa, tratando de ignorar la ansiedad, Carys sintió ese deseo intenso, desesperado, que la empujaba. El cortejo atravesó la ladera y se acercó a la planicie donde el orbe de Eden y el resto de las luces brillaban y prometían seguridad.

Otro aullido resonó en la noche. Más alejado que el anterior, pero igual de aterrador. Carys miró sobre el hombro y vio de reojo las montañas que se levantaban entre las sombras.

Algo se movió cerca de la ladera. El Consejo y el Capitán Monteros instaron a todos a ir más rápido. Las puertas de la ciudad y la seguridad de los muros estaban a menos de un kilómetro y medio. Justo cuando llegaron a la entrada principal, un caballo de adelante del grupo giró bruscamente y retomó en dirección a la ladera de las montañas.

—¡Madre! —gritó Carys, mientras ella atravesaba el grupo de jinetes sobre el caballo—. ¡Madre, detente!

—¡Mi Rey! —su madre gritó llorando. La capa que llevaba se infló al cabalgar en dirección al peligro innegable. Detrás de Carys, Andreus gritó, pero él estaba demasiado lejos como para alcanzarla. Carys se inclinó hacia delante y empujó a Nala para que fuera más rápido, mientras miraba hacia la base de las montañas y las sombras que se movían allí. No todos los Xhelozi estarían listos para salir de la hibernación y, hasta donde Carys podía recordar, solo una vez uno de ellos despertó tan pronto y viajó esa distancia desde las montañas. Pero el que lo hiciera, estaría hambriento.

—¡Madre! —gritó ella—. ¡Detente!

Un caballo al final del cortejo bramó alejado del grupo. El caballo de su madre redujo la velocidad mientras el semental negro y el hombre de capa oscura galoparon hacia ellos; Carys sintió alivio cuando vio que él tomaba las riendas.

—Déjame ir —exigió su madre—. Tengo que ir. Ellos quieren que vaya.

El jinete ignoró las palabras y llevó a la reina y al caballo de vuelta, en dirección a las puertas.

—¡No! Te ordeno —su madre gritó—. ¡Tu reina te ordena!

Ella pateó al jinete y golpeó al caballo en el costado, haciendo que se levantara sobre las patas traseras. El jinete se sostuvo de su propia montura, pero soltó a Madre, que se bajó de su caballo y comenzó a correr hacia las montañas, gritando:

—Me están llamando. ¿No lo oyen? Tengo que ir.

La reina tropezó con una roca y salió despedida hacia delante. Oben la alcanzó y la ayudó a levantarse.

La sangre corría sobre el rostro de su madre cuando Carys llegó.

—Madre —dijo Carys, bajando del caballo mientras Oben intentaba ayudar a su reina a pararse—. Estás herida. Volvamos al Palacio de los Vientos, así Oben puede detener la sangre y prepararte para la coronación.

Su madre sacudió la cabeza y tiró para soltarse de Oben.

—Ellos están esperando.

—Tienes razón —dijo Carys—. Todos están esperando a su reina dentro de la ciudad. Oben, ¿quizás sería mejor si ayudaras a Madre a ir en uno de los carros el resto del viaje?

Oben asintió.

—¡No! —gritó su madre y pateó y trató de morder a Oben para obligarlo a que la soltara. Pero él se mantuvo firme al subir con la reina a uno de los carros fúnebres, ahora vacío—. ¿No oíste? Tengo que ir.

—Llévela a la ciudad —Carys ordenó al conductor. Andreus y Élder Cestrum se ubicaron detrás del carro y avanzaron hacia las puertas.

—Despejen el camino —gritó el Capitán Monteros cuando sonaron los gongs y la madre de Carys atravesó la entrada a la seguridad de la ciudad mientras gritaba:

—Déjenme ir. No pertenezco a este lugar. Tienen que dejarme ir. —Finalmente, dejó de pelear y gritar, y, a cambio, continuó murmurando las palabras para sí.

Los ciudadanos salieron de las casas y se alinearon en las calles iluminadas por la energía del viento. Ya no estaban sombríos y silenciosos como habían estado más temprano durante el cortejo final del rey y el príncipe. Ahora gritaban, y algunos niños corrían por la calle saludando a la procesión. Para ellos, la muerte había terminado y había llegado la hora del próximo paso en el reino. Así eran las cosas. Así se suponía que debían ser.

—¡Larga Vida a la Reina Betrice! —alguien gritó.

—¡No! — Carys oyó que dijo su madre.

Otra voz comenzó a vitorear y más gente se alineó en las calles para mostrar su apoyo a la nueva gobernante.

Los gritos aislados se transformaron en ovación cuando la procesión llegó a la base de las escaleras blancas que llevaban al castillo situado muy por encima.

—¡Larga Vida a la Reina! ¡Larga Vida a la Reina Betrice!

Andreus ayudó a su madre a bajar del carro. Oben permaneció un paso atrás. La reina miró a los alrededores desconcertada, cuando el Jefe Élder Cestrum la tomó del brazo y comenzó a guiarla hacia las escaleras blancas.

Los gritos se hicieron aún más fuertes cuando Andreus tomó del brazo a Imogen y fue detrás de ellos con Carys siguiéndolos… ella vio a su hermano inclinarse y susurrarle algo a la adivina que hizo que ella lo mirara con una pequeña sonrisa secreta.

Su madre y el Jefe Élder se detuvieron en el primero de los amplios descansos construidos en la larga escalera de la entrada del castillo. Élder Cestrum giró y levantó la garra de hierro. La multitud de abajo calló.

—El Rey Ulron y el Príncipe Heredero Micah ahora descansan —anunció Élder Cestrum—. Pero el Reino de

Eden continúa con la Reina Betrice. Nuestra Protectora de las Virtudes. Guardiana de la Luz. Gobernante de Eden. Largo sea su reinado.

Las aclamaciones aumentaron y la reina gritó:

—No. ¡Esto está mal!

—¡Madre! —la llamó Carys, bruscamente, cuando su madre se soltó de Élder Cestrum. Casi cae por las escaleras al tambalearse hacia atrás. La multitud suspiró y quedó en silencio.

—¡No, no, no! —gritaba la reina—. Me están llamando. Mi lugar está con ellos. No pueden hacer que me quede. Voy a unirme a ellos en las montañas.

—Su Majestad. —Élder Cestrum se acercó a la reina—. Su lugar es aquí. Será coronada y se sentará en el trono.

—Nunca. —Con el cabello moviéndose por una ráfaga de viento, la madre de Carys giró y miró a la multitud de nobles y plebeyos en la calle y en los escalones más abajo—. El único gobernante es el Rey Ulron. Él nos convoca a todos.

—Mi reina. Perdóneme, pero no entiendo. —Élder Jacobs caminó alrededor de Carys y apresuró el paso hacia la reina. Ella lo vio voltear la mirada hacia Élder Cestrum, que asintió—. ¿Quiere decir que renuncia a su derecho al trono? ¿Está cediendo la corona?

—Sí. ¡Debo irme! ¡Nuestro rey me llama! ¡Debo obedecer su mandato!

La gente, sorprendida, miró a la reina mientras Carys se apresuraba en los escalones.

—Ha sido un día largo. Retomaremos la coronación luego de que Madre descanse un poco. Oben, llévala adentro.

—Mi reina… —comenzó Élder Cestrum.

—¡No soy tu reina! —la madre de Carys sonrió ampliamente a la multitud, con el cabello salvaje al viento. Su voz tenía un tono cantarín que congelaba a Carys hasta los huesos—. Adonde planeo ir no se necesita una corona. — Tiró la cabeza hacia atrás y rio. Luego, se levantó la falda y subió de prisa los escalones hacia el castillo su risa aún resonaba en la noche.

Todos la vieron irse. Y mientras Carys no lo decía en voz alta, otros sí lo hicieron hasta que los murmullos se volvieron más fuertes y más persistentes, cargados de miedo. Porque por más que nadie quisiera que fuera verdad, estaba claro que la reina, la madre de Carys, la única progenitora que le quedaba viva, estaba loca.

El reino había perdido al rey y a un príncipe.

El dolor se había apoderado de su reina.

¿Quién gobernaría Eden ahora?

8

—¡Adentro! —gritó Andreus cuando los habitantes de la
ciudad se juntaron en la base de las escaleras exigiendo
respuestas. Él podía oír el miedo que sentían. Dios lo
sentía. Padre. Micah. Ahora Madre, que se volvió loca. Era
como si la oscuridad se estuviese burlando de ellos, incluso
cuando estaban bajo la luz del orbe.

Imogen. Ella había estado a su lado, pero ahora no
estaba. Miró hacia arriba y distinguió su vestido y capa
blanca en la cima de las escaleras, lejos del alboroto de
abajo. Su corazón se calmó. Ella estaba a salvo. Él giró y
encontró a su hermana mirando a la multitud que pujaba
contra el cordón que había formado la guardia del castillo
en la base de los escalones.

—¡Carys! —Su hermana se dio vuelta. Andreus vio el
mismo miedo y confusión que palpitaba en su interior en los
ojos de ella cuando se cruzó hacia él y le tomó la mano—.
Tenemos que entrar al castillo antes de que el pánico haga
enloquecer a la gente.

Ella asintió; se tomó la falda con una mano, luego se
apresuró para subir junto a él la enorme escalera mientras la gente gritaba, se quejaba y lloraba detrás de ellos.
Andreus miró por sobre el hombro. Pudo ver que se desa-
taban peleas, en el medio de la multitud, en la base de los
escalones.

Esperó a escuchar el sonido del acero contra el acero, señal de que la violencia había pasado a otro nivel y los guardias se verían obligados a intervenir, pero se sintió agradecido de que el enfrentamiento de las armas no ocurriera. Cuando llegó a la cima, respiraba con dificultad, pero los guardias de abajo habían logrado mantener la paz.

—¿Estás bien? —Carys parecía estar fuerte, a pesar del dolor que debía estar sintiendo por las heridas en la espalda. Subir corriendo los escalones no pudo haber sido fácil para ella. No había sido fácil para él. Le estaba costando recuperar el aliento, pero todo estaba normal… o tan normal como este tipo de cosas podían ser para él.

—Estoy bien —dijo y la tomó del brazo para llevarla al interior de los muros que ella afirmaba odiar.

—¡Príncipe Andreus! ¡Princesa Carys! —Élder Ulrich los llamó mientras atravesaban el patio. Ellos giraron y esperaron al verlo venir apurado—. Sé que van a querer ir a ver cómo está su madre, pero el Consejo de Élderes va a reunirse en el Salón de las Virtudes, de inmediato, y creo que ambos deberían estar allí cuando hablemos sobre el futuro del reino.

—¿De inmediato? La reina está, obviamente, sobrepasada por la muerte del Rey y el Príncipe Micah —dijo Carys enseguida—. Cualquier discusión debería esperar hasta que ella vuelva en sí y pueda asegurar a todos que tiene intenciones de ocupar su lugar en el trono.

Élder Ulrich los miró con dureza, por largo rato, con el único ojo sano antes de continuar con calma.

—La reina puso en movimiento algo que, me temo, no puede detenerse. No puede haber dudas cuando el futuro del reino está en juego. —Miró a su alrededor, vio a Élder Cestrum y al resto de los élderes caminando con el Capitán Monteros, y se quedó en silencio cuando pasaron. Luego, volvió a girar la cara con cicatrices hacia ellos—. El Consejo de Élderes estará reuniéndose en el Salón de las Virtudes. Para bien o para mal, se tomarán decisiones. Les aconsejo a ambos que se nos unan y que lo hagan cuanto antes.

Se inclinó, alejó de ellos el ojo borroso, que Andreus encontraba repulsivo y extrañamente fascinante a la vez, y se fue de prisa.

—¿Qué piensas que fue eso? —pregunto Andreus—. Élder Ulrich no es del tipo de personas que ayuda a los demás a menos que pueda obtener algo a cambio.

—No lo sé. —Carys tiritó y se envolvió con los brazos—. Pero debemos ir adentro y descubrirlo. Tengo la sensación de que Élder Ulrich tiene razón. No debemos llegar tarde.

Entraron de prisa y caminaron por los amplios corredores que llevaban al Salón de las Virtudes. Los corredores estaban muy iluminados y curiosamente vacíos, pero cuando se fueron acercando al salón del trono, Andreus se dio cuenta de que había más guardias apostados *dentro* del castillo de lo que recordaba haber visto en años.

Estaban casi en el Salón, cuando Carys dijo:

—Dreus, necesito recomponerme antes de ir a lidiar con el Consejo.

—Claro. —Él se detuvo y puso una mano en el hombro de Carys. Pudo sentir que su hermana temblaba bajo la capa—. Carys, ¿estás bien?

—Estoy bien. —Se alejó de él y asintió—. Solo necesito un minuto para calmarme… sola. Te veré en la antesala, en un momento.

Andreus le observó la cara enrojecida y pensó en el tono amenazante de las palabras de Élder Ulrich.

—Preferiría no dejarte sola.

—No tuviste problema en dejarme sola hace dos días.

Él frunció el ceño ante el rencor de las palabras.

—Mira, te dije…

—Un minuto *sola*, Andreus —dijo ella, metiendo las manos en los bolsillos de la capa, a pesar del calor que hacía dentro del castillo—. Me lo debes.

—Un minuto —dijo él, irritado—. Estaré a la vuelta por si pasa algo extraño.

—Está bien.

Caminó solo por el corredor. Cuando estaba por doblar la esquina hacia el Salón de las Virtudes, miró hacia atrás a su hermana, quien se había movido y ahora estaba cerca de la pared con la espalda hacia él. Carys levantó el brazo. Reclinó la cabeza hacia atrás y él supo, exactamente, por qué ella había necesitado un momento.

No dijo nada sobre la droga cuando ella volvió a aparecer. Se ocuparían de eso después. Por ahora, le ofreció el brazo para que ella lo tomara y juntos ingresaron al salón del trono radiantemente iluminado.

—Dreus, sea lo que sea que digan o hagan, quiero que sepas que hay una cosa que no ha cambiado. —Ellos caminaron a lo largo del Salón hacia los cinco miembros del Consejo de Élderes, que estaban no muy lejos de los escalones que llevaban al trono de oro y zafiro—. Somos un equipo. Prometo protegerte como siempre lo he hecho.

Andreus puso la mano sobre la de ella.

—Y yo a ti, todo lo que pueda.

—Príncipe Andreus. Princesa Carys. —Élder Jacobs dijo sus nombres con la voz suave que usaba para molestar al padre de Andreus. Padre solía decir que Élder Jacobs le recordaba a una serpiente que no era lo suficientemente venenosa como para matar de una sola mordida, en cambio, tenía que picar a su presa y esperar en los alrededores durante horas, y rezar para que no apareciera otra criatura que se adjudicara el premio. Al mirar al hombre moviéndose como si se deslizara sobre el piso, confirmó esa observación. Andreus se prometió tener presente las palabras de su padre cuando el hombre dijo:

—El Consejo de Élderes no los esperaba en este momento tan difícil. ¿Están seguros de que su madre está bien cuidada? Quizás, deberían ir a verla.

—Nuestra madre está cansada, mi lord —dijo Carys con voz firme—. Le ha costado dormir desde que supo de la muerte del rey y el Príncipe Micah.

—Sí —dijo Andreus—. La reina estará descansada y lista para gobernar a tiempo para su coronación mañana.

Élder Jacobs sonrió.

—El Consejo se complace al ver que la aflicción que se apoderó de su madre no los ha afectado a ninguno de ustedes. Y si bien todos deseamos que la reina se recupere completamente, sus palabras nos han presentado un problema. La coronación de mañana no se realizará. La reina no puede gobernar Eden.

—¿Qué? —preguntó Andreus mientras los dedos de su hermana se tensaron en su brazo.

—Élder Jacobs tiene razón. Al rechazar la corona en público, la reina, por decisión propia, se ha retirado legalmente de la sucesión real. —Élder Ulrich suspiró y sacudió la cabeza—. Su madre no puede ocupar el trono.

—La reina estaba abrumada por su pérdida —dijo Andreus, rápidamente—. Nadie puede creerle lo que dijo fuera de los muros del castillo.

Andreus se dio vuelta cuando el Jefe Élder Cestrum y Élder Ulrich cruzaron el piso de piedra blanca con dos pajes detrás de ellos; cada uno sostenía libros y pergaminos.

—La reina renunció en público a su derecho al trono —dijo Élder Cestrum—. Lamentablemente, de acuerdo con las leyes de Eden, leyes que su padre, el Rey Ulron, juró defender, debemos tomar la palabra de su madre para evitar que el reino flaquee.

Los ojos de Carys se entrecerraron al mirar a Élder Jacobs y dar un paso hacia él.

—Élder Jacobs, si mal no recuerdo, fue *usted* quien le hizo a mi madre la pregunta sobre sus intenciones. ¿Era su deseo empujarla, en un estado tan frágil, a perder su autoridad como reina?

Élder Jacobs estaba por responder cuando el Jefe Élder Cestrum lo interrumpió.

—No tiene importancia. —Miró a cada uno de los otros élderes antes de volver a mirarla a ella—. Todos escuchamos las palabras de su madre.

—Que fueron dichas, solamente, porque Élder Jacobs la empujó a decirlas —Andreus respondió.

—Ninguno de nosotros pudo haber visto que esto iba a suceder, pero ahora que ha ocurrido, estamos obligados por nuestro deber a ocuparnos según las leyes de Eden. —Élder Cestrum miró a Andreus y luego a Carys, luego se paró frente a los otros miembros del Consejo de Élderes—. Los meses más fríos están casi sobre nosotros. Se está peleando una guerra y Eden no tiene gobernante. Debemos tener un monarca bajo la corona lo antes posible, a fin de proteger al país y a sus ciudadanos.

Carys echó un vistazo a Andreus, luego volvió a mirar al Jefe Élder.

—Mi hermano y yo estamos listos para hacer lo que sea necesario para velar por la seguridad de Eden. Es nuestro deber y nuestro derecho.

Y algo que su hermana nunca quiso. Tampoco él. No con la maldición revoloteándole sobre la cabeza. Pero, si debía gobernar, quizás podía hacerlo junto a Carys. Tal vez, como siempre, podían compartir la carga.

—Por desgracia, en los últimos días, el Consejo de Élderes hizo un estudio de las leyes de sucesión de Eden —interrumpió Élder Ulrich—. Al parecer, las circunstancias de su nacimiento hacen legalmente imposible que nosotros podamos instalar a alguno de ustedes en el trono.

—No tiene sentido. —Andreus miró a su hermana, quien miraba fijamente y con atención a Élder Ulrich, tratando de oír lo que no se dijo—. Nuestra sangre es tan real como la de Micah y él era el heredero reconocido al trono. ¿Cómo es que el Consejo de Élderes cree que yo soy menos aceptable que mi hermano?

—No hay dudas de que su sangre es la del Rey Ulron, Su Alteza —explicó Élder Jacobs, tomando un libro con tapa de cuero que tenía uno de los pajes del Consejo—. Usted es un príncipe del reino. Su hermana es una princesa. Pero la ley es clara. —Abrió el libro en una página marcada con un trozo de seda y leyó—: Solo un sucesor cuyo derecho al trono sea reconocido como mayor a cualquier otro derecho puede ser asignado a la corona. Si la familia real no tuviera un sucesor que se encontrara en el umbral de sucesión, el Consejo de Élderes legalmente elegirá un nuevo sucesor con el derecho más fuerte, para comenzar una nueva línea y hacer todo lo necesario para garantizar que el reino prospere bajo la luz.

El Jefe Élder Cestrum suspiró.

—Sus derechos son iguales. Ninguno es mayor que el otro. Por lo tanto, ninguno cumple con el umbral de la ley.

—Iguales… ¿porque somos gemelos? —Carys lo miró con el mentón hacia arriba. Su postura era desafiante, pero en sus ojos, él vio preocupación.

—Eso es una locura —dijo Andreus.

—Desearía que lo fuera, Su Alteza. —Élder Cestrum tomó el libro de Élder Jacobs—. Lamentablemente, las leyes de Eden son bastante claras. Es ilegal para el Consejo de Élderes permitir que gobierne alguien que no puede ser declarado, con absoluta certeza, el próximo en la línea de sucesión. Como nadie, a excepción de su madre y la partera, presenció el nacimiento, no hay quien pueda dar testimonio directo sobre si usted, Príncipe Andreus, o usted, Princesa Carys, nació primero.

La partera estaba muerta. Había fallecido no mucho después del nacimiento.

Y su madre estaba loca.

—Mi hermano es el mayor —dijo su hermana—. Mi madre siempre lo dijo.

—El pasaje de la corona no puede basarse en *habladurías* —dijo Élder Jacobs; su voz con un dejo de lo que se suponía era indignación, pero sonó más parecido a regocijo—. Como ninguno de ustedes puede cumplir con los términos de sucesión, se debe instalar una nueva línea.

—¿Una nueva línea? —la voz de Carys se quebró.

Por el rabillo del ojo, Andreus vio aparecer guardias por las entradas laterales del Salón. Trató de hacerle señas a su hermana, pero Carys estaba concentrada en el Consejo.

—¿Quiere decir que planea hacer a un lado a nuestra familia, aunque la reina esté viva y haya dos hijos del Rey Ulron parados frente a usted? ¿Y cree que el reino aceptará eso de manera sumisa? ¿Cree que se lo vamos a permitir?

—¿Es eso una amenaza, Su Alteza? —preguntó Élder Cestrum e hizo señas a los guardias, con su puño de hierro, para que se acercaran.

—Carys —susurró Andreus al acercarse a ella y buscar su espada—. Ten mucho cuidado.

—No estoy *amenazando* a nadie, Jefe Élder —dijo Carys con una calma que Andreus no podía hacer más que admirar, considerando que los guardias estaban sacando las espadas en ese momento—. Estoy sugiriendo que el reino ya se encuentra en guerra y hay quienes creen que los bastianos que viven en el exilio son los legítimos gobernantes de Eden. El hacer a un lado a nuestra familia en favor de un tercero solo dividirá este reino aún más. Sería el caos. No puedo imaginar que quieran eso.

—Claro que no, Su Alteza. Es por eso que el Consejo de Élderes está reunido esta noche. Queremos determinar la mejor manera, dentro de las leyes de nuestro reino, de instalar al nuevo gobernante de Eden y mantener la paz. Élder Ulrich elaboró un plan que debiera satisfacer la ley y las virtudes que nuestro reino mantiene en alto.

—¿Y qué plan es ese? —preguntó Andreus; la ira le quemaba en lo profundo de la garganta mientras sujetaba el agarre de la empuñadura de su espada, preparado para sacarla en cualquier momento.

Élder Cestrum sonrió.

—Hay un sucesor cuyo derecho está por encima de todos los demás. Su abuelo peleó contra los bastianos. El abuelo de ustedes, una vez que tomó la corona, lo declaró a él como su sucesor hasta que nacieran herederos naturales.

Carys suspiró un momento antes de que él lo hiciera y dijo:

—No puede hablar en serio sobre poner al Gran Lord James en el trono.

La crueldad de James como Gran Lord era conocida en todo Eden. Él afirmaba que era su deber, como señor del distrito que representaba la virtud de la fuerza, gobernar a sus súbditos de manera rigurosa. La única vez que Andreus y Carys tuvieron permitido viajar con su padre para visitar el Fuerte, él vio, por los hombros caídos y los rostros afligidos por el terror de los sirvientes del castillo, cómo la fuerza podía pasar, fácilmente, de ser una virtud a ser un vicio.

—No, no podemos —coincidió Élder Cestrum—. Me informaron hoy, más temprano, que el Gran Lord James sucumbió ante la enfermedad hace una semana. Su hijo y heredero, Garret, nombrará un nuevo Gran Lord del Fuerte luego de ser instalado como rey.

Garret. El antiguo mejor amigo de Micah. Sobrino de Élder Cestrum. Andreus debía haberse dado cuenta de que era eso lo que el Consejo había planeado. Con Garret en el trono, el Consejo, y en especial Élder Cestrum, tendrían el tipo de autoridad que siempre habían querido.

—¿Y qué pasará con nosotros? —preguntó Andreus, mientras pensaba cuánto tardaría en deslizar el cuchillo del cinturón, pasárselo a Carys y sacar la espada a la vez. Al menos, Carys era tan buena peleando como él. Debería serlo luego de practicar con él, en secreto, todos estos años. No podrían matar a la docena de guardias que esperaban la señal del Jefe Élder, pero él y su hermana enviarían a la tumba a varios antes de caer—. ¿Seremos tratados igual que los bastianos?

Aún era difícil de creer que alguno de ellos hubiera sobrevivido a la masacre.

—Creo que todos coincidimos en que ya ha habido suficiente tragedia en Eden —dijo Élder Cestrum— Siempre y cuando ninguno de ustedes se oponga a la coronación de Garret...

—Por supuesto que se opondrán. —Imogen apareció de atrás de una de las columnas de oro. Todavía llevaba puesto el vestido blanco de antes. ¿Cuándo había entrado a la sala? ¿Y cómo nadie notó que lo había hecho?—. El Consejo de Élderes también se opondrá a dicha coronación —continuó—, ya que no solo traiciona el juramento que prestaron para defender las leyes del reino, sino que también sumerge a este reino en las sombras que la virtud de la luz no puede alcanzar.

Un guardia sacó la espada, pero Élder Cestrum levantó la garra de hierro para detenerlo.

—El Consejo de Élderes ha realizado un estudio de las leyes de Eden, Adivina Imogen, tal como lo requiere el juramento que prestamos. Y la coronación de Garret...

—Es precipitada. —El vestido blanco de Imogen contra la piedra blanca del Salón de las Virtudes le daba un resplandor casi celestial mientras se deslizaba por el piso. Giró e hizo una seña con la cabeza hacia la entrada del Salón, y una joven emergió de las sombras con un gran libro de cuero negro con el sello de oro de Eden en la tapa. Cuando llegó al lado de Imogen, la adivina dijo—: Desde que he jurado servir al Reino de Eden, he pasado mis días leyendo las historias de la tierra y mis noches estudiando los vientos y los cielos. He leído las leyes que están citando ahora. Pero me temo que, en el apuro por encontrar la solución que buscaron, no consultaron el Libro del Conocimiento.

El Libro del Conocimiento. La historia de los primeros años del reino, tal como la registró el primer adivino de Eden. Cuando se hizo mayor, los tutores de Andreus le hablaron del libro, pero ninguno lo había visto realmente. La mayoría creía que había sido destruido cuando los bastianos incendiaron el castillo, en un intento de no dejar nada de valor que los usurpadores se pudieran adjudicar.

—Como ustedes no han consultado el texto, se los leeré ahora.

Las páginas del libro antiguo crujieron cuando Imogen lo abrió en la página que había buscado. Imogen leyó:

—Si dos o más miembros de la familia real tienen igual derecho al Trono de la Luz, se debe llevar a cabo una serie de pruebas para determinar el legítimo heredero. Las pruebas serán ideadas y dirigidas por el Consejo de

Élderes, los representantes designados de los distritos, y medirán las habilidades de los candidatos para defender las siete virtudes necesarias para ejercer el poder y evitar las tentaciones que puedan aparecer al subir a la corona.

—¿Quieres que nos enfrentemos en una especie de competencia pública? —preguntó Carys, antes de que Andreus pudiera reaccionar, y se rio entre dientes—. No. Estoy feliz de hacerme a un lado y dejar que Andreus gobierne. Él entiende de energía eólica, así que los Maestros lo respetan. Ha estudiado con el Capitán de la Guardia, por lo que entiende a los hombres que comandaría en batalla. Si yo renuncio a mi posición, su derecho es el mayor. No hay razón para que tengamos que actuar como si fuéramos animadores callejeros.

—Carys… —Andreus comenzó a protestar, pero se le agrandó el pecho. Su hermana lo había proclamado el heredero más digno del trono… aquí, frente al Consejo. Ningún otro miembro de su familia lo habría hecho.

—Ambos tienen habilidades que los harían gobernantes fuertes, pero no depende de ustedes, ni del Consejo, elegir al próximo defensor de la luz. La ley demanda una serie de pruebas. —Imogen enderezó los hombros delgados y entrelazó miradas con Andreus, como pidiéndole que confiara en ella—. Es su deber acatar la ley como es el deber del Consejo de Élderes supervisar que sea aplicada.

Imogen giró para mirar al Consejo y dijo:

—Desde que presté juramento y comencé mis deberes como Adivina de Eden, hay una visión que tengo cuando las estrellas brillan más. Veo dos caminos que se extienden desde el orbe de Eden. Al final de ambos, hay una corona. Un camino está cubierto de oscuridad. El otro inundado de luz. Uno contaminado por la guerra y el malestar. El otro lleno de prosperidad y paz. Nunca una visión ha sido tan fuerte ni el propósito tan claro. Deben acatar la antigua ley de Eden, tal como les ordena el juramento que prestaron. Solo entonces, podremos estar seguros de que hemos seguido el camino de la luz.

Imogen cerró el libro de golpe. El sonido se sintió en toda la sala cavernosa.

—Si no cumplen con su juramento; si el Príncipe Andreus y la Princesa Carys no compiten por su lugar como líderes del Salón de las Virtudes, van a poner al reino en dirección hacia la guerra, el sufrimiento y a una oscuridad que se extiende más allá de los tiempos.

Élder Cestrum se acomodó la barba blanca mientras estudiaba a Imogen. Estaba tan tranquila y bella bajo el escrutinio del élder. Tan diferente a la niña con la que estaban acostumbrados a tratar. Y se debía a Andreus. Se estaba arriesgando, y frustrando los planes de los hombres que querían hacerle daño, por amor.

—¿Puedo ver el libro? —preguntó Élder Cestrum, tendiendo la mano con la garra de hierro.

—Claro, mi lord. La página que leí está marcada. —Ella le pasó el libro, luego cruzó las manos al frente, mientras el Consejo de Élderes se reunía alrededor del tomo.

Andreus intentó llamar la atención de Imogen, pero ella no lo miró. Mantuvo los ojos en Élder Cestrum y el resto del Consejo mientras ellos murmuraban, daban vuelta las páginas y discutían.

La adivina mantuvo las manos cruzadas a medida que la conversación se volvía más intensa, pero, en ningún momento, se encogió de miedo ni se retiró. Y fue ahí cuando Andreus se dio cuenta de algo: él no podía competir en pruebas públicas. No sin arriesgarse a que el Consejo de Élderes recordara su maldición. Si alguno de ellos veía a Andreus con los dolores que sufría cuando tenía un ataque, lo sentenciarían como no apto. Se darían cuenta de que Carys y la reina siempre supieron de su padecimiento y los declararían a todos traidores. Una competencia los mataría a todos.

Algo que Imogen no tenía manera de saber.

Él sacudió la cabeza.

—Creo que la aparición de Lady Imogen con el Libro del Conocimiento demuestra cuántas leyes rigen la sucesión. Ninguno de nosotros las conoce a todas. —Asintió con la cabeza a los guardias—. La gente simplemente supone que tanto Carys o yo subiremos al trono; deberíamos garantizarles eso. Y, mientras tanto, deberíamos estudiar, minuciosamente, todas las leyes y determinar el mejor camino para el...

—Discúlpennos, Su Alteza. —Élder Cestrum hizo señas al resto del Consejo, quienes se juntaron a su alrededor. Como los Élderes hablaban en un tono muy bajo como para que Andreus adivinara las palabras, él miró a Carys y a Imogen. En los ojos de su hermana vio la tormenta de incertidumbre que seguramente se reflejaba en los suyos. El mundo había sido dado vuelta y ninguno de ellos tenía idea de cómo enderezarlo. El rostro de Imogen permanecía aplomado, sereno. Casi de forma escalofriante.

Élder Cestrum se aclaró la garganta.

—La demora no será necesaria, Príncipe Andreus. El Consejo de Élderes está de acuerdo y agradece a Lady Imogen por estudiar y custodiar la historia del reino. Si no hubiera sido por la adivina, habríamos cometido un grave error que violaba nuestros juramentos. —El élder sonrió a Lady Imogen mientras, justo detrás de él, Élder Jacobs la fulminaba con la mirada, con notorio desprecio.

—Y no habríamos querido eso, ¿verdad? —dijo Élder Jacobs arrastrando las palabras.

Andreus reprimió el deseo de proteger a Imogen de la malicia de Élder Jacobs. A cambio, sujetó la empuñadura de la espada y trató de fingir la confianza en sí mismo que su hermana le transmitía al estar junto a él.

—Solo mantengo mi deber con Eden —dijo Lady Imogen—. Tomo seriamente mi obligación de buscar las estrellas y llamar a los vientos. Sin ellos, no puedo imaginar lo difícil que sería para el trono mantener la confianza del pueblo durante los meses fríos que se aproximan. Es importante que todos nosotros trabajemos juntos para asegurarnos de que el trono pase al verdadero Protector de las Virtudes y Guardián de la Luz. O la oscuridad nos hundirá a todos.

Palabras suaves que cubrían el filo de acero de una amenaza.

Élder Cestrum sujetó con más firmeza el libro, pero su expresión no se inmutó. Luego de varios minutos tensos, hizo señas con la cabeza a los guardias, que retiraron las manos de las armas, y Andreus soltó la respiración que había estado conteniendo.

—Todos servimos al Reino de Eden —dijo Élder Cestrum—. Lo que significa que el Consejo creará una serie de pruebas, en las que participarán nuestro príncipe y nuestra princesa, que determinarán el verdadero sucesor al Trono de la Luz. Las Pruebas de Sucesión Virtuosa deben ser diseñadas para demostrar la dedicación al reino de los candidatos y las virtudes que la guían. Y una vez que comiencen estas pruebas, la competencia debe continuar hasta que un sucesor sea declarado el ganador o todos los otros candidatos con igualdad de derechos estén muertos.

9

—¿Muertos? —Carys dio un paso adelante—. ¿Espera que voluntariamente participemos en una serie de disputas en las que uno de nosotros puede morir?

—No espero nada —dijo Élder Cestrum, con lo que Carys estaba segura parecía un gesto de desdén. Solo que él no lo lamentaba. Ella lo podía ver en el destello de disfrute que había en sus ojos.

—El Libro del Conocimiento, que nuestra adivina nos presentó tan amablemente, requiere que las Pruebas contengan riesgos para aquellos que ocuparían el trono. Sin duda, para probar que una vez que el nuevo monarca reciba la corona, él o ella tenga la capacidad de mantenerla. Después de todo, obtener el poder es, por lo general, la parte fácil. Mantenerlo es lo que puede resultar difícil. El Consejo de Élderes debe hacer todo lo posible para asegurarse de que la persona que gane la competencia tenga la capacidad para liderar Eden en los tiempos difíciles que se aproximan.

—¿Y si rechazamos esta ofensa a nosotros y a nuestro padre? —preguntó Andreus.

—Entonces, Lord Garret subirá al trono y decidirá cuál es la mejor manera de tratar a quien pudiera poner en peligro la legitimidad de su reino.

Los bastianos, derrotados por el abuelo de Carys, fueron ejecutados en la Ciudad de los Jardines, en el punto exacto donde ahora se encontraba el Árbol de las Virtudes. Aquellos que escaparon y sus herederos habían mortificado a Eden con la amenaza de guerra desde entonces. Carys no tenía dudas de que el Consejo de Élderes aconsejaría a Lord Garret asesinarla a ella, a Andreus y a su madre, y que el reino no se opondría.

—Príncipe Andreus y Princesa Carys. —Élder Ulrich se alejó del grupo de asesores con las manos levantadas—. Entiendo que todo esto nos toma de sorpresa. Ninguno de nosotros esperaba que la mente de su madre colapsara bajo la tensión de esta tragedia. Lamentablemente, no se pueden cambiar estas consecuencias desafortunadas. El Reino de Eden depende de que todos nosotros hagamos nuestra parte. ¿Podemos contar con su honorable participación?

—Nosotros somos los hijos del Rey Ulron —dijo Carys, antes de que su hermano pudiera expresar la negación que le vio en los labios—. Nuestro padre fue el Guardián de la Luz y Protector de las Virtudes por más de cuarenta años. Él nos enseñó que es nuestra responsabilidad hacer lo que sea mejor para el reino. No lo deshonraríamos dándole la espalda a nuestro deber con Eden.

Andreus abrió la boca para hablar, y Carys lo miró suplicándole que confiara en ella. Sí, ella sabía que él no podía competir en pruebas físicas que pudieran llevar a la muerte. El estrés de lo que fuera que el Consejo de Élderes ideara podría desencadenar un ataque. Si Carys no lograba ayudar a ocultarlo, Élder Cestrum vería la dificultad de Andreus para respirar y recordaría la predicción del Adivino Kheldin. El Consejo aprovecharía la debilidad del corazón de Andreus para eliminarlo de la disputa por el trono.

Las virtudes se iban al diablo cuando los intereses personales estaban en riesgo.

Pero el conocimiento era poder y, justo ahora, Carys no permitiría que el Consejo supiera que ella y su hermano no iban a jugar este juego.

Su hermano frunció el ceño, pero asintió levemente antes de decir:

—La Princesa Carys y yo entendemos la importancia de nuestro deber. Haremos lo que tengamos que hacer para garantizar que el legado del Rey Ulron perdure. ¿Supongo que las pruebas comenzarán en un par de días, una vez que el Consejo tenga tiempo de prepararlas?

Élder Cestrum desaprobó la suposición de Andreus con un gesto que hizo con su mano de hierro.

—Si bien las circunstancias alrededor de la inminente coronación han cambiado, la necesidad de una rápida transición a un nuevo monarca no lo ha hecho. Eden necesita un rey o una reina que asegure el reino. El Consejo se reunirá por la noche para crear las reglas y tareas que regirán las pruebas que comenzarán en el torneo de mañana.

Mañana. Eso no les daba suficiente tiempo para encontrar una salida a esa locura.

—¿Cree que eso es inteligente? —preguntó Carys, ignorando el terror que le afloraba en lo profundo del estómago—. Después de todo, el torneo fue planeado para celebrar la coronación de la reina. Usarlo para algo más podría ser considerado como una burla al destino.

—El torneo aún celebrará la coronación pendiente, y la reunión de la corte y los plebeyos por igual dará al Consejo la oportunidad de explicar el propósito de la competencia entre usted y el Príncipe Andreus. —Élder Cestrum miró hacia atrás a los miembros del Consejo, y todos asintieron el acuerdo.

Todos, con excepción de Élder Ulrich, quien quedó fuera del campo visual de Élder Cestrum y miraba a Carys con el único ojo sano. Élder Cestrum volvió a mirar a Carys y a Andreus.

—El torneo demostrará a todos que el Consejo de Élderes, la adivina de Eden y los hijos restantes del Rey Ulron han acordado este camino para determinar el nuevo monarca. Después de tanta tragedia, el pueblo no solo estará contento de tener competidores por quienes aclamar durante el torneo, sino que también se sentirán inspirados al ver que su príncipe y princesa están dispuestos a hacer lo que sea para probar que merecen llevar la corona.

Lo que sea. Alguien de afuera no vería la amenaza en esas palabras, pero Carys sí. En especial, cuando los miembros del Consejo acababan de dejar en claro que preferían poner en el trono a Lord Garret.

O la mayoría de ellos. Lo que quería Élder Ulrich no estaba claro. Él les había advertido, a ella y a Andreus, sobre la reunión del Consejo esa noche, allí en el Salón de las Virtudes. ¿Quería ayudarlos a impedir el plan de Élder Cestrum de poner a Garret en el trono o había tenido la intención de llevarlos a una masacre?

Carys lo miró fijamente, esperando ver alguna señal acerca de sus intenciones, pero su expresión era indescifrable.

Carys se preguntó. Ulrich podía no ser un amigo, pero tal vez... solo tal vez, tampoco sería un enemigo.

—Entonces, tienen una larga noche por delante, mis señores —dijo Carys—. Y, aparentemente, mi hermano y to tendremos un largo día mañana. Así que, a menos que alguien tenga otro libro para leer, les digo buenas noches. Andreus, ¿vienes?—. Ella se tomó la falda y se detuvo para ver si él había entendido el mensaje que había pronunciado solo para él.

—Adelántate —dijo él, con un gesto de que había entendido—. Me gustaría revisar este Libro del Conocimiento para asegurarme de que no haya ninguna otra sorpresa. Descansa un poco, Carys —dijo, con la atención puesta, de nuevo, en el Consejo—. Parece que vas a necesitarlo.

Descansar, pensó ella al girar y salir de la sala, *era algo que ninguno de ellos podía permitirse*. No si iban a evitar ser atrapados en la trampa que les estaba tendiendo el Consejo de Élderes.

Carys regresó a su habitación por los pasillos del castillo, radiantemente iluminados, pero vacíos en su mayoría, y notó que había más guardias de lo normal. Probablemente, porque pensaron que estarían ejecutando la orden de un nuevo rey esa noche. Eso solo le dijo a Carys que ellos no podían contar con que el Capitán Monteros los ayudara. Su lealtad claramente pertenecía al Consejo de Élderes. Quizás, ella podía encontrar la manera de volver a comprar su apoyo, pero luego de esa noche, estaba claro que ella y Andreus nunca podrían contar con él realmente. Las únicas personas de las que dependían para mantenerse a salvo eran ellos mismos.

Carys observó a los guardias apostados en el próximo pasillo y se deslizó por uno de los corredores angostos de los sirvientes, que su hermano prefería, donde las luces por energía eólica nunca brillaban y los guardias nunca se molestaban en vigilar. Después de todo, ¿por qué proteger a sirvientes que no podían ofrecerles recompensas cuando había lores y damas con joyas y oro esperando para agradecerles?

Rápidamente, Carys se abrió camino por los corredores iluminados con antorchas y hacia unos escalones angostos y desnivelados que daban a una puerta que se abría más cerca de su habitación. Sintió un golpe de sorpresa, seguido de preocupación, cuando divisó a Larkin en la puerta de su habitación. Su amiga tenía una pila de telas dobladas sobre un brazo y el bolso de sastre de cuero de Buenhombre Marcus colgando de un hombro.

Ni bien vio a Carys, Larkin se echó a llorar.

—Tranquila —susurró Carys y miró detrás de Larkin, deseando que los guardias que normalmente se encontraban apostados más allá de la puerta no la oyeran.

Demasiado tarde.

Vio la cara del mismo guardia que la había escoltado a la Torre del Norte mirar hacia el pasillo, entonces se apresuró a meter a Larkin en la habitación. Otro posible problema.

Trabó la puerta con el pestillo y le ordenó:

—No llores. No puedo permitirme angustiarme. —La compasión de Larkin la destrozaría. La tristeza la hundiría y haría que nunca quisiera salir. Incluso ahora, la botella roja la llamaba, empujándola hacia el olvido. Tenía que tener cuidado de tomar solo lo suficiente como para eliminar los síntomas de la abstinencia. La energía nerviosa y la ansiedad que le provocaba en pequeñas dosis era mucho mejor que rendirse ante la nada que ella deseaba desesperadamente. En cambio, se concentraría en la ira. Se sentía más fuerte. Más caliente. Más intensa. La ira la ayudaría a mantener la alarma del llamado de la droga bajo control.

Larkin resopló. El rostro de ella se puso tenso y pasó por varios tonos de rojo, pero luego de un minuto o dos, las lágrimas pararon. Respiró profundo y con una voz aún temblorosa dijo:

—Sé que podría haber esperado para traerte los vestidos mañana, pero estaba en la calle cuando regresaste del cortejo fúnebre. Escuché a la reina y vi su rostro… —

Las lágrimas cayeron y mancharon las mejillas de Larkin,

y ella le pasó los vestidos a Juliette, que había aparecido a su lado. Cuando giró, las lágrimas habían desaparecido—. La ciudad está llena de rumores que circulan, ninguno de los cuales puedo creer que sea verdad. Pero luego de oírlos, tuve que asegurarme de que estabas bien.

—Puedes ver que estoy bien. Andreus también lo está, pero no deberías estar aquí.

—Quiero ayudar —dijo con vehemencia—. Los rumores dicen que los bastianos le dieron una droga a tu madre que la volvió loca y que tienen tropas marchando a la ciudad para apoderarse del trono por la fuerza. Otros dicen que la reina solo está fingiendo estar loca para hacer creer al Consejo de Élderes que pueden controlar el trono, y que ella está planeando envenenarlos a todos mientras duermen.

No era la peor idea que Carys había oído.

—A la reina la están cuidando su chambelán y los sanadores del castillo. —Al menos, eso era lo que Carys suponía que estaba pasando. Si bien estaba preocupada por su madre, ella sabía que Andreus, las pruebas, y las amenazas del Consejo de Élderes tenían que tener prioridad—. Su enfermedad le ha hecho imposible gobernar. Como Andreus y yo somos gemelos, habrá una competencia para decidir quién será el próximo que suba al trono.

—¿Qué tipo de competencia?

—Eso depende del Consejo —explicó Carys—. Y no quiero que estés involucrada en nada de esto. Vuelve a lo de tu padre y dile que quieres dejar la ciudad para viajar a tu nuevo hogar esta noche.

—Padre nunca estará de acuerdo…

Carys tomó a su amiga de los hombros.

—Entonces, lo convencerás. Dile que te ordené que te fueras. No sé qué va a ocurrir, pero si hay una lucha por el trono o si los rumores acerca de que los bastianos se están aprovechando de la muerte de mi padre y de Micah son verdad, habrá más problemas para la Ciudad de los Jardines. Voy a estar más tranquila al saber que estás a salvo lejos de todo esto y que pronto estarás casada y feliz.

Dolía decir las palabras, pero Larkin no estaría a salvo si se quedaba.

—Eres mi mejor amiga. Eres parte de mi corazón, la mejor parte. Prométeme —exigió Carys—. Prométeme que regresarás a casa, empacarás y te irás lo antes posible. Dile a tu padre que se quede contigo hasta que yo te haga saber que es seguro regresar.

Larkin miró hacia abajo y suspiró.

—Lo prometo, Su Alteza. —Cuando Larkin levantó la cabeza, las lágrimas volvieron a derramarse. Salían a raudales mientras ella luchaba por mantener la compostura, pero perdió.

El calor punzaba en la parte de atrás de los ojos de Carys, cuando tiró de su amiga y le dio un abrazo fuerte. Al retroceder, dirigió a Larkin hacia la puerta y la abrió antes de que ella misma comenzara a llorar. De todas maneras, iba a perder a Larkin por el matrimonio, pero perderla *ahora* después de tanto Dolía mucho más.

—Que los vientos te guíen, mi amiga —dijo, tomando la mano de Larkin—. Quiero que encuentres la felicidad.

—*Por las dos.*

Se obligó a dejar ir a Larkin, luego cerró la puerta. El sonido del pestillo le hizo doler el corazón, y Carys deslizó la mano en el bolsillo de la capa y la cerró alrededor de la botella roja.

Dios, quería un sorbo. Pero era tan pronto. Había demasiado en juego como para perder el control. Tenía que cambiarse, alistar sus cosas y encontrarse con su hermano sin que nadie los viera.

Consideró despedir a su dama de compañía. Juliette había demostrado ser de confianza en los últimos años, pero eso fue antes de que la información sobre las acciones de Carys se hubiera convertido en un material tan valioso. Aun así, Carys no estaba segura si tenía opción.

—Ayúdame a sacarme esta ropa. Luego, ayúdame a ponerme ese vestido color rojizo que acaban de entregar —dijo Carys, sabiendo que Juliette esperaría que ella se preparara para ir a la cama en vez de para otra salida. Si la sirvienta tuvo alguna pregunta sobre las instrucciones, mantuvo la boca cerrada mientras ayudó a Carys a ponerse el vestido y ajustó los cordones lo suficiente para mantener la forma del traje, pero no tanto para que no irritaran las heridas que aún estaban sanando.

Buscó en el bolsillo de la capa y sacó la botella roja, luego dijo:

—Ahora, lleva estas ropas a los pozos de humo y quémalas.

—¿Cómo, Su Alteza? —dijo Juliette mientras doblaba el vestido del funeral sobre el brazo.

—Hoy fue un día horrible —dijo Carys y caminó hacia una pequeña mesa donde la esperaban té, frutas y queso. Apoyó la botella sobre la mesa—. Preferiría no conservar ningún recuerdo.

Cuando Juliette había juntado las prendas para descartar y se dirigía apresurada hacia la puerta, Carys agregó:

—Juliette, no te culparía si tuvieras problemas manipulando esas prendas y las dejaras caer cerca de los guardias al final del pasillo. La capa, en particular, es grande y gruesa, si no se la lleva con cuidado.

Juliette miró a los ojos a Carys y asintió.

—Me di cuenta de que no es particularmente fácil de llevar, Su Alteza. Me ocuparé de asegurarme de que no cause demasiados problemas cuando la baje a los pozos de humo. Volveré más tarde para ver si hay alguna otra cosa de hoy de la que quisiera que me deshaga.

Carys sonrió ante la confirmación de su sirvienta de la tarea que ella deseaba que realizara.

—Agradezco tu lealtad, Juliette. Si alguna vez entras en conflicto sobre esa dedicación, espero que me lo hagas saber, así puedo disipar tus preocupaciones.

—Nunca habrá conflicto, Su Alteza. Regresaré. — Dicho eso, Juliette se fue discretamente y cerró la puerta detrás de ella.

Carys se movió hasta la puerta y esperó varios largos segundos antes de girar el picaporte y abrirla apenas, solo para escuchar el sonido de los pasos de Juliette al apurarse por el pasillo. Juliette rio con nerviosismo de algo que dijo uno de los guardias. Luego, soltó un pequeño grito. Unos minutos después, Carys abrió la puerta de un empujón. Podía oír a los guardias, pero no estaban a la vista cuando Carys salió discretamente de su habitación y se apresuró para encontrarse con su hermano en el lugar al que siempre iban cuando necesitaban estar solos.

Años atrás, Andreus había descubierto una puerta detrás de un gran tapiz en la guardería, ahora en desuso, donde terminaba el salón, al lado de la habitación de Micah. El tapiz tenía doscientos años, iba desde el techo al piso, y cubría tres cuartas partes de la pared. Uñas de hierro sobre la mampostería sujetaban los extremos de la imagen tejida de las montañas detrás del castillo. En los alrededores de las montañas, había nubes turbulentas y árboles inclinados bajo la fuerza del viento. En el centro de la ráfaga de viento más grande, había una corona rota. Por lo que ella podía ver, nadie sabía hacía cuánto tiempo ese tapiz había estado colgado en la habitación, ni por qué un artesano lo creó, pero hacía tanto que estaba que nadie parecía recordar la puerta que ocultaba. Ella no se habría enterado de que estaba allí si Andreus no hubiese descubierto la entrada secreta mientras intentaba ocultarse detrás del tapiz cuando era niño. Quienquiera que fuera el que había escondido la entrada, lo había hecho mucho antes de que ella naciera, mucho antes de que su padre fuera rey.

Carys sintió alivio cuando no vio guardias apostados en el pasillo de la guardería. El Capitán Monteros debió haber decidido que no había razón para usar sus hombres en una zona donde no vivía nadie actualmente. Bien. Eso significaba que no había ojos que la vieran mientras entraba de prisa a la guardería, movía el pesado tapiz, y se deslizaba detrás de él en la oscuridad.

Una lámpara de aceite y pedernal para encenderla esperaban sobre una pequeña mesa que Andreus había encontrado. Golpeó uno de los estiletes contra el pedernal y encendió la lámpara, la colgó en el gancho que había en el medio del pequeño cuarto, y estudió el espacio mientras esperaba a que llegara su hermano.

¿Cuánto tiempo había pasado desde que habían estado ahí? La última vez que ella había estado fue hacía dos años cuando Andreus insistió en que ella misma intentara poner fin a las Lágrimas de Medianoche, que la tenían atrapada en su puño seductor. Él la había llevado a los túneles debajo del castillo y allí, ella había peleado, gritado, transpirado, rasguñado y se había sacudido tanto que Andreus temió que muriera.

Fue el miedo por ella lo que empujó a Andreus a darle solo el pequeño sorbo que Carys suplicaba. Solo lo suficiente como para hacer que los peores sacudones se detuvieran y evitarle esos calambres en el estómago que hacían que deseara que alguien la matara. Ella le había prometido a Andreus que tomaría un poco menos cada día hasta que no necesitara más la droga. Tantas veces había estado cerca de liberarse, pero siempre había una razón para darle un día más. Un baile al que asistir. Micah que presionaba a Andreus para turnarse en el campo de práctica de los guardias. Su madre que le recordaba a Carys que era su responsabilidad proteger el secreto de su hermano a cualquier costo.

Carys caminó hacia el centro del cuarto, levantó la alfombra, y miró hacia la puerta pequeña que estaba abajo, deseando que todas las salidas en buenas condiciones hacia los túneles no hayan sido selladas. De niños, ella y Andreus usaban los túneles para que él practicara los ejercicios de protección con la espada y el arco y ella con el cuchillo. Él odiaba cómo ella podía dar en el blanco justo en el centro, uno tras otro, mientras a él le faltaba el aire. Sin embargo, día tras día, semana tras semana, él se volvió más fuerte y tuvieron que buscar corredores más largos para instalar los blancos. Para cuando tenían diez años, Carys conocía los túneles de abajo del castillo de la misma manera en que conocía los pasillos de arriba. Todos menos uno de los corredores desnivelados, llenos de tierra, que se encontraban debajo del castillo terminaban en pilas de rocas y escombros que iban desde el suelo hasta el techo. El que no llevaba a una cornisa en el costado sur de la planicie. Desde allí, la caída al suelo era bastante directa. Andreus a menudo se preguntaba si fue la familia que gobernó previamente la que había sellado los túneles, para mantener alejadas las fuerzas que quisieran apoderarse de la corona, y si esa única salida fue el camino que tomaron los bastianos sobrevivientes cuando escaparon la noche en que el resto fue masacrado. Pero, a menos que supieran volar, Carys no podía imaginar cómo llegaron al suelo. Debía haber otra salida secreta del castillo. Qué mal que Carys no tenía idea de dónde estaba porque muy pronto la podrían necesitar. Carys comenzó a caminar mientras esperaba a Andreus. ¿Pudo haberle dicho algo al Consejo de Élderes que hizo que lo detuvieran? ¿Pudo haber tenido otro ataque sin posibilidad de tomar el remedio?

La preocupación hizo que se dirigiera hacia la puerta cuando el picaporte giró y Andreus ingresó. El tapiz se acomodó cuando él cerró la puerta detrás de él, y luego pasaron varios segundos en los que ambos esperaron, escuchando, como siempre hacían, cualquier sonido que indicara que alguien los había seguido.

Todo estaba en silencio. Andreus abrió los brazos y Carys corrió hacia ellos.

—Tenía miedo de que algo te hubiese pasado.

—Tuve que tomar el camino largo hasta aquí. Los guardias y los pajes del Consejo de Élderes están deambulando por los salones más de lo normal.

Su hermano la abrazó suavemente, con cuidado de sus heridas, y ella apoyó el oído en su pecho para escuchar su corazón. Latía rápido pero constante. Al menos, eso era algo por lo que estar agradecido.

—Carys —dijo él, retirándose para mirarla—. ¿Qué vamos a hacer? No puedo participar en las pruebas. Si lo hago…

—Lo sé —dijo ella—. Y si nos rehusamos, Garret será nombrado Rey. Nuestra familia será considerada una amenaza para su reinado.

—Terminaremos como los bastianos.

—La única salida es que nos vayamos. Tenemos que buscar a Madre y salir de la Ciudad de los Jardines antes del amanecer.

—¿Irnos? ¿Adónde?

—No lo sé. ¿A algún lugar donde nadie quiera cortarnos la cabeza? Si cabalgamos hacia el oeste, a la larga llegaremos al Mar de Fuego. Podemos buscar un bote y navegar a Calibas.

—Tendremos suerte si salimos del castillo sin que nadie nos vea a ninguno de los dos. No hay manera en que podamos mover a Madre sin que nos descubran. Y aunque pudiéramos, ¿qué haremos después? ¿Cabalgar más rápido cuando la guardia se dé cuenta de que nos fuimos? Si dejamos a Madre inconsciente para mantenerla tranquila, tendrá peso muerto. Si no, ella intentará cabalgar hacia las montañas y los Xhelozi, que ya despertaron para la estación fría.

—¿Eso importa? —preguntó ella—. Estaremos vivos.

—Tú lo estarás. ¿Qué pasará conmigo? Adonde vayamos, no estará la señora Jillian.

Dios. Ella no había pensado en la señora Jillian y el remedio que ella creó bajo las directivas de la reina. La reina aseguró que Oben sufría de dolores en el pecho, falta de aire y una debilidad punzante en las extremidades. Ella ordenó a la curandera que creara el remedio que Andreus había usado por años. Andreus siempre tenía suficiente como para varias semanas, pero ¿qué pasaría después? ¿Quién sabía si podrían encontrar otra curandera o una casi igual de habilidosa?

—No nos podemos quedar, Dreus. No sin competir en las pruebas.

—No. Tiene que haber alguna manera —dijo Andreus, mientras caminaba de un lado a otro del cuarto—. Este es nuestro hogar. Padre hubiese querido que uno de nosotros o los dos lideremos Eden, como lo hizo él.

—¿*Como lo hizo él*? —Ella soltó una risa irónica—. Padre no gobernaba. Él hacía lo que quería sin importarle si personas inocentes quedaban en el medio. No se molestaba en aprender las leyes porque él era la ley. Pero ahora se ha ido y nosotros estamos estancados con leyes que él nunca se tomó el trabajo de leer. Ahora que Lady Imogen las ha revelado…

—No es culpa de Imogen —dijo Andreus, bruscamente—. Si no fuera por ella, no estaríamos teniendo esta conversación. El Consejo de Élderes habría convertido en rey a Garret y quién sabe dónde estaríamos. Ella se arriesgó y me salvó.

—Nos —dijo Carys, con una mirada dura hacia su hermano—. Ella nos salvó.

Ella y Andreus eran un equipo. El hecho de que él no pensara automáticamente en ambos movía la única base que ella tenía. En especial, luego de que él eligiera a Imogen sobre Carys dos noches antes.

—Es lo que quise decir —dijo Andreus.

Carys deseaba que fuera verdad y sabía que no podía insistir con sus dudas sobre la adivina porque su hermano dejaría de escucharla. Con cuidado, dijo:

—Estoy agradecida de que Imogen interviniera, pero la verdad es que no sabemos cuáles son sus motivos ni por qué le ha dado libertad al Consejo para crear estas pruebas. No tenemos tantas opciones por delante.

—Y la mayoría no son opciones. —Andreus se pasó una mano por el cabello oscuro y caminó hacia la esquina, mientras Carys pensaba en las posibilidades.

—Entonces, hay una sola cosa que podemos hacer —dijo Carys. No podían escapar del castillo con su madre y no había manera de que el Consejo de Élderes les permitiera vivir si Garret era coronado—. Vamos a engañarlos.

10

—¿Engañarlos? —Andreus se desesperó y caminó por el cuarto—. ¿Y de qué manera pretendes engañar al Consejo?

—Ellos deciden las pruebas que tenemos que enfrentar, pero nosotros decidimos quién será el ganador.

Andreus giró.

—¿Qué?

Carys sonrió.

—Los engañamos. Según la ley, el Consejo de Élderes tiene que crear las pruebas. Nosotros tenemos que participar en ellas. El ganador obtiene la corona. Pero en ningún lado dice que tenemos que competir realmente. Si nosotros decidimos quién es el ganador antes de que comiencen las pruebas, podemos tomar el control de todo. Eso limitará la tensión que sufras y el tiempo de duración de las pruebas, ya que podemos asegurarnos de que uno de nosotros gane la mayor parte.

—¿La mayor parte?

—Nadie va a creer que las pruebas son reales si solo uno de nosotros gana todas las competiciones —dijo Carys en una explosión de energía. Cuanto más hablaba, más rápido hacía que las palabras se tropezaran entre sí—. Haremos que la competencia parezca real, así el Consejo no puede quejarse de los resultados.

—Pero, aun así, tendremos que competir en público —dijo él—. Sabes lo que ocurrirá si tengo un ataque.

Todos verían que él estaba maldito y ambos, él y su hermana, pagarían el precio.

—Dreus...

—Tú deberías ganar las pruebas —dijo él, recordando todas las veces que dijo que él no quería gobernar. Que estaba feliz de no ser el príncipe heredero—. Honestamente, Carys. Deberías ser tú. Has estudiado a los guardias más que yo. —Había tenido que hacerlo para poder ayudarlo a él—. Eres mejor para anticiparte a las maniobras del Consejo de Élderes y los Grandes Lores. —Incluso si implicaba dar un paso al frente ante cualquier problema que se avecinaba, para mantenerlo a salvo.

¿Cuántos golpes había recibido para mantener oculta su maldición? Ella había sufrido por él. Debía ser recompensada. Y él se pasaría la vida escondiéndose detrás de su hermana.

Su hermana, a quien él había visto beber de la botella roja tan familiar y cuya mano estaba temblando en su brazo.

Ella le apoyó su mano temblorosa en la cara, para que él no pudiera apartar la mirada.

—Andreus, tú te preocupas por la gente de la ciudad. Y ellos te aman por eso. Ellos ven tus buenas obras. Mira lo que hiciste por Max. Él está vivo gracias a ti. —Una luz intensa brilló en los ojos de Carys cuando insistió—. Nada de eso parece venir de una persona que ha sido *maldita*. Ambos tenemos debilidades. Ambos tenemos fortalezas.

Dos mitades de un mismo todo. Era lo que solía decir la niñera de ambos.

—Ninguno de nosotros será capaz de gobernar sin la ayuda de las personas en las que confiamos.

Por primera vez, él se permitió pensar en cómo sería sentarse en el trono. Que haya personas que vean lo que él hizo. Hacer cambios sin tener que rogar a nadie que escuche sus ideas. Él podría ayudar a más niños como Max, y ayudar a todos a entender que estar enfermo no significaba estar maldito.

—Andreus, ¿qué quieres?

—No lo sé. —Él se abrió paso empujándola apenas y deseó que no estuviesen en un espacio tan cerrado. Parecía más grande cuando eran pequeños. Ahora las paredes estaban demasiado juntas como para que él pudiera pensar. El corazón le latía fuerte y no podía descifrar si era por emoción, nervios o la maldición—. Me asusta el solo hecho de considerar querer la corona.

Pero él lo estaba considerando. Dios. Para ser honesto, siempre la había querido. Él solo había fingido que no. ¿Para qué librar una guerra por algo que nunca podría tener?

Ahora podía. El trono podía estar en sus manos y él no estaba seguro si debía tomarlo.

En las sombras, hizo la pregunta que nunca antes había tenido el coraje de expresar.

—Carys. ¿Y si... *estoy* maldito? —Él siempre había negado los poderes mágicos de los adivinos. El viento soplaba con o sin ellos. El orbe iluminaba resplandeciente gracias a los Maestros de la Luz. Pero Imogen creía. Ella creía, con todo su corazón, que podía llamar a los vientos. Él había querido que los adivinos no tuvieran poderes. Si él pensaba lo contrario... —. ¿Y si al subir al trono destruyo el reino y a todos los que están en él?

La tela del vestido crujió y él sintió la mano de su hermana en la espalda.

—¿Alguna vez has considerado que el miedo que tienes a que tu secreto quede expuesto puede ser la verdadera maldición? La gente toma decisiones terribles por miedo a perder lo que tanto cuida. Los reyes libran guerras y masacran a sus súbditos para mantener el poder. El Consejo de Élderes nos enviaría a la Torre del Norte y exhibiría nuestras cabezas en la entrada del castillo a fin de mantener su autoridad. Y tú tú podrías desistir de gobernar y tomar decisiones que podrían ayudar a progresar al reino. Ese miedo puede ser lo que destruya el orbe.

—O podría provocar un ataque en el Salón de las Virtudes, el reino podría enterarse de la predicción del antiguo adivino, y podría desatarse una guerra para sacarme del poder.

—Podría —coincidió ella, y Andreus se alejó ofendido.

—Entonces, así se resuelve, ¿no? —dijo él con el sabor amargo de la decepción y frustración en la boca. Carys estaba siendo honesta. Él no podía culparla por eso.

Pero lo hacía.

—Dreus, aunque tuviésemos la certeza de que las predicciones del adivino fueron reales, es imposible saber el significado de las palabras. Recuerda cuando nuestro tutor nos hizo estudiar al Rey Perin. Su adivino le dijo que el agua correría por todo Eden y arrastraría a todo aquel que no obedecía las siete virtudes. Él ordenó a todos los hombres que trabajaban en los campos que dejaran de ocuparse de los cultivos y construyeran barcos, así todos en el castillo podrían estar seguros durante la inundación que predijo el adivino.

—Solo que no fue una inundación. —Fue un terremoto que dividió la tierra a lo largo hasta el Mar de Fuego. El agua del mar enseguida ingresó en el espacio vacío, barriendo con todo lo que había caído en la grieta, y la gente en miles de kilómetros a la redonda de Eden sufrió de hambre porque los hombres habían estado construyendo barcos en lugar de ocuparse de la tierra.

—¿Y quién sabe si fue eso realmente lo que predijo el adivino? —dijo su hermana, repitiendo lo que en varias ocasiones había discutido con su tutor—. Tú mismo lo has dicho. La gente quiere creer que la vida no es una cuestión de suerte. Se sienten más seguros si los adivinos tienen el poder de ver el futuro y llamar a los vientos. Entonces, miran las cosas que pasan y encuentran la manera de encajar esos sucesos alrededor de las palabras.

—Salvo que, si tengo un ataque, *sabemos* lo que ocurrirá. No es magia, es lógica.

—Entonces nos ocuparemos de eso —dijo su hermana bruscamente, juntando y separando las manos frente a ella—. Pase lo que pase, esto no va a ser fácil. Ni una vez en mi vida pensé en que me sentaría en el trono en el Salón de las Virtudes. Creo que tu corazón es más fuerte de lo que piensas. Creo que serías un gran rey. Pero no te pediré que hagas algo que podría lastimarte.

—¿Lo quieres? —preguntó él—. ¿Quieres sentarte en el trono?

Carys dudó. No tanto. Solo por un instante antes de responder. Pero Andreus oyó la pausa antes de que dijera:

—Quiero que sobrevivamos.

Igual que él.

Andreus tomó la mano de su hermana y la sostuvo fuerte.

—Lleva el remedio siempre contigo, Andreus. Y ten cuidado. Las pruebas no son lo único que tenemos en contra. No sabemos quién estuvo detrás de la muerte de Padre y Micah ni quién asesinó a los hombres en la torre ni por qué la línea de energía eólica fue saboteada. No podemos confiar en nadie más que en nosotros.

Tantos acontecimientos. Tantas amenazas.

—Desde el momento en que salgamos de este cuarto, debemos comportarnos como combatientes. Pero si te necesito, te dejaré una nota debajo de *tu* escalón.

Su escalón. El que estaba flojo y con el que siempre se tropezaba de niño cuando iba a las almenas.

—Voy a extrañar hablar contigo, Carys.

—Yo también te extrañaré. —Los ojos de ella brillaron. Apretó los dedos de su hermano, luego los soltó y retrocedió hacia la puerta—. Volveremos a hablar cuando seas Rey.

Y dicho eso, Carys desapareció detrás de la puerta, dejándolo para que esperara a que ella estuviera bastante lejos antes de salir también. Así que caminó de un lado al otro del cuarto, que se sentía más pequeño con cada minuto que pasaba, mientras la expectativa y los nervios comenzaban a agitarse en su interior.

Rey.

Solo unos días y él gobernaría en el trono. Sería bueno en eso. Mejor de lo que había sido su padre. A *él* no le había importado que el Gran Lord James fuera cruel con su pueblo. Andreus nunca olvidaría visitar el Fuerte donde Lord James gobernaba y llamar la atención sobre las personas sucias y hambrientas que bordeaban las calles de la ciudad. Su padre decía que un líder fuerte hacía lo que debía hacer para mantener a su pueblo bajo control.

Andreus nunca había entendido cómo dejar que las personas estuvieran tan débiles que apenas pudieran ponerse de pie era una demostración de fortaleza. Cuando él fuera rey, se aseguraría de que el pueblo estuviera mejor cuidado.

Pero solo si pasaba las pruebas sin tener un ataque. Si el Concejo veía su maldición

Andreus decidió que había esperado el tiempo suficiente. Corrió el tapiz y salió, discretamente, del cuarto estrecho, olvidado en el tiempo, y se dirigió hacia abajo, a la habitación de su madre.

Divisó varios guardias y vio la manera en que lo seguían con la mirada mientras él caminaba por los corredores. Su mano ansiaba agarrar la empuñadura de la espada.

Una sirvienta hizo una reverencia en el salón al pasar apurada a su lado y le dio una mirada insinuante que, solo unos días atrás, él habría interpretado como una invitación y habría aceptado con entusiasmo. Ahora, ya no tenía interés en lo que ella le ofrecía. Ignoró a la muchacha, se acercó a las puertas de la habitación de su madre y golpeó. Como no hubo respuesta, gritó:

—Oben, soy el Príncipe Andreus. Déjame entrar.

Las puertas se abrieron y él ingresó de prisa en la penumbra. Rápidamente, las cerró detrás de él. Las puertas del cuarto de su madre estaban cerradas. Trozos de vidrio y porcelana rota y sillas dadas vuelta decoraban la habitación.

—Lo lamento, Su Alteza —dijo Oben—. Su madre necesitaba tranquilidad. Varios del Consejo de Élderes y lores y damas de la corte se han acercado, pero los mantuve a todos fuera, menos a la señora Jillian. Ella le dio algo a la reina para tranquilizarla y animarla a descansar.

Lo que significaba que su madre estaba drogada hasta la inconciencia. Luego de cómo se había comportado en los escalones del castillo, eso probablemente era algo bueno.

—¿Madre aún está...? —¿Debía decir la palabra *loca?*—. ¿Perdida en el dolor?

Oben suspiró.

—Me temo que la reina sigue fuera de sí. Vi señales de su retirada de este mundo ayer, pero pensé que había bebido demasiado té y no estaba tan lúcida como debiera—. Lamentablemente, hoy...

—Lo sé. Y por lo de hoy, están pasando cosas que harán que sea difícil, para Carys y para mí, ayudar a Madre a salir de esto. Contamos contigo para mantenerla a salvo.

No dejes que nadie, salvo mi hermana y la señora Jillian, atraviese esa puerta hasta que te digamos lo contrario. Una entrada bloqueada no evitaría el ingreso de hombres con espadas, que estarían más que dispuestos a romper la puerta, pero mantendría a raya al Consejo de Élderes y a los curiosos de la corte.

—Por supuesto, Su Alteza. Cuidaré de la reina con mi vida.

—Sé que lo harás. —La devoción de Oben por su madre era algo en lo que Andreus podía confiar, aunque, a veces, fuera un poco perturbadora por tanta pasión. Si Madre ordenaba a Oben que se cortara la garganta, Andreus no dudaba de que el hombre lo haría—. Me gustaría ver por mí mismo que Madre está bien.

Con cuidado, Andreus abrió la puerta del cuarto de su madre, ingresó al espacio iluminado por velas, y cerró la puerta detrás de él. Madre estaba en la cama envuelta en mantas dobladas a la perfección. Le habían cepillado el cabello oscuro hasta hacerlo brillar y se lo habían acomodado, perfectamente, alrededor de su rostro pálido. El ascenso y descenso constante del pecho le indicaron que estaba profundamente dormida.

Desde que él nació, su madre le había dicho lo fuerte que tenía que ser. Le había dicho que tenía que ser más fuerte que cualquiera que pudiera imaginar así como lo era ella. Viéndola así, se sentía resentido con las palabras por las que una vez se guio. Ella había dicho que era más fuerte que cualquiera que conocía. Pero no era cierto.

Se dio la vuelta, de espaldas a su madre, se arrodilló frente a un pequeño armario de oro y abrió la puerta a los remedios y brebajes que la señora Jillian le daba a su madre. Había botellas de todos los tamaños y colores en los dos estantes de arriba, pero los de abajo estaban llenos de tubos negros y botellas de vidrio de color rojo oscuro.

Rápidamente, sacó todos los tubos negros del armario y los envolvió en una bolsa de seda azul marino, que se encontraba sobre una silla cercana. Su madre siempre le había advertido que solo tomara el remedio durante un ataque porque demasiada exposición a las hierbas haría que, con el tiempo, dejaran de hacerle efecto. La idea de no ser capaz de calmar la maldición cuando lo invadía lo había aterrorizado al punto de hacer que bebiera del tubo solo cuando era absolutamente necesario. Él solo esperaba no necesitarlo demasiado en los próximos días.

Ató la bolsa, se dirigió a la puerta y volvió a su habitación, donde encontró a Lady Imogen, afuera, custodiada por dos guardias.

—Lady Imogen —dijo él, consciente de que los guardias escuchaban cada palabra—. No esperaba verla aquí. Sé que hoy ha sido un día largo y difícil para usted.

—Hoy ha sido difícil para todos nosotros, Su Alteza. Esperaba poder hablar con usted sobre la reina. —Miró a los hombres que la custodiaban—. ¿Le importaría si hablamos en privado?

—Por favor, entre. —La dejó pasar, y cerró la puerta detrás de ellos.

Imogen se quedó en el centro de la habitación con el cabello suelto sobre los hombros y los ojos llenos de incertidumbre. Cuando él giró la traba, ella corrió a sus brazos y enterró la cara en su pecho. Sentir el cuerpo de ella contra el suyo hizo que todo lo demás desapareciera.

Él le levantó la cabeza, presionó sus labios contra los de Imogen y sintió que ella se estremecía como respuesta. Le deslizó una mano por las caderas y la apretó fuerte contra él mientras profundizaba el beso. Quiso maldecir a los Dioses cuando ella retrocedió y le puso una mano en el pecho.

—No. Los guardias estarán prestando atención a cuánto tiempo hablo contigo y le informarán a Élder Cestrum. Así que no me puedo quedar. Solo quería asegurarme de que no estabas molesto conmigo por lo que pasó en el Salón de las Virtudes. Era la única manera de evitar que el Consejo de Élderes tomara el control del trono y te lastimara en ese preciso momento. Debería habértelo dicho antes, pero no hubo tiempo.

—Me alegra que hayas aparecido cuando lo hiciste.

—¿Y tu hermana? —preguntó Imogen—. ¿La princesa se alegró?

—Carys siente alivio porque no tengamos que pasar la noche en la Torre del Norte, pero sí se pregunta por qué nunca antes habías mencionado el Libro del Conocimiento ni esa ley.

—Nunca pensé que hubiera una razón —dijo Imogen—. Micah estaba vivo. Tu madre estaba fuerte. Nunca pensé que la visión que tenía significaba que habría una competencia entre tú y tu hermana. No hasta hoy, cuando la reina… De repente, supe por qué no había tenido más visiones de la que tuve desde que llegué al Palacio de los Vientos. No puede haber otras visiones hasta que el camino que el reino seguirá sea elegido. Yo no seré capaz de ver qué decisiones se deben tomar hasta que se defina el ganador de las pruebas. Sé que amas a tu hermana, pero, Dreus, *tú* debes ganar.

—Carys sería una buena reina —dijo él, y puso la bolsa con los tubos sobre su escritorio.

—Sé que crees eso, mi príncipe. —Imogen se movió en la habitación y tomó las manos de él—. Pero hay dos caminos frente al reino y solamente uno lleva a la luz. Tú eres la luz. No debes dejar que el amor que sientes por tu hermana te nuble el juicio.

Grandioso. Otra visión. Solo que esta sumaba en lugar de restar. Tal vez, porque por primera vez, no era *él* quien tenía la maldición.

—Haré todo lo que pueda para vencer a mi hermana en las pruebas. Es todo lo que puedo hacer. —Besó el dorso de la mano de Imogen, luego la dio vuelta y le dio otro beso en la palma. Pero, en lugar de la pasión que él esperaba despertar, vio destellos de preocupación en el rostro de Imogen. Ella extendió el brazo y le rozó la mejilla con la punta de los dedos y lo miró profundamente a los ojos.

Luego se dirigió de prisa hacia la puerta. No miró hacia atrás al salir, y el príncipe quedó inquieto. Él no podía dormir en el estado en el que se encontraba. Necesitaba descargar la energía nerviosa.

Puso el saco de tubos negros en su cuarto, en un espacio detrás del espejo que él había creado años atrás. Luego volvió a salir al salón. Un guardia al final del corredor lo miró mientras Andreus alcanzó las escaleras con pasos largos y se dirigía al lugar que sentía que era el más relajante: las almenas.

—¡Príncipe Andreus! —Max casi choca con él al salir disparado por la puerta que iba a la escalera de las almenas—. Lo estuve buscando. La gente dice que la reina se volvió loca y que usted y la princesa se volverán locos también y nosotros tendremos que tener un nuevo rey. Eso no es cierto, ¿no? Usted no se está volviendo loco.

—Mucho de lo que he vivido hoy me ha hecho sentir que podría enloquecer —bromeó Andreus. Pero Max metía y sacaba las manos de los bolsillos y lo miraba con una expresión afligida.

—La reina no se siente lo suficientemente bien como para tomar su lugar en el trono, pero mi hermana y yo estamos bien los dos.

—Eso es bueno. No lo de la reina. Eso es una desgracia. Como también lo que le pasó al Rey y al Príncipe Micah. Lo lamento…

Andreus tragó la tristeza que esas palabras volvían a despertar. Hoy había oído al Consejo y a lores y damas de todos los rincones del reino decir esas palabras. Una y otra vez. Ninguno de ellos había sido tan simple ni tan sincero.

—Yo también lo lamento, Max. —Puso la mano en el hombro del niño y miró hacia arriba, al orbe que brillaba resplandeciente contra la oscuridad de la noche. Un molino giraba en las sombras hacia la derecha. Mirar las luces le hizo recordar…

—Max. —Bajó la mirada hacia el niño—. Sé que le contaste a alguien sobre la prueba para mi nuevo diseño. No estás en problemas, pero tengo que saber con quién hablaste.

Max dio una patada al suelo.

—Con nadie importante, Príncipe Andreus. De verdad. Solo a la señora Jillian cuando me estaba escuchando la respiración. Y algunas damas que estaban aburridas y me pidieron que les cuente una historia. Y algunos niños más grandes. Ellos dijeron que yo no lo conocía realmente, así que les conté para demostrarles que sí.

En resumen, a todos.

Andreus sacudió la cabeza. Bajo las palpitaciones de los molinos, un golpe resonó desde algún lugar de abajo.

—Vamos —le dijo a Max y se apuró a caminar por las almenas. Siguió el sonido a medida que se hacía más fuerte, hasta que miró por encima del muro de piedra blanca sobre el campo de práctica de los guardias del castillo y vio de dónde venían los golpes. Había antorchas esparcidas alrededor del campo, que iluminaban a docenas de trabajadores y carros llenos de tablones de madera. Más carros llegaban desde la oscuridad.

—¿Qué están construyendo? —preguntó Max.

—No estoy seguro —dijo Andreus, mientras estudiaba la escena. Alejados a la izquierda del campo, divisó a Élder

Cestrum y Élder Jacobs que estaban reunidos con el jefe carpintero del castillo.

Cuando Max señaló a alguien pintando grandes troncos de madera en amarillo y azul, Andreus se dio cuenta de lo que estaba viendo.

Un tablero de juego... muy similar a los que usaba su madre cuando anotaba los juegos de cartas que ella y sus damas de compañía jugaban. Este, sin embargo, solo tenía dos filas de agujeros.

Dos filas.

Dos colores.

Dos jugadores.

Cuando su madre usaba el tablero, cada punto que anotaba un jugador era insertado en la línea de agujeros de ese jugador. La persona que, al final del juego, tenía la línea más larga de marcas en el tablero era la que ganaba.

Mientras nadie notara su maldición, él sería ese ganador.

Andreus envió a Max a la cama, sabiendo que él también debía ir. Pero no podía dejar los muros al ver cómo se desarrollaban los indicios de la competencia que se aproximaba.

Imogen se equivocaba al cuestionar si él podía confiar en Carys. Su hermana odiaba estos muros. No había manera de que ella quisiera condenarse a pasar el resto de su vida detrás de ellos. Aun así, no podía olvidar que ella dudó cuando le preguntó si quería el trono. Esa reacción le daba vueltas en la cabeza una y otra vez, como el viento que le tiraba de la ropa y los golpes de los martillos que tachaban los segundos que lo acercaban al día siguiente y a las pruebas desconocidas que decidirían el destino de ambos.

11

Banderas amarillas y azules flameaban en lo alto del campo del torneo.

La luz del sol impregnaba el día y el viento era suave, lo que hacía que la temperatura fuera cálida para esta época del año. Carys miró hacia atrás, a los muros completamente blancos del castillo, que ahora tenían un gran tablero de madera colgando desde arriba de la entrada principal. Todos habían estado murmurando acerca del tablero de puntos que habían construido durante la noche. Las especulaciones volaban acerca de la finalidad y de cuándo sabría el pueblo para que se usaría.

Pronto. Demasiado pronto. Porque incluso con un plan para vencer al Consejo de Élderes en su propio juego, Carys sabía que había muchos intereses en juego y que los riesgos eran grandes.

Ella se dio vuelta y entrecerró los ojos por la luz del sol. Había sido difícil dormir la noche anterior. Luego de horas de estar acostada en la oscuridad, con las palpitaciones del corazón y el dolor punzante de la espalda, sucumbió ante la necesidad de las Lágrimas de Medianoche.

Primero un poco.

Luego un poco más.

Hasta que, finalmente, llegó el sueño.

Necesitaba el descanso y la tranquilidad. Andreus contaba con que ella estuviese descansada hoy. No había tenido opción. Y había tenido cuidado de beber solo un pequeño sorbo del brebaje amargo esa mañana, para controlar los efectos de la abstinencia. Tan pronto como terminaran con las pruebas, lo dejaría totalmente. Esta vez, rompería la atadura que las botellas de vidrio rojo tenían sobre ella.

Pero no aún. Por ahora, sería cuidadosa. Lo controlaría.

Nala se movió debajo de ella, Carys tiró de las riendas de su caballo cuando llegó a la cima de la colina, y observó los cinco acres que ocupaban los campos de torneo armados en el punto más bajo del valle hacia el oeste del Palacio de los Vientos. La tierra ascendía desde los campos de torneo haciendo que el área de competición y los paisajes de alrededor parecieran estar en el fondo de un cuenco. La ubicación permitía incluso a aquellos que no ocupaban las plataformas que se elevaban a los costados tener una visión clara de la acción.

Daba la impresión de que todos los habitantes de la Ciudad de los Jardines habían aparecido para presenciar el torneo. Los eventos pensados para campesinos y comerciantes habían comenzado hacía horas. La gente se dio vuelta y se agitó cuando vio que llegaba el desfile de la nobleza, que señalaba la próxima fase del torneo, cuando competirían los miembros más habilidosos de la guardia. Una ovación más fuerte estalló cuando vieron a Carys y a su hermano, y al séquito de damas y lores que se extendía detrás de ellos.

Por todos lados, ella escuchaba gritos que decían "Princesa Carys" y "Príncipe Andreus".

Sintió tensión en el estómago cuando miró hacia arriba y vio los ojos castaños de su hermano.

Tanta gente. Tantas cosas que podían salir mal.

Dentro del límite cercado de los campos de competencia, Carys divisó miembros de la guardia más jóvenes, y a aquellos que aspiraban a captar la atención del Capitán Monteros y subir al rango de Guardia Real, que bajaban corriendo en sus caballos para ponerse en la lista, en un intento por desplazar y ganar a sus rivales.

A lo lejos, pasando las listas, estaban los campos de lucha, y había hombres balanceando picas, así como también un área de aspecto inusual que Carys solo podía suponer que se estaba usando para carreras y, tal vez, algún tipo de duelo. Más cerca de ese extremo de los campos, donde ellos estaban cabalgando, había hombres, y unas pocas mujeres aquí y allá, listos para probar su puntería en una fila de blancos para tiro con arco.

En el extremo sur del campo, se levantaron tres plataformas de observación. Un toldo azul colgaba sobre la que estaba a la izquierda. Un toldo amarillo colgaba sobre la plataforma de la derecha. El toldo del centro era blanco y tenía la bandera azul y amarilla de Eden flameando en lo alto, sobre él.

Élder Cestrum metió su caballo entre el de Carys y el de color castaño de su hermano.

—Princesa Carys, usted se sentará debajo del toldo azul. Príncipe Andreus, usted tomará el amarillo. Espero que ambos hagan todo lo posible hoy para honrar las virtudes y que tengan cuidado. —Se acomodó la barba blanca—. Luego de perder a su padre y a su hermano, y luego de lo que le pasó a su madre, el reino no podría soportar otra circunstancia desafortunada.

Élder Cestrum agitó las riendas que sujetaba firmes con la mano en forma de garra, y comenzó a avanzar por la pendiente de la colina hacia las plataformas que se encontraban detrás de los campos de torneo.

—¿Estás lista? —preguntó Andreus, acercando el semental de color castaño al de ella.

Carys deseaba poder preguntarle cómo se sentía él, pero vio que Élder Jacobs los estaba mirando. El élder tenía un halcón negro posado en la mano enguantada. El ave no estaba cubierta y Carys supo que solo estaba esperando la orden del élder para atacar. Élder Jacobs nunca había levantado una espada en una competencia. A cambio, dejaba que el ave, que había entrenado, lastimara a otros por él. Ella divisó a Élder Ulrich mirando al ave el desprecio le brotaba por el único ojo sano. Junto a Ulrich, iba un hombre joven de apariencia elegante y piel color aceituna, de aproximadamente su edad, que le parecía algo familiar. Tenía la cara angosta y esculpida, y cabello negro ondulado que le rozaba la punta de los hombros. Pero fue el dominio sin dificultad del caballo, al desviarlo de varios niños que aparecieron corriendo desde la multitud, lo que le hizo ruido en la memoria. Era el hombre que se encargó de atrapar a su madre cuando intentaba volver a las montañas. El escudo desconocido que tenía en la capa lo delataba como uno de los dignatarios extranjeros que había venido para el funeral y la coronación.

El extranjero escuchaba todo lo que Élder Ulrich iba diciendo, pero la miraba atentamente. Igual que Élder Jacobs y su halcón.

Así que, en lugar de ofrecerle el apoyo a su hermano como quería hacerlo, enderezó los hombros y dijo:

—Espero ganar, hermano.

E impulsó a su caballo por la pendiente de la colina hacia lo que fuera que el Consejo de Élderes tenía preparado para ellos.

Niños saludaron y corrieron detrás de ella y de su hermano cuando pasaron en sus caballos a medio galope.

Fuertes gritos de alegría de aquellos de alrededor de veinte o más, que rodeaban las cercas del campo, sacudieron la tierra. Los vendedores se movían a toda velocidad vendiendo tiras de tela azules y amarillas, los colores de la bandera de Eden. Pero, en lugar de ser combinadas, estaban separadas por color. Divididas. Como las dos plataformas en las que estarían ella y su hermano.

Azul para Carys. Amarillo para Andreus.

Al mirar a los espectadores, vio que muchos ya habían oído lo que simbolizaban las bandas de color. Llevaban banderas y brazaletes amarillos. Ninguno de los que Carys podía ver en la multitud demostraba preferencia por el azul. La habilidad y generosidad de su hermano eran ampliamente conocidas. El pueblo pensaba que él era un héroe. Estarían emocionados de tenerlo como Rey.

No había mentido cuando le aseguró a Dreus que él sería un buen gobernante, mucho mejor de lo que sería ella. Ella no tenía la paciencia para escuchar los reclamos de herreros y comerciantes, y lores y soldados, ni tenía el deseo de solucionar sus preocupaciones insignificantes con un decreto real. Y en lo que se refería a los molinos, a ella le gustaban los resultados de las poderosas máquinas, pero no tenía interés en entender cómo funcionaban ni en dirigir a los Maestros de la Luz u ocuparse de la distribución de la energía en la ciudad.

Y aunque estuviese dispuesta a lidiar con esas cosas, la idea de tener guardias armados siguiéndola a todos lados le sonaba espantosa. A Andreus le gustaba la atención. Pero cada vez que Carys tuvo que ponerse al frente para proteger a su hermano, vivió de manera diferente lo doloroso que era ser visto y juzgado. El látigo dolía, pero esas heridas se curaban. Era la forma en que todos la miraban, como si ella no fuese merecedora de la corona, lo que hacía que quisiera hundirse en la botella roja y quedarse ahí.

La gente murmuraba.

Sacudían la cabeza, y Carys sabía que, aunque ella no hubiese hecho la promesa de mantener a salvo a su hermano, igual provocaría esas reacciones.

Bordar y sentarse a jugar a las cartas o tocar instrumentos no le parecía nada fascinante. Un modelo de decoro femenino que ella nunca sería. Ella estaba destinada a ser la decepción real del reino. No tenía sentido imponer eso en el trono, si había otra opción. Una vez que ella ayudara a Andreus a atravesar las pruebas, él se ocuparía de evitar que el reino la juzgara.

Carys empujó a Nala a galopar hacia el sur donde esperaban las plataformas. Los espectadores de atrás daban empujones para lograr ver la procesión de la nobleza, mientras que los que estaban adelante aclamaban cuando uno de los hombres que competía en las listas era derribado de su caballo. El hombre que cayó se incorporó rápidamente y buscó la espada en lugar de rendirse. Carys no tenía que mirar para saber que, para el hombre más pequeño, las cosas no terminarían bien, ya que se enfrentaba a un oponente mucho más grande, que se había deshecho de la lanza para tomar un hacha. La promesa de monedas o armas valiosas que se ofrecía a los ganadores era demasiado tentadora para aquellos que más necesitaban como para rechazarla. Preferían arriesgarse a terminar con un hacha en la garganta por la posibilidad de una mejor vida antes que subsistir y ser obligados a vivir las vidas que actualmente tenían.

La procesión rodeaba la parte de atrás de las plataformas cuando los espectadores lanzaron un quejido de sorpresa seguido de varios segundos de silencio, que descendieron sobre la multitud. El silencio en el medio del torneo solo significaba una cosa.

Muerte.

Luego, el sonido de las ovaciones continuó; señal de que el cuerpo había sido retirado y comenzaba la próxima competencia. Los nobles, por lo general, apostaban por si los competidores sobrevivirían o no a los eventos en los que participaban. Ella se preguntaba si hoy apostarían por ella o por su hermano.

Cuando llegaron a las plataformas, se acercaron peones para buscar a los caballos mientras que los pajes del Consejo de Élderes, fáciles de distinguir, vestidos todos de negro, informaban a los nobles el propósito de las plataformas amarilla y azul y les pedían que eligieran un lugar que representara al sucesor que ellos esperaban que ganara la corona.

Una a una, las caras conocidas de la corte se apresuraron hacia la plataforma con el toldo amarillo. Unos pocos tuvieron la delicadeza de mirar a Carys con culpa, pero la mayoría ni se molestó en girar hacia donde ella estaba, mientras prometían brindar su apoyo a su hermano.

Luego vio a Imogen, envuelta en una capa blanca como la nieve, que se ruborizó cuando Andreus la acompañó a subir las escaleras a la plataforma que le correspondía a él.

Bien, pensó ella. Si la adivina y la corte apoyaban abiertamente a Andreus, sería más difícil para el Consejo destituirlo en favor de Lord Garret. Carys lo vio a él ahora, mirándola desde la base de la plataforma del centro donde se sentaban los miembros del Consejo. Élder Cestrum puso la mano en forma de garra en el hombro ancho de Garret y le dijo algo, pero este no se movió. Él solo la miraba fijamente. El cabello rojo y largo le colgaba suelto y, en la luz, le enmarcaba el rostro como el sol.

Carys resistió el deseo de acomodarse el cabello o enderezarse el vestido. Ella ya no era la quinceañera encaprichada con el habilidoso y fornido muchacho de diecinueve que, sin rodeos, había dicho que su comportamiento irresponsable y su insensibilidad eran una vergüenza para todo el reino. Lo había admirado por decirle la verdad en la cara, en lugar de murmurar a sus espaldas, y por pensar que ella era lo suficientemente fuerte como para soportarlo. Pero él ahora era su enemigo, y estaba claro, por la manera en que Élder Jacobs le dio una palmada en la espalda, que Garret era parte de lo que fuera que el Consejo había planeado para ella y su hermano.

Carys giró hacia los escalones de la plataforma azul y se detuvo de repente antes de chocar con el mismo dignatario de cabello oscuro que había visto cabalgar junto a Élder Ulrich.

—Discúlpeme, Su Alteza —dijo con una sonrisa que suavizó sus rasgos toscos y curtidos de una manera cautivadora—. No quise meterme en el camino. Aunque me parece que se me está haciendo un hábito, cuando de su familia se trata.

—Parece ser una de sus habilidades, Lord…

—Errik de la Casa de Yarxbell, Líder de Comercio de Chinera, y muchos otros títulos que mi padre y mi madre dirían que son necesarios, pero que significan la nada misma para aquellos que no viven dentro de nuestras fronteras. —Su encanto burlón debía molestarle. En cambio, se sentía intrigada por la falta de fascinación que él tenía sobre su propia importancia.

—Líder de Comercio. —Chinera estaba a, al menos, unos 700 kilómetros, del otro lado del Mar de Fuego, pero ella había estudiado bastante sobre la estructura de poder del reino para saber que el Líder de Comercio era un consejero del rey, que tenía la facultad para hablar en su nombre en negociaciones más allá de los límites de Chinera. Lord

Errik parecía, como mucho, uno o dos años mayor que ella. Si había llegado a esa posición tan rápido quería decir que o su familia tenía influencia o él mucha habilidad. Quizás, ambas cosas—. Han pasado al menos cincuenta años desde que el último Líder de Comercio visitó Eden. Y su visita fue oportuna para mi familia. Mi hermano y yo le debemos las gracias por haber interceptado ayer a mi madre. Ese hábito suyo fue de utilidad.

—Siempre es bueno poder servir. Aunque tengo la sensación de que usted habría encontrado la manera de solucionar el problema si yo no me hubiese entrometido, Alteza. —Sus ojos azul profundo se pusieron serios—. Probablemente, debería salir de su camino ahora, a menos que me permita el honor de acompañarla a su plataforma.

Carys sacudió la cabeza cuando sonaron las trompetas en señal de que la participación de la nobleza en el torneo estaba por comenzar.

—Creo que los Grandes Lores y dignatarios visitantes van a sentarse con el Consejo de Élderes en el centro. Estoy segura de que lo harán sentirse cómodo allí.

—Creo que la comodidad está altamente sobrevaluada, Su Alteza. —Le ofreció el brazo—. ¿Me permite el honor de acompañarla?

En otra circunstancia, Carys lo hubiese rechazado rotundamente. Pero, por mucho que se decía a ella misma que no le importaba lo que las personas pensaban de ella, no quería que todos la vieran de pie en lo alto de su plataforma, en el comienzo de estas pruebas, completamente sola.

Le puso la mano en el brazo y se sorprendió de la fuerza y los músculos que apreció. Lord Errik no era corpulento como Lord Garret o la mayoría de los guardias, pero había una fuerza en él que, a otros, probablemente les faltaba.

Ella la tuvo. No volvería a tenerla. Notó que él la observaba y dijo:

—Confío en que se da cuenta de que ha escogido el lado menos popular, Lord Errik.

Él puso la mano sobre la de ella y sonrió.

—Lo que lo hace, por lejos, el lado más interesante.

Tenía fuerza en los dedos también. Y callos que hablaban de horas de entrenamiento con acero. Sí. Carys se había perdido mucho de Lord Errik en su primera evaluación. Intentó remediarlo al subir los escalones hacia la larga plataforma rectangular y, cuando llegaron a la cima, ella se sorprendió al ver que ella y Errik no estarían completamente solos. Ocho de las jóvenes mujeres de la corte estaban sentadas en los bancos de madera que miraban a los campos de torneo; todas muchachas que Carys reconoció como conquistas de los encantos de su hermano gemelo. Las muchachas se pusieron de pie y saludaron con una reverencia cuando los vieron aparecer. Todas miraron al acompañante de Carys con interés cuando él la llevó a la silla en forma de trono, con almohadón azul, en el centro del estrado. Carys no podía culparlas. El mentón fuerte y los rasgos angulares de Lord Errik llamarían la atención de cualquier mujer.

Cuando llegaron al asiento de ella, Errik le tomó la mano y le rozó los nudillos con sus labios. Las trompetas sonaron y el corazón de Carys se sobresaltó; se mantuvo frente a la silla y enderezó los hombros. Las personas reunidas alrededor del campo de torneo se callaron y giraron hacia las plataformas.

Élder Cestrum dio un paso al frente, en el área de observación del centro, y levantó la mano que tenía sana y la garra de metal. Había mensajeros apostados al lado de la cerca del área de competencia preparados para memorizar sus palabras y sumergirse en la multitud para asegurarse de que todos los que estaban demasiado lejos para escuchar supieran qué se dijo.

—Felicitaciones a todos los que han ganado hasta ahora. Los vientos soplaron fuerte para ustedes hoy. Había planeado estar frente a ustedes bajo circunstancias muy diferentes. Hoy iba a ser la primera de nuestras celebraciones para honrar el reinado de la Reina Betrice. Pero la reina fue golpeada, duramente, por la muerte del Rey Ulron y el Príncipe Micah y no está en condiciones de ocupar su legítimo lugar en el Salón de las Virtudes.

La multitud se movió y murmuró. En la plataforma del centro, justo detrás de Élder Cestrum, Garret giró la cabeza y volvió a mirar a Carys. Ella apartó la mirada de él y se concentró en su tío, que estaba aliviando la preocupación de la multitud.

—Si bien estamos tristes porque la Reina Betrice no puede ocupar el trono, somos afortunados de tener a dos de los hijos del Rey Ulron dispuestos a usar la corona. Como solo uno puede subir al trono, a partir de ahora, en este torneo, realizaremos una serie de pruebas basadas en las siete virtudes, para determinar si es el Príncipe Andreus o la Princesa Carys quien quedará como nuestro gobernante.

El público alrededor de ellos estalló en ovaciones. Algunas se transformaron en el nombre de su hermano.

Cuando el aplauso se calmó, Élder Cestrum continuó.

—Se requiere que quien esté en el trono sea juzgado por todos nosotros. Sería fácil para cualquiera en esa posición de poder volverse demasiado orgulloso. Pero el orgullo lleva a la destrucción. Los mejores reyes y reinas son aquellos que entienden la humildad. Hoy, en el campo de torneo, pondremos a prueba la humildad del Príncipe Andreus y de la Princesa Carys en tres eventos separados.

En los primeros dos eventos, ellos competirán entre sí. La nobleza, por lo general, compite contra sus pares. Pero hoy, en el tercer evento, para demostrar su humildad, nuestro príncipe y nuestra princesa también estarán compitiendo con alguno de ustedes que ya haya demostrado habilidad en el campo.

Suspiros de sorpresa y murmullos surgieron de la multitud.

Carys miró a su hermano que estaba lejos en la otra plataforma. La nobleza alrededor de él quedó estupefacta ante la idea de que alguien de sangre noble fuera tratado de igual manera que un plebeyo.

Pero eso no era todo.

—Y como el Príncipe Andreus y la Princesa Carys pronto se verán obligados a juzgar a todos en el reino, nosotros, en el Consejo de Élderes, creemos que lo más justo es que el ganador de cada una de estas tres primeras competencias sea determinado por todos ustedes. El Príncipe Andreus se sienta bajo el estandarte amarillo. La Princesa Carys bajo el azul. Una vez que la competencia se termine, les pediremos que muestren el color del competidor que sienten que triunfó sobre los desafíos que enfrentaron y representa mejor las virtudes que nuestro reino mantiene en alto.

Élder Cestrum miró hacia ella y sonrió. Si ella hubiese querido ganar, no habría importado; que el público vote garantizaba que ella perdería estos eventos. Andreus fue quien los salvó de la oscuridad y de los Xhelozi que podrían haber atacado. Él fue quien ayudó al niño que estaba moribundo en la calle. Su hermano era, claramente, la elección del Consejo para ganar esta competición. ¿Tal vez esperaban poder dividirlos, a ella y a Andreus, con este espectáculo obvio a favor de su gemelo? Si era así, iban a decepcionarse.

Carys le devolvió la sonrisa a Élder Cestrum y contuvo las ganas de decir adiós.

El élder volvió a mirar a la multitud y anunció.

—La primera prueba se llevará a cabo en el campo de tiro con arco. El Príncipe Andreus y la Princesa Carys tendrán un intento a cada uno de los tres blancos para demostrar si han desarrollado las habilidades que a cada niño del reino se le pide que aprendan. Cuando el Príncipe Andreus y la Princesa Carys lleguen al campo, podremos comenzar.

—Parece que llegué a su reino en un momento interesante, Su Alteza —dijo Lord Errik en voz baja, detrás de ella—. Usted no parece gustarle a Élder Cestrum.

La sutileza la hizo reír.

—Yo le advertí que estaba eligiendo el lado equivocado —dijo ella y caminó hacia los escalones para bajar a los campos de competencia.

—"Equivocado" es un término subjetivo, Su Alteza —le gritó él—.

Ella no se dio vuelta para mirarlo, pero sonrió mientras bajaba lentamente las escaleras a donde dos pajes vestidos de negro, que llevaban varios arcos y una caja de flechas, la esperaban para acompañarla, pasando las listas y los pozos de duelo, hasta la estación de tiro al final del campo. La única manera en que podía perder era si ella ganaba o si Andreus flaqueaba.

Carys no saludó al público cuando llegó al área acordonada. Grandes objetivos de madera con círculos blancos pintados en el centro habían sido dispuestos a tres distancias diferentes. El primero estaba a solo veinte pasos. El próximo estaba a treinta, quizás, y el último estaba a, al menos, al doble de distancia. Muchos en la guardia acertaban, con exactitud, a blancos que estaban, al menos, tres o cuatro veces más lejos en los torneos. Carys no era tan habilidosa como ellos, pero gracias al trabajo que había hecho con Andreus, podría acertar a estos con facilidad si ella planeaba acertar a todos.

—Bueno, esto debe ser entretenido —dijo Andreus cuando apareció con dos pajes detrás de él—. ¿Te gustaría ir primero o voy yo?

—Por qué no vas tú —dijo ella, deseando que él no pareciera tan contento por la manera en que la prueba estaba estructurada, claramente, para favorecerlo. Si Andreus erraba mal, ella tenía que asegurarse de errar aún peor.

—Muy bien —dijo Andreus; eligió un arco largo de uno de sus pajes y tomó una flecha de la caja antes de ubicarse en la línea del blanco que estaba más cerca.

Sonaron las trompetas. Élder Cestrum estaba en el borde de la plataforma de observación del medio. El resto de los élderes estaban detrás de él cuando anunció:

—Una flecha en cada uno de los tres blancos. Cuando se complete la prueba, les pediremos a todos que señalen cuál de nuestros sucesores ganó esta ronda, al que se le dará un punto en la tabla de puntaje sobre la pared del castillo. Ahora, dejemos que comiencen las Pruebas de Sucesión Virtuosa.

Las trompetas resonaron. La gente en los alrededores gritaba y daba pisotones. Agitaban banderas, amarillas en su mayoría. Andreus ocupó su lugar frente a la distancia más corta y levantó el arco.

La flecha voló derecha y se clavó en el centro del blanco, haciendo que el público ovacionara. Carys tomó uno de los arcos de ella y se ubicó frente al objetivo. Ella tenía mejor puntería que su hermano. Era un hecho reconocido por ambos, en general, y que habían probado en las horas de práctica juntos. Normalmente, ella acertaría justo en el centro. En cambio, respiró profundo, lo mantuvo, y dejó que la flecha volara, de manera que dio un golpe seco en el nudo que ella divisó sobre la madera, del lado izquierdo del blanco.

Andreus la miró con el ceño fruncido mientras la multitud aplaudía su esfuerzo.

¿Quería él que ella pareciera una tonta y no acertara al blanco para nada?

Él le dio la espalda, caminó hacia el próximo objetivo, puso la flecha en la mira y la dejó volar. En el centro de nuevo.

Los gritos fueron más fuertes. Ella oyó que decían el nombre de su hermano, mientras se acomodó en la marca, levantó el arma, y esta vez eligió una mancha en la parte de arriba del objetivo.

La flecha se incrustó exactamente donde ella tenía pensado. Más aplausos amables por su intento mientras su hermano se ubicaba en la distancia final. Su flecha atravesó el aire y aterrizó varios centímetros a la izquierda del círculo del centro al que había apuntado.

—Señorita —dijo él por lo bajo y permaneció al lado de ella con su arco, mientras Carys ocupaba su lugar en la línea.

Levantó el arco y vio la flecha de su hermano clavada fuera del blanco, luego el círculo del medio.

Ella avistó su objetivo y dejó volar la flecha.

Paf. Atravesó la pequeña flor amarilla que se encontraba al final de la pata izquierda del objetivo. Giró y miró a los ojos a Andreus para hacerle saber que había acertado, exactamente, en el lugar que había apuntado.

—¿Qué estás haciendo? —preguntó Andreus.

Carys le pasó el arco al paje y miró hacia la plataforma del centro donde las trompetas estaban sonando de nuevo.

—Solo lo que es necesario —respondió ella.

Élder Cestrum esperó hasta que el público se calmó, luego preguntó:

—¿Quién de ustedes da el punto por el esfuerzo en tiro con arco a la Princesa Carys?

Hubo más ovación de lo que Carys esperaba, pero fue nada comparado con el estruendo de aprobación y banderas amarillas agitándose que siguieron al anuncio del nombre de su hermano.

Andreus sonrió e hizo una reverencia triunfal a la multitud, haciendo que volvieran a ovacionarlo.

Cuando el público se calló, Élder Cestrum anunció:

—Y el ganador del primer punto de las pruebas es el Príncipe Andreus. Para el segundo evento de este torneo, el Príncipe Andreus y la Princesa Carys recibirán picas y ocuparán sus lugares en los círculos de lucha.

—¿Qué? No puede hablar en serio —dijo Andreus, lo suficientemente bajo que solo Carys pudo oír.

Habían pasado los círculos de lucha camino al campo de tiro: una sección cercada que había sido mojada, para que la tierra estuviera espesa y pegajosa. En el centro del lodo, a alrededor de un metro de altura, había dos plataformas cuadradas lo suficientemente grandes como para que una persona diera un pequeño paso hacia delante o hacia el costado. Un poco más haría que la persona cayera a la tierra húmeda de abajo. Que era la idea. Las plataformas estaban bastante juntas para que los luchadores pudieran entrar en combate. Para los luchadores novatos, el primero que fuese derribado de su plataforma sería el perdedor. Los luchadores con más experiencia, a menudo continuaban luchando si el que caía no se rendía. Esas luchas, normalmente, terminaban con la muerte.

La multitud murmuró confundida. ¿El Consejo de verdad pretendía que la familia real fuera vista golpeándose entre sí? Era algo sin precedentes. Élder Cestrum levantó la mano de hierro para que hicieran silencio.

—La competencia terminará cuando solo un competidor permanezca en su plataforma.

Así que era verdad. Iban a pelear físicamente uno con el otro. Andreus no se veía bien. Tampoco debía. Nadie miraría con aprobación a un hombre que, voluntariamente, hiciera caer a una dama por mero deporte.

Carys sonrió. Tenía que aplaudir al Consejo por crear una prueba que provocaría que ambos, ella y Andreus, perdieran el favoritismo del público. Ellos lograrían su objetivo, a menos que Carys hiciera algo para cambiar las cosas.

—Discúlpeme, Élder Cestrum —Carys gritó y todo quedó en silencio.

—¿Sí, Su Alteza?

—¿Usted y el Consejo de Élderes están pidiendo que golpee a mi hermano?

Élder Cestrum frunció el ceño ante la elección de las palabras que ella hizo.

—¿Desea rehusarse a la tarea, Princesa?

—Solo me pregunto por qué nadie me permitió hacer eso antes —dijo con una sonrisa—. Habría simplificado mi infancia.

El público más cercano a ella rio.

Élder Cestrum la miró fijamente. Con una explosión de satisfacción, Carys tomó la pica que le ofrecía uno de los pajes y, sin esperar a su hermano, caminó con pasos largos hacia las cercas que marcaban los límites del círculo de lucha.

Andreus se ubicó al lado de ella con un bastón de madera largo y fino igual al que ella tenía en la mano. La pica era algo con lo que Andreus nunca había necesitado trabajar en su entrenamiento obligatorio de protección, así que era un arma que ninguno de ellos había probado antes.

Carys se quitó la capa y le pasó la pesada tela a uno de los pajes, luego caminó hacia la entrada del círculo. Podía sentir todas las miradas sobre ella. Todo en su interior se sobresaltó y deseó, con muchas ansias, un trago de las Lágrimas que reemplazarán el sentimiento agitado por una calma placentera. Cuando los pies se le hundieron en el barro, no quiso nada más que perderse en la nada. Pero trepó los tablones clavados al costado de la plataforma sucia y se paró encima, con los hombros derechos. La multitud calló.

Dreus ocupó su lugar y las trompetas sonaron.

La voz de Élder Cestrum resonó.

—Que comience la segunda competencia de las Pruebas de Sucesión Virtuosa.

Andreus la miró con preocupación cuando dobló las rodillas y giró el largo palo que tenía en las manos. Carys no se dio tiempo para pensar, ni a ella ni a su hermano. Volteó el palo, así lo sostenía en paralelo al suelo, y embistió contra su hermano. Él esquivó el golpe, saltó hacia atrás y casi se sumerge en el lodo. Ella volvió a empujar la pica contra él, pero esta vez, él la detuvo con su propio palo con más fuerza de la que ella esperaba, lo que hizo fácil que pareciera que había sido el golpe lo que la hizo tambalear hacia un lado y caerse de la plataforma. Las botas chapoteaban en el lodo. Intentó sujetarse de la plataforma para mantenerse de pie, pero la pica, que había mantenido agarrada, la hizo perder el equilibrio y caerse de rodillas.

El lodo estaba frío y húmedo y le goteaba alrededor de las piernas, revistiéndolas de fango. Esperó que su hermano saltara de la plataforma y la ayudara a levantarse, pero la multitud estaba golpeando los pies y gritando el nombre de él. Carys había golpeado primero. Andreus no tuvo otra opción más que devolverle el golpe, lo que significaba que la gente aún podía aclamar a su héroe.

De verdad, era casi demasiado fácil.

Carys hundió la punta de la pica en el lodo y la empujó para ponerse de pie. La parte de abajo del vestido estaba pesada por el fango, pero fingió que no le importaba al luchar para salir del corral y pasarle la pica al paje, que la miró con los ojos llenos de lástima. ¿Él sentía lástima por ella, por el barro o porque iba a perder de nuevo? No estaba segura de que importara. La lástima era lo último que le importaba.

Las trompetas sonaron cuando Élder Cestrum pidió otra demostración de apoyo para determinar el ganador. Carys se armó de valor para permanecer en silencio cuando gritaron su nombre, pero, esta vez, hubo más gritos a favor de ella que antes. Y vio que varias banderas azules se agitaban en la multitud, pero el amarillo las superó en cantidad y, otra vez, Andreus fue declarado el ganador. Ahora, él estaba dos puntos por delante. Ella no estaba segura de cuántos se necesitaban para completar la tabla de puntos del pequeño juego retorcido del Consejo, pero Andreus pronto llegaría a la meta.

Élder Cestrum no perdió tiempo para continuar y anunció:

—La competencia final de esta primera prueba de humildad será una carrera de obstáculos. El Príncipe Andreus y la Princesa Carys correrán junto con seis de los ganadores de competencias realizadas más temprano hoy. Se dará un saco de oro a cualquier competidor que llegue primero a la línea final, y el Consejo pedirá la última demostración de apoyo para el Príncipe Andreus o la Princesa Carys para adjudicarles el último punto en esta primera prueba.

Cuando llegaron, los otros seis corredores de esta carrera estaban esperando a Carys y a su hermano del otro lado de los campos de torneo. En las carreras de obstáculos, a menudo corrían tanto hombres como mujeres, así que Carys no se sorprendió al ver que dos de las personas elegidas para correr eran muchachas jóvenes, con manchas de tierra y transpiración de las competiciones anteriores. Llevaban vestidos que les caían justo sobre los tobillos, lo que les daba mejor movilidad. Inteligentes. Carys quería cortar la parte embarrada de su propio vestido, que le llegaba hasta la mitad, pero su meta no era ganar ni escandalizar a todos los que estaban mirando.

Los otros cuatro competidores variaban entre niños jóvenes y hombres musculosos que le doblaban la edad. Todos, menos uno de ellos, miraban al suelo o a la multitud de afuera a cualquier lado menos a Carys y a Andreus. Estaba claro que, menos al hombre al que le faltaban varios dientes y que tenía una cicatriz en un lado de la cara, esta carrera con la familia real ponía incómodos a todos.

El estruendo de las trompetas indicaba que todo terminaría pronto.

Carys atrapó la mirada de su hermano mientras caminaban al punto de partida e inclinó la cabeza a un lado en una pregunta silenciosa que él respondió con una sonrisa. Él se sentía bien. No le costaba respirar. No tenía cosquilleo en los brazos. No había maldición, lo que era un alivio. Si podían superar esta carrera sin que el corazón le jugara una mala pasada, serían capaces de superar cualquier cosa que el Consejo les pusiera por delante.

Carys ocupó su lugar en el punto de partida, junto a su hermano y a un niño de unos trece años, para la carrera que ocupaba casi la mitad de los campos de torneo. Las carreras de obstáculos siempre eran uno de los eventos más populares porque la persona no necesitaba llevar un arma o tener alguna habilidad en particular para poder competir. Y los obstáculos significaban que ser el corredor más rápido no necesariamente lo haría el ganador. Por lo general, era el más rápido el que se topaba, de manera imprudente, con los impedimentos sin estudiarlos con anticipación. Según la naturaleza de cada uno, el resultado podía ser fatal. La atención y el ingenio solían ganar a la fuerza bruta y los pies rápidos. Carys siempre había disfrutado de las carreras de obstáculos más que de mirar a guardias con armaduras chocar entre ellos con lanzas, en las listas. Por supuesto, eso era cuando ella no tenía que preocuparse de que su hermano corriera por los campos de competencia hacia una casi segura destrucción espontánea.

—Que comience el tercer evento de esta prueba —ordenó Élder Cestrum, y los mensajeros volvieron a gritar.

—¡Ten cuidado! —le gritó a Andreus. Demasiado tarde. Él salió corriendo con los otros por el camino marcado con fardos de heno y vallas.

Carys corría detrás de su hermano, quien había pasado a todos menos a uno de los competidores. Si bien tenía intenciones de perder, ella tenía que mantenerse lo suficientemente cerca de Andreus para intervenir en caso de que él se debilitara o, lo que era más probable, juzgara mal el desafío que tenía delante. Se levantó la pesada falda embarrada y, con torpeza, saltó por encima de un tronco, luego se estabilizó antes de trepar sobre varios más que estaban apilados a lo largo del camino, unos cuantos metros más lejos. Andreus y los dos jóvenes iban desapareciendo sobre una pila de rocas de la altura del hombro, cuando ella oyó un grito desde más adelante en el sendero. Ella maldijo su vestido difícil de manejar mientras buscaba puntos de apoyo para impulsarse a la cima de la pared de troncos. En el suelo, a la izquierda, vio al hombre que había gritado tratando de zafarse de una estaca que le había atravesado el pie cuando aterrizó sobre ella desde arriba.

—Cuidado con las estacas —les advirtió a las dos muchachas y a uno de los hombres que venían detrás. Por el paso lento con el que venían, ella dudó de que estuviesen interesados en arriesgarse a la ira de un futuro gobernante si ganaban esta competencia, lo que significaba que, probablemente, estarían bien.

Carys se limpió la frente, pasó de prisa por al lado del hombre herido y se dirigió al camino hacia el pozo de agua por el que su hermano estaba saltando. Andreus aterrizó salpicando apenas, bastante cerca del otro lado, por lo que no se mojó mucho, y tenía al muchacho y al hombre al que le faltaban los dientes pisándole los talones. El muchacho gritó cuando, desde el borde, un pie se le desplomó en el agua y cayó a tierra. Cuando Carys llegó al agua, vio las manchas largas, finas, negras y ondulantes en el agua y la cabeza con escamas que asomó sobre la superficie y volvió a sumergirse.

Serpientes de agua. Una mordida provocaba adormecimiento que desaparecería luego de varios días. Un poco más provocaría daños mucho peores.

Carys se levantó la falda y corrió hacia el borde del estanque, donde la distancia de un lado del agua al otro era de solo un metro, y cruzó de un salto. A la distancia, ella oyó que la multitud aclamaba y se preguntó que estaría pasando más adelante. Preocupada porque ya no podía ver a su hermano, se obligó a ir más rápido.

Los pies de Carys golpeaban el camino mientras rodeaba de prisa una pila de fardos de heno y pasaba al muchacho que había estado delante de ella, hasta que divisó por qué la multitud había estado ovacionando. Andreus había saltado sobre una pila de carbón en llamas y ahora iba a toda velocidad hacia una línea de banderas, a trescientos metros de distancia, que señalaban el fin de la carrera.

El hombre al que le faltaban los dientes saltó sobre la pila de carbón caliente y ahora iba corriendo a un metro detrás de Andreus. Él era rápido y se veía como si estuviese tratando de ganar el premio prometido por el Consejo, pero su hermano era más rápido. Ella se impulsó un poco más y estaba por saltar sobre el carbón cuando lo vio.

Un cuchillo. El hombre al que le faltaban los dientes había sacado un cuchillo del bolsillo y estaba apuntando a la espalda de su hermano.

—¡Andreus!

La multitud. La distancia. Él no podía oír.

Carys corrió sobre el carbón caliente. Fue dando pasos ligeros mientras buscaba a tientas los bolsillos. El diseño de Larkin era verdad. Los cuchillos largos y filosos salieron de sus escondites. El hombre aminoró el paso y levantó el brazo para tirar cuando Carys usó el movimiento que tantas veces había practicado en los pasajes subterráneos, y dejó volar los estiletes.

Andreus cruzó la línea de llegada y el primer estilete golpeó en la base del cuello del hombre. El segundo se hundió en la espalda justo antes de que cayera al suelo.

12

Las ovaciones.

La emoción.

Y era por él.

Andreus, transpirando y jadeando, pero negándose a ir más lento, había cruzado la línea de llegada. Levantó los brazos en agradecimiento a sus espectadores cuando oyó el primer grito. En la multitud, más allá del campo, vio que había gente que señalaba. Todo alrededor de él quedó en silencio y miró hacia atrás para ver cuál era el problema.

Carys estaba justo después del obstáculo de carbón ardiente. Él sintió un golpe de alivio cuando se dio cuenta de que ella no había caído en ninguna de las trampas. Aunque había una nube de humo que subía desde la parte de abajo de su vestido. ¿Era eso por lo que la gente estaba gritando?

Luego vio al hombre tirado en el suelo a veinte metros de la línea de llegada. La sangre goteaba de los conocidos estiletes de plata clavados en su espalda.

Por un segundo fue como si nada se moviera. Luego, estalló el caos.

Varios guardias saltaron sobre la cerca que separaba el camino de la carrera de los espectadores y fueron de prisa hacia Andreus, con las espadas afuera. Otro agarró un balde que le estaban pasando sobre la cerca y mojó el vestido de Carys.

Ella le gritó que la dejara pasar, lo empujó y corrió hacia Andreus.

—¿Estás bien? —ella gritó sobre el alboroto.

Andreus miró a los alrededores, a la multitud, a los guardias y a los otros cinco corredores que se encontraban cerca del carbón ardiente y parecían tan aturdidos como él.

—¿Qué hiciste? —le gritó a Carys, tratando de entender lo que estaba pasando. Hacía un minuto, él estaba ganando la carrera, y no porque su hermana había hecho algo para ayudarlo. Era su victoria. Solo suya. Los otros competidores estaban corriendo por el oro. Pero, por más rápido que corrieron, él fue quien cruzó la línea de llegada.

Él había visto a su hermano mayor triunfar en este mismo campo, cuando estaba creciendo. Él había escuchado las ovaciones y visto cómo las muchachas se arrancaban pedazos de tela de los dobladillos para ofrecerlos como obsequios al campeón. Él había visto los ojos de Imogen brillar cada vez que Micah mandaba al suelo a un competidor fuerte. Si bien ella no había amado a Micah, lo había aclamado como si fuera un héroe.

Hoy, Andreus era el héroe.

Cuando cruzó la línea de llegada, se dio cuenta de cuánto quería la corona. Cuánto quería que Imogen lo mirara con ojos brillosos y oír al pueblo de Eden aclamar por él.

Ahora las ovaciones habían terminado.

—Él tenía un cuchillo, Andreus —dijo Carys—. Estaba tratando de asesinarte.

—¿Asesinarme?

El Capitán Monteros trepó sobre la cerca y la multitud se calló cuando el jefe de la guardia del castillo caminó lentamente hacia el corredor caído. Levantó el cuchillo que estaba en el suelo, al lado del hombre muerto, y lo giró en la mano varias veces antes de deslizarlo en su cinturón. Luego, sujetó fuerte el mango del estilete de plata, puso el pie sobre la espalda del hombre, y tiró de él para sacarlo. Hizo lo mismo con el que estaba enterrado en la base de la nuca del agresor.

Nadie hizo ningún ruido mientras el Capitán Monteros examinó ambas armas por varios segundos largos, luego miró hacia la plataforma del centro y asintió con la cabeza a Élder Cestrum. El Capitán Monteros limpió ambos estiletes con la capa y caminó hacia donde estaban Andreus y su hermana.

—Princesa —dijo él, dando vuelta las armas de plata para que los mangos apuntaran hacia Carys—. Creo que estos le pertenecen.

Carys dudó por varios segundos largos antes de cerrar las manos sobre los estiletes.

—Su hermano tiene una deuda con usted —dijo el Capitán Monteros lo suficientemente fuerte para que aquellos junto a la cerca pudieran oír—. Me di cuenta de la intención del hombre un segundo antes de que sus cuchillos lo derribaran. Si no hubiera sido por su excelente lanzamiento, el príncipe, sin dudas, estaría muerto.

El pecho de Andreus se cerró y su corazón latió más fuerte que cuando estaba corriendo.

—Fue suerte, capitán —dijo su hermana, rápidamente—. ¡Y el destino que guio mis cuchillos para proteger al heredero del trono!

El capitán de la guardia sonrió y echó un vistazo a los estiletes que Carys sostenía con tanto dominio.

—Ese es el tipo de suerte que me gustaría mucho poder tener. De verdad, su habilidad es muy impactante, Alteza. ¿Dónde aprendió a lanzar tan bien y por qué nadie ha hablado de sus habilidades?

Carys miró a Andreus y él pudo ver el miedo. Esta vez no era a un arma que pudiera matarlo, sino a un secreto que fuera revelado. Un secreto que llevaría a la gente a hacer preguntas.

—Yo le enseñé —dijo él con los hombros derechos, como si no le preocupara que alguien haya intentado clavarle un cuchillo en la espalda—. Ella solía verme practicar lanzamientos y quiso aprender. Como Padre no pensaba que las muchachas encajaban en la lucha con acero, practicábamos en mi habitación.

—Andreus perdió muchas almohadas y varios floreros y espejos —dijo Carys.

—Debe ser un excelente maestro, Príncipe Andreus. — El Capitán Monteros sonrió—. Una vez que las Pruebas de Sucesión Virtuosa concluyan, sería un honor para mí si usted pudiera venir a mostrar su estilo a los entrenadores de la guardia. Nuestros guardias se beneficiarían con su tutelaje.

—Por supuesto —él tragó saliva. Atrapado por su propia mentira.

Las trompetas resonaron. El Jefe Élder Cestrum estaba en la plataforma del centro, esperando que la multitud se tranquilizara. Justo detrás de él estaba Élder Jacobs con el halcón negro posado en su puño enguantado y la mayoría de los otros élderes. Élder Ulrich, sin embargo, se encontraba alejado, enfrascado en lo que parecía una discusión intensa con Lord Garret.

Luego de un momento, Élder Cestrum habló:

—Estoy seguro de que hablo en nombre de todos cuando digo que me siento aliviado de que el Príncipe Andreus esté ileso luego de esta dramática carrera. El Capitán Monteros ha verificado que el potencial asesino está muerto. La guardia está atenta para ver si hay alguien más que sea tan descarado como para lastimar a nuestro príncipe o nuestra princesa, y les prometo a todos ustedes que encontraremos a quien se haya conspirado con este agresor y con el Reino de Adderton para, una vez más, atacar el corazón de nuestro reino. Ellos pagarán por sus acciones.

Una ola de aprobación resonó a lo largo de los campos de competencia. Mientras Élder Cestrum esperaba que los sonidos se calmaran, Andreus notó que su hermana deslizaba los estiletes en tajos a cada lado del vestido manchado de barro. Nunca había mencionado que llevaba los estiletes con ella. Y, con certeza, no le dijo que los tendría encima hoy.

Las Lágrimas de Medianoche y esto. Dos secretos que le había ocultado.

—La próxima prueba —anunció Élder Cestrum— se realizará más tarde, esta noche, en el castillo. El Príncipe Andreus y la Princesa Carys van a entretener a la corte, a los dignatarios visitantes y a los ganadores del torneo de hoy en un baile.

Andreus vio que su hermana se ponía tensa. Ella odiaba la ostentación en público de los bailes donde cada palabra y gesto suyos eran juzgados. Fue en el último baile, hacía dos años, que todos se enteraron de la necesidad que tenía ella de la bebida de la madre.

Esta próxima prueba estaba diseñada para dar a Andreus una clara ventaja.

—Pero antes de que podamos continuar con la próxima prueba, debemos terminar esta —señaló Carys—. No se ha elegido a un ganador.

Élder Cestrum frunció el ceño.

—Tiene razón. —Aclaró la garganta—. Una vez más, le pido a la audiencia que demuestre su apoyo por el sucesor que creen que ganó.

Andreus enderezó los hombros cuando Élder Cestrum dijo su nombre, agradecido por el guardia que estaba cerca por si alguien más lo atacaba.

Banderas amarillas se agitaron por él. La gente gritaba su nombre. Pero, quizás, no con tanta intensidad. Debían estar más apagados debido al intento de asesinato. Él casi había muerto. Se daba cuenta de eso.

—¿Y quién en este torneo apoya a la Princesa Carys por su esfuerzo en el evento final?

Las palabras apenas salieron de la boca de Élder Cestrum cuando la multitud clamó. Tiras de tela azul fueron elevadas al cielo. La gente zapateaba y saludaba a Carys, cuyo rostro con manchas de barro se veía pálido, y ella giró en círculo, mientras los espectadores del torneo coreaban su nombre primero suavemente, y luego más fuerte.

Carys no había ganado la carrera, pero había ganado el evento por salvar la vida de su hermano.

Así que él hizo lo único que podía hacer. Aplaudir también.

Se obligó a sonreír y a elogiar la habilidad de su hermana, pero no pudo evitar la chispa de resentimiento que se encendió.

Se suponía que él estuviera adelante por tres contra cero en la enorme tabla de puntajes apostada sobre las escaleras a la entrada del castillo. En cambio, había dos marcas amarillas en la tabla que tenía lugar para diez de un lado al otro. Y debajo de sus dos puntos, había una marca pintada de azul brillante: para Carys.

Cuando él llegó a los escalones blancos que llevaban al castillo, Andreus le pasó las riendas de su caballo a un peón y se apresuró para ayudar a Imogen a bajar del de ella.

—Su Alteza. —Miró por sobre el hombro, luego volvió a Andreus con ojos llenos de advertencia. Detrás de ella, estaba Élder Jacobs, junto a su caballo, con el halcón cubierto en el brazo, esperando para desmontar—. Le fallé. Debería haber visto el peligro. Luego de la muerte de Micah, mis visiones han estado bloqueadas por la tristeza. Prometo que no volveré a fallarle.

Ella se inclinó profundamente. Él extendió el brazo hacia abajo, le tomó la mano para ayudarla a levantarse, y sintió que ella le apretaba los dedos con fuerza.

—Tengo novedades. Iré a tu habitación apenas pueda —le susurró ella cuando se levantó. Luego giró, se tomó la falda y se fue rápidamente con la multitud. Cuando la perdió de vista, Andreus se encaminó hacia los escalones. A pesar de que había guardias por todos lados, él se sentiría mejor cuando estuviera dentro de los muros del castillo.

El potencial asesino podría haber sido parte de la misma conspiración que mató a su hermano y a su padre. Si el hombre hubiera tenido éxito…

—Príncipe Andreus —gritó una voz desde arriba—. Príncipe Andreus, ¿está usted bien?

Max. Andreus miró hacia arriba y vio que el niño bajaba las escaleras a toda prisa hacia él. Un guardia se paró frente a Andreus y puso una mano en la espada.

—Está bien, lo conozco —dijo Andreus, mientras el niño transpirado y agitado le daba una mirada fría al guardia y corría al lado de Andreus.

—Están diciendo que alguien intentó matarlo —dijo Max con los ojos abiertos, llenos de preocupación—. Oí que usted estaba ganando todos los eventos del torneo y que hasta derribó a la princesa en el barro y, luego, cuando estaba corriendo la carrera, un hombre trató de matarlo justo como alguien mató al Rey Ulron y al Príncipe Micah.

Claramente, las noticias de lo que pasó en el torneo habían corrido antes de que él regresara.

—Pero fallaron, Max, y al hacerlo, quedaron en evidencia. Ahora, la guardia del castillo estará en total alerta. Quien sea que haya querido lastimarme, parece que ha perdido la oportunidad. —Andreus puso la mano en el hombro del niño y lo invitó a caminar hacia el castillo donde podrían hablar sin la mitad de la corte tratando de escuchar. Pero, a pesar de sonar seguro, él no podía dejar de mirar a todos los que pasaban, hasta que llegaron a la cima de los escalones y cruzaron la entrada, en forma de arco, del castillo. ¿Alguno de sus súbditos podía tener algo que ver con el hombre del cuchillo? ¿Estaban planeando su muerte?

—Sebastián dijo que la Princesa Carys sacó espadas del aire y salvó su vida —le informó Max—. Pero yo le dije que era imposible porque nadie puede hacer que una espada salga del aire. Ni siquiera Lady Imogen.

—Nadie puede sacar armas del aire —confirmó Andreus mientras se desviaba del camino de varios trabajadores del castillo que miraban en dirección a él—. Pero alguien *sí puede* sacar estiletes de bolsillos escondidos y matar a alguien al lanzarlos con mucha habilidad. Que es lo que la Princesa Carys hizo para salvar mi vida.

—Guau. —Max se detuvo, puso las manos en las caderas e inclinó la cabeza a un lado—. Mi hermana Jinna pudo golpear a una rata con una roca a quince pasos. Me pregunto si podría aprender a hacerlo con un cuchillo.

El sonido triste y melancólico que apareció en la voz de Max, cuando habló de la hermana que no había visto en un año, golpeó a Andreus. Max sabía que, aunque volviera a ver su hermana mayor, sus padres no querrían que ella hablara con él. Ellos creían que él estaba maldito.

—Quizás, algún día, lo descubrirás —le dijo a Max. Entonces Andreus se permitió otro pensamiento. Tal vez, si las cosas salían como él y Carys planeaban, los padres de Max estarían felices de tener un hijo con llegada al rey. Quizás lo volverían a recibir con los brazos abiertos. Miró al niño—: ¿No deberías estar haciendo algo en lugar de estar hablando conmigo?

—Estaba ayudando a llevar agua al Salón de las Virtudes para las fuentes que construyeron para el baile, pero luego de volcar un poco sobre la señora Violeta, ella me gritó que saliera de su vista, así que vine a buscarlo a usted.

—Bueno, estoy muy seguro de que hay algo más con lo que puedes ayudar. —Si bien sentía cariño por Max, Andreus no quería que él anduviera merodeando cuando llegara Imogen. Max era demasiado curioso y hablador.

Y la posición de Imogen era arriesgada. Al poner en cortocircuito el plan del Consejo de reemplazar a la familia en el poder por otra, ella quizás también se había puesto un blanco en la espalda. Andreus no haría nada para aumentar aún más la ira del Consejo. La idea de perder a Imogen, cuando ella finalmente había admitido que era suya, era inconcebible. Andreus no correría el riesgo.

Max apretujó la cara para concentrarse.

—Creo que podría llevar agua para la habitación de la princesa. Aunque, es probable que alguien ya lo haya hecho. A las damas no les gusta estar sucias y ella estaba realmente sucia luego del torneo. Se veía infeliz, pero al lord que caminó con ella hacia el castillo no parecía importarle.

¿Lord? Carys había hecho todo lo posible para llegar al castillo antes que el resto.

—¿Qué lord caminó con la princesa?

—No sé su nombre —dijo Max—. Pero él parecía un demonio.

—¿Un demonio?

—Sé que usted dijo que los demonios no son reales, pero vi una pintura una vez, y la capa negra y el cabello rojo del hombre gigante se parecían mucho a uno. Los demonios son la muerte.

Los demonios, con seguridad, eran la muerte. Pero también lo era el único hombre en el que Andreus podía pensar, que tenía cabello rojo y podía estar corriendo detrás de Carys.

Garret.

Carys solía estar fascinada por el mejor amigo de Micah. Después de ese último baile, Garret había permanecido cerca de la habitación de ella. Cuando Carys finalmente despertó, él irrumpió en su cuarto para decirle lo estúpida que había sido. Andreus había intentado que Garret se fuera, pero él lo empujó y sacudió fuerte a Carys, diciéndole que ella no tenía derecho a desperdiciar su futuro. Carys le dio una cachetada. Como ella estaba temblando y estaba débil por la disminución del efecto de las Lágrimas de Medianoche, el golpe tuvo poca fuerza. De hecho, Garret se rio de ella y, cuando logró soltarse de sus manos, él no fue a ayudarla cuando cayó hacia atrás sobre los almohadones.

—Eres demasiado importante para tirar tu vida a la basura, Carys —le había dicho Garret, sobre ella—. Tu padre y Micah pueden estar ciegos, pero yo sé qué persona estás predestinada a ser. No me decepciones. —Luego Garret giró hacia Andreus—. Te haré responsable si ella vuelve a terminar así. Y no te gustarán las consecuencias.

Andreus había puesto la mano sobre la empuñadura de la espada, pero antes de que pudiera sacarla, Garret dio media vuelta y se fue. Aunque Garret parecía alrededor de medio metro más alto y pesaba unos treinta kilos más, Andreus habría aprovechado la oportunidad de batirse en duelo con el mejor amigo de su hermano. Él siempre lo había despreciado. Su hermana decía que eran celos los que despertaban esa antipatía. Y, tal vez, tenía razón. Su padre había tratado a Garret como si fuera mejor que Andreus y hacía que él mirara cuando Micah y Garret peleaban en el campo de entrenamiento.

Los celos, le dijo Carys, siempre lo habían hecho exagerar.

Quizás era por eso que ahora sentía la misma necesidad de golpear a Garret. ¿Por qué estaba él ahí, en el castillo? El Consejo de Élderes quería ponerlo en el trono en lugar de a Andreus. ¿Estaría tomándose las medidas para nuevos trajes, seguro de que todo terminaría de la manera que tenía pensado el Consejo?

Tal vez, Garret estuvo detrás del ataque en el torneo. Eliminar a Andreus lo pondría un paso más cerca del trono. Y si Garret podía convencer a Carys de que se casara con él, el reino entero no solo aceptaría su autoridad, también la celebraría.

—¡Max! Antes de que te vayas, ¿oíste algo de lo que el lord parecido a un demonio le decía a mi hermana? —preguntó él.

Max sacudió la cabeza.

—La princesa caminaba realmente rápido y el hombre demonio la llamaba para que esperara. Pero ella no lo hizo. Ella entró al castillo. No lo vi después de eso.

Bien por Carys. Ella siempre tuvo una voluntad de hierro.

Pero esa voluntad se estaba deteriorando, pensó Andreus.

Las Lágrimas…

—En lugar de ayudar con el baile —le dijo a Max— ¿qué te parece si me ayudas a mí con algo?

Los ojos del niño se encendieron.

—¿Tengo que trabajar con los molinos?

—No. —Él se había olvidado que necesitaba hablar con los Maestros para ver si sabían algo nuevo sobre el sabotaje—. No es por las luces. Me gustaría que encontraras a Lord Garret, el demonio —dijo él ante la mirada en blanco de Max—. Cuando lo encuentres, quiero que lo sigas todo lo que puedas sin llamar su atención. Luego, cuéntame adónde fue, con quién habló y si habló con mi hermana.

—¿Quiere que sea… un espía, Príncipe Andreus?

Andreus sintió pena ante el entusiasmo de Max. Los riesgos en este juego eran más altos de los que el niño podía comprender del todo.

—Lo que quiero es que seas cuidadoso. Permanece fuera de la vista y asegúrate de tener algo en las manos; si alguien te hace preguntas, dirás que estás haciendo un mandado. Si, por un segundo, piensas que alguien te está observando y preguntándose por qué estás merodeando, actúa como si estuvieses perdido en el castillo y lárgate de ahí. Estos son tiempos peligrosos, Max. No quiero que te pase nada. Así que, si no quieres hacer esto, lo entenderé.

—¿Esto lo ayudará a ganar las pruebas y convertirse en Rey?

—Pienso que sí.

—Entonces quiero hacerlo. Su hermana es buena lanzando cosas, pero usted debería ser Rey. Y no me atraparán. Lo prometo.

—Cuídate de que no —dijo él, luego le dijo a Max que fuera a su habitación apenas supiera algo. Andreus se inclinó y trajo al niño más cerca. Max también se inclinó por un momento, luego comenzó a retorcerse y Andreus lo dejó ir. Con una sonrisa rápida, Max salió corriendo a jugar al espía.

Enviar a Max a rastrear los movimientos de Garret era riesgoso, pero Andreus sabía que los nobles rara vez veían a los sirvientes hacer su trabajo. Incluso si veían a Max, Garret supondría, muy probablemente, que el niño estaba evitando trabajar y lo enviaría de vuelta al Salón de las Virtudes para ayudar con los preparativos del baile.

El baile.

Andreus miró al sol que ya no estaba brillando tan resplandeciente. Solo les quedaban unas pocas horas antes de que llegara la noche y con ella el baile que el Consejo de Élderes convertiría, de alguna manera, en una prueba. Por mucho que quería revisar el tema de las luces, Andreus sabía que tenía que prepararse. Ganar las pruebas tenía que ser su prioridad. Cuanto antes terminaran, antes él sería Rey y sería capaz de descubrir al responsable del daño a la energía, rastrear a cualquier otra persona involucrada en el intento de asesinato de hoy y asegurarse de que él e Imogen nunca más volvieran a estar amenazados por el Consejo de Élderes ni por nadie más.

Andreus se dirigió a su habitación. Durante la mayor parte de su vida, había estado preocupado por morir, pero siempre había sido la maldición la que lo hizo temer su propia mortalidad. Ahora no tenía opción más que competir. No tenía opción más que continuar intentando ganar sin importar quién quisiera matarlo en el transcurso de las pruebas.

Su ayudante ya le había preparado un baño cuando él llegó. Andreus le pidió al hombre que sacara ropas para esa noche mientras él caminaba hasta un cofre junto a la chimenea y sacaba una daga recientemente afilada. La puso en el borde de la bañera con agua y le pidió al ayudante que se fuera, para bañarse y cambiarse y esperar a Imogen solo.

Sintió un golpe en la puerta cuando comenzaba a secarse. Se envolvió la toalla alrededor de las caderas, gritó a quien fuera que estaba que pasara y cerró la mano sobre el cuchillo.

Imogen ingresó al cuarto, cerró la puerta, luego miró al piso en lugar de mirarlo a él. La vergüenza que sintió al encontrarlo desvestido lo cautivó incluso cuando su expresión de preocupación lo llenó de temor.

Atravesó la habitación, puso las manos sobre los hombros de Imogen y preguntó:

—¿Estás bien?

Ella asintió, luego lo miró a los ojos.

—Todo Eden podría haberte perdido. *Yo* podría haberte perdido. —Ella caminó hacia los brazos de él y presionó las manos contra su espalda húmeda.

—Estoy bien. Estoy aquí contigo. —Le inclinó la cara y presionó sus labios contra los de ella, primero suavemente, luego con más insistencia mientras que el hecho de sentirla contra su piel encendió un fuego en él. Nada más importaba que la manera en que ella lo hacía sentir como si ya fuera un rey. Como si no hubiera nada que no pudiera hacer que siempre la tuviera a su lado.

—No podemos, Andreus. No tenemos tiempo.

Él no necesitaba tiempo. Él solo la necesitaba a ella.

—Andreus, Mi príncipe —jadeó, luego retrocedió, para que hubiera un espacio entre el cuerpo de ella y el de él, mientras mantenía la mano cálida sobre el pecho del joven—. El baile comenzará pronto. Hay cosas de las que me he enterado que debes saber. Encontré a Élder Ulrich hablando con el Capitán Monteros. Estaban hablando sobre el cuchillo que usaba el hombre que intentó matarte.

—¿Qué pasa con el cuchillo? —preguntó él.

—Tiene la marca del fabricante.

Andreus no veía por qué eso era algo importante. Todos los herreros en la Ciudad de los Jardines tenían una marca que usaban para identificar su trabajo. Los trabajadores del metal de Adderton seguirían la misma costumbre.

—Eso debería hacer más fácil rastrear de dónde era el atacante.

—Ese es el problema. Conocen la marca y de dónde es.

—Ella se estremeció y lo miró con gran preocupación en los ojos—. Fue hecho por un herrero de aquí, del Palacio de los Vientos. El atacante no fue enviado por el Rey de Adderton.

Las palabras le cortaron la respiración.

¿El asesino era de allí? Del castillo de Eden... ¿su hogar? ¿Alguien de la corte lo quería muerto?

—¿Saben algo sobre el atacante además de dónde fue hecho su cuchillo? —preguntó él, alejándose de Imogen para que ella no notara el miedo que le estremecía la espalda.

Cuando Imogen no respondió, él se dio vuelta.

—¿Imogen? ¿Hay algo más que deba saber?

—El Capitán Monteros no está seguro de si el rumor que ha oído es correcto. No tiene la certeza...

—¿Sobre qué? Dime.

—Nadie de la Ciudad de los Jardines reconoció al atacante, pero uno de los guardias dice que recuerda haber visto al hombre hablando con alguien cerca de las vallas de los campos de torneo durante la primera prueba. Una mujer. El guardia la reconoció como alguien que viene a menudo al castillo, con su padre, para hacer vestidos para las damas de la corte.

Una muchacha que hacía vestidos para la corte. Un recuerdo se le vino a la memoria, de una niña de cabello oscuro con el rostro manchado de lágrimas y la sonrisa de su hermana cuando jugaba con ella, y la irritación que él sintió cuando se dio cuenta de que su hermana se preocupaba por la niña casi tanto como lo hacía por él.

—Según el guardia, la muchacha le dio el cuchillo al asesino. La están buscando ahora y... —Ella se detuvo y sacudió la cabeza.

—¿Qué? —preguntó él—. ¿Qué otra cosa no me estás diciendo?

—Élder Ulrich dijo que dos guardias acompañaron a alguien del castillo a la tienda de la muchacha en la ciudad hace solo unos días. —Imogen deslizó la mano sobre su pecho y se acercó a él mientras lo miraba a los ojos—. Esa persona era la Princesa Carys, tu hermana.

13

—Princesa…

La voz de Garret la acosaba dentro del castillo, pero Carys no dejó de caminar. Los sirvientes se corrían a un lado y hacían reverencias cuando ella pasaba. Muchos no podían ocultar la sorpresa ante su aparición. Quería ponerlos en su lugar por no recordar que ella era una princesa y se suponía que debían demostrar respeto. Quería abofetearlos por tener los ojos tan abiertos y lanzar risitas, y por el horror que sentían ante el hecho de que ella hubiera matado a un hombre a plena luz del día.

Pero no había habido horror, ¿no? No de parte de la multitud. Luego de que ella derribara al potencial asesino, ellos aclamaron su nombre. Carys ganó un punto que nunca tuvo la intención de ganar, y eso empeoraba todo.

Ahora las pruebas durarían más. Y el futuro que ella anhelaba, lejos del castillo, donde finalmente pudiera encontrar paz, estaba un poco más lejos de alcanzarlo. Necesitaba ser más inteligente y más rápida si quería salir, de una vez, de las confabulaciones y la sed de poder que venían con el trono. Sintió escalofrío. Tenía el cuerpo demasiado pesado y demasiado frío como para pensar.

Ella necesitaba las Lágrimas. La ayudarían a concentrarse. Tenía que llegar a su habitación.

El atacante.

Los estiletes.

La expresión de conmoción de su hermano.

El hombre que yacía muerto en el suelo lleno de tierra muerto por ella.

Las ovaciones y los susurros de la gente.

La manera en que el Capitán Monteros la miró como si entendiera que ella tenía una razón para no solo aprender a blandir los estiletes, sino también ocultar esa habilidad.

Todo eso se mezclaba con la *necesidad* incontenible. La botella estaba en el bolsillo. Solo tenía que estar sola.

La respiración se le agitó cuando intentó dejar atrás a los dos miembros de la guardia, incluido el que la había acompañado a la Torre del Norte, que la seguía. La observaba.

En el castillo, había demasiados sirvientes, demasiados huéspedes en los pasillos para que ella se animara a sacar la botella roja del bolsillo de la capa.

Un sorbo.

Solo un dichoso trago.

Eso sería suficiente. Lo sería.

Se estremeció en la capa, como si el frío del viento de afuera estuviera viajando con ella a través de los pasillos mientras se encaminaba hacia las escaleras. Cuando llegó a mitad del camino, se detuvo y escuchó para asegurarse de no oír pasos desde arriba o abajo.

Nada. Solo los latidos de su corazón cuando sacó la botella del bolsillo y la destapó.

Bebió un pequeño trago. El sabor amargo la hizo avergonzarse. Un sorbo más, por si la cantidad que acababa de consumir no era suficiente para sacar su cuerpo y mente del estado pesado, sudoroso y lleno de temor que había estado mortificándola desde que los cuchillos dejaron sus manos y todos vieron su secreto. Ellos se preguntarían por qué ella tenía bolsillos especiales para guardar armas. Querrían saber a qué le temía tanto una princesa que vivía en un castillo rodeado de guardias. Ellos harían preguntas, y al saber sus secretos, podrían saber el de su hermano, y ella habría fallado en la única cosa para la que tenía sentido su vida.

Comenzó a inclinar la botella de nuevo. Solo un poco más. Haría más fácil esconder los secretos. Haría que ella pudiera ayudar mejor a su hermano.

No.

Carys se obligó a alejar la botella de sus labios y la tapó antes de empujarla hacia dentro de los pliegues de la capa. Lo que bebió debía ser suficiente para llevarla al baile. Se detuvo un momento, con la espalda contra la pared de piedra del castillo. Ya se sentía más liviana. El dolor punzante en la cabeza se estaba calmando.

Ignoró al guardia apostado en su habitación, cerró la puerta detrás de ella, y deseó no tener que volver a salir de allí. Pero tenía que hacerlo. Y tenía que estar preparada para lo que viniera. Andreus contaba con ella.

Juliette vino a saludarla de prisa. Si su sirvienta se sorprendió por los estiletes que ella sacó de los bolsillos antes de permitirle que la ayudara a sacarse la ropa llena de barro, no lo demostró.

—Tengo un baño de aceite de rosas esperándola, Su Alteza, y la señorita Larkin dejó varias cosas junto con el vestido para el baile.

—¿Larkin estuvo aquí? —Carys le había ordenado dejar la ciudad.

—Sí, Su Alteza. No hace mucho. Llevaba puesto el vestido de una dama de la nobleza. Cuando le pregunté qué ocurría, me dijo que le dijera que ella estaría esperando, después del baile, en el lugar del que usted habló con su padre y que hasta que usted hablara, no confiara en las estrellas. No pude encontrarle el sentido. ¿Cree que se haya vuelto loca por la misma enfermedad que golpeó a la reina? Carys sintió que se le aceleraba el pulso. Larkin no estaba loca. Ella quería advertirle sobre algo que debía decirle en persona. Una advertencia sobre alguien que miraba las estrellas… la adivina Imogen.

Se encontrarían en los establos. Cuando Carys supiera cuál era el problema, lo solucionaría.

La calidez de las Lágrimas se extendió en ella y todos los músculos parecieron fundirse en uno solo. Carys dejó que Juliette le lavara el barro del cabello y del cuerpo antes de responder a la puerta y recibir un mensaje de uno de los pajes del Consejo.

—En dos horas, el Consejo de Élderes enviará un acompañante para que la escolte, Su Alteza, quien la llevará al Salón de las Virtudes.

Dos horas. Solo dos horas para la próxima prueba.

—¿Viste a Lord Garret de Bisog en el pasillo? —preguntó ella mientras Juliette la ayudaba a ponerse una bata de seda roja. Él había insistido en hablar con ella, y no era común que Garret fuera disuadido tan rápido de algo en lo que estaba interesado. Quizás había cambiado en el tiempo que estuvo fuera de la Ciudad de los Jardines, pero Carys lo dudaba.

—Oí a varios mencionar el regreso de Lord Garret al Palacio de los Vientos, Su Alteza, pero no lo he visto.

Así que estaba esperando otra oportunidad para arrinconarla. Ella tendría que estar preparada cuando lo hiciera. Si el atentado contra la vida de Andreus hubiera tenido éxito, Garret habría quedado un paso más cerca del trono, lo que era parte del plan de Élder Cestrum y el Consejo.

¿Pero era el de Garret? ¿Podía él o su tío haber estado detrás del ataque de hoy?

Ella esperaba que no. Pero había demasiados acontecimientos siniestros en el castillo como para que ella descartara esa idea. El sabotaje a las líneas eléctricas. La muerte de su padre y su hermano. El envenenamiento de los únicos guardias que sabían lo que realmente había pasado con la muerte del rey y el príncipe. Carys estaba segura de que algunas, si no todas las personas detrás de estos eventos estarían en el Salón de las Virtudes esa noche, sonriendo, bailando y esperando para apuñalarla a ella o a Andreus por la espalda, literalmente. Ella tenía que descubrir quién representaba la mayor amenaza y qué quería. Andreus ocuparía el trono, pero eso no eliminaba a los que deseaban hacerles daño. El poder era un premio que muchos querían y harían cualquier cosa para ganarlo.

Normalmente, a Carys le importaba poco todo el arreglo que a las damas como su madre les gustaba realizarse antes de los eventos públicos. Mientras tuviera el cabello peinado y el vestido que eligiera no la hiciera sentir como envuelta en un torniquete, Carys consideraba aceptable su apariencia. Pero hoy, sabía que era fundamental que el Consejo de Élderes creyera que ella estaba haciendo un verdadero esfuerzo por ganar las pruebas y la corona. De lo contrario, ellos pensarían en el lanzamiento de cuchillos y se preguntarían por qué no tenía habilidad para hacer una reverencia. Después de todo, la finalidad era lo importante en ambas actividades. El Consejo tenía que creer que la competencia era real. Ella había contado diez marcas en la tabla de puntaje que colgaba en los muros del castillo, frente a la ciudad. Su hermano necesitaba ganar ocho más sin levantar sospechas sobre la legitimidad de las pruebas. Lo que implicaba dejar que Juliette le cepillara el cabello hasta que brillara, y luego sentarse, lo que parecía eterno, para que Juliette pudiera retorcer y reorganizar el peinado antes de entrelazar broches con diamantes, cuarzo y zafiro entre las intrincadas trenzas y bucles.

Finalmente, Juliette anunció que el peinado estaba perfecto y fue al armario a sacar el vestido que Larkin había entregado para la noche. Era de color azul plateado y nada parecido a los que a su madre le gustaba que Carys usara. Cuando la luz pegó en la tela, brilló como si fuera luz de luna. Y cuando Juliette ajustó el traje y Carys giró hacia el espejo y examinó cómo se veía en el vestido con escote redondo profundo, mangas sueltas y falta reluciente, las lágrimas le pincharon los ojos. En las manos de Larkin, ella se acercaba a la belleza como nunca antes. Deseaba poder darle un obsequio de despedida a Larkin que se igualara a este.

Carys agradeció a Juliette y le pidió que pasara por la habitación de la reina para ver cómo estaba. Cuando ella se fue, Carys limpió con cuidado los estiletes hasta que brillaron como las joyas que tenía en el cabello, y luego los deslizó en las fundas escondidas en las costuras del vestido. El peso de los estiletes contra los muslos era tranquilizador mientras caminaba por el cuarto, a la espera del acompañante que enviaría el Consejo de Élderes. En otras circunstancias, Carys habría desafiado a sus deseos, pero tenían el control de las pruebas, de su hermano y de su propio destino. Desafiarlos abiertamente era una mala idea.

Carys no era buena para esperar, y aislada en su habitación con solo el ruido de la tela del vestido y la ansiedad creciendo en su interior, los minutos no pasaban más. La botella roja, que había guardado debajo de una de las almohadas del diván, la llamaba. Ella no necesitaba otra dosis. Tenías las manos estables y la mente clara. Aun así, no pudo evitar sacar la botella de donde la había escondido y girarla en las manos.

Sacó el tapón de la botella y volvió a ponerlo una docena de veces, al enfrentar la necesidad con el sentido común. Si pasaba otro minuto, habría ganado la necesidad, pero un golpe en la puerta hizo que Carys devolviera la botella a su escondite, antes de abrir y ver a Garret esperando del otro lado.

La melena de cabello rojo se veía casi como chispas de fuego contra el negro de la túnica. La nariz parecía más torcida que antes. Él había luchado fuerte desde que se había ido del Palacio de los Vientos y, conociendo la fuerza de Garret, estaba segura de que había ganado. Los ojos de él se encontraron con los de ella, y la intensidad de la mirada y la fuerza de los hombros y brazos anchos sacaron a la mujer que anhelaba que alguien la protegiera... una mujer que nunca le habían permitido ser.

Garret se inclinó.

—Fui enviado por mi tío para ser su acompañante, Su Alteza. Espero que no le importe.

Ella debería haberse imaginado que Garret sería a quien Élder Cestrum enviaría para buscarla. El hecho de no haber visto, inmediatamente, esa posibilidad, la puso nerviosa.

—¿Debería importarme? —preguntó ella al cerrar la puerta detrás.

—No lo creo —dijo Garret y extendió el brazo.

Ella sonrió, luego giró y se dirigió al pasillo hacia las escaleras, haciendo que Garret la alcanzara. Una vez que lo hizo, dijo en voz baja:

—Hay mucha gente que la ha lastimado en todos estos años, Su Alteza. Nunca quise ser una de ellas.

—¿Tiene alguna duda de que eso sea algo que me cueste creer, Lord Garret? —preguntó ella, mirándolo—.

Conspirar con su tío para sacar del trono a mi familia, me haría un daño considerable.

—No tuve nada que ver con los planes de mi tío.

—Claro que no. —Ella rio—. Fue la lealtad con su rey caído lo que hizo que cabalgara a toda velocidad para llegar aquí tan rápido.

—Fue la lealtad hacia usted. —Garret se extendió y la tomó del brazo. Ella tiró hacia atrás, pero él la sostuvo fuerte y se acercó cuando dijo—: No soy su enemigo, Su Alteza. Usted es la razón por la que dejé el Palacio de los Vientos en primer lugar, y elija creerme o no, usted es la razón por la que regresé.

El sonido de instrumentos de cuerda flotaba en el pasillo. El baile estaba comenzando.

—Si cree que dejaré que me use para trepar las escaleras al trono, está muy equivocado, Lord Garret.

—Va a ver, Su Alteza, que soy la única persona en Eden que no tiene interés en usarla para beneficio propio. —La sujetó más aún—. A diferencia de mi tío, su padre y Micah, yo entiendo lo importante que es usted.

—Porque podría convertirme en Reina.

Garret la estudió por varios segundos.

—Aún no sabes que eres mucho más que eso.

Le soltó el brazo, pero ella aún podía sentir el calor del contacto cuando él dio un paso hacia atrás y comenzó a bajar por el pasillo.

—El baile está por comenzar y sus invitados están esperando, Su Alteza. Necesito llevarla a salvo al Salón de las Virtudes.

Ella se apresuró para alcanzarlo y divisó a su hermano en la antesala que la familia real usaba durante ocasiones formales para esperar su ingreso al Salón.

—Debo dejarla aquí —dijo Garret, sin cruzar el umbral—. Que los vientos la guíen hasta que volvamos a hablar, Princesa.

Con una reverencia, dio media vuelta y desapareció por la puerta.

Cuando estuvo segura de que Garret se había ido realmente, giró hacia su hermano. Andreus la miraba con sospecha.

—Lord Garret fue enviado por su tío para acompañarme aquí. Él está tratando de hacerme creer que no tiene interés en el trono.

—¿Y tú le crees?

—Claro que no —dijo ella. Pero hubo algo en la manera en que él habló que la hizo preguntarse si su propósito era algo más—. Pero es más valioso que le haga creer que sí.

Padre siempre decía que había que mantener cerca a los amigos y aún más a los enemigos, principalmente para que no pudieran ver el puñal hasta que se deslizara en sus tripas.

—No te haría mal parecer amigable con él también —sugirió ella—. Élder Cestrum podría comenzar a preguntarse si Garret ha cambiado de alianza, y solo sembrar incertidumbre en el Consejo puede ayudarnos a superar estas pruebas y asegurarnos el trono.

—Quieres decir ayudarme a asegurar el trono.

—Claro. —Carys frunció el ceño ante la manera en que Andreus continuaba mirándola. Tenía una postura rígida, formal. Detectó duda—. ¿Crees que he cambiado de idea sobre querer que ocupes el trono? Andreus, no es mi culpa que no hayas obtenido los tres puntos hoy. Tenía que defenderte.

—Lo sé —dijo él, tomándole la mano—. Lo lamento. Si no fuese por ti, no tendría que preocuparme por las pruebas o el trono. En cambio, estaría en mi tumba. Se me está haciendo difícil pensar en eso o en el hombre que... intentó matarme.

—Pero no lo hizo —dijo Carys, apretándole la mano—. Y esta noche, vas a cautivar a todos en el baile y ganar cualquier competencia que nos impongan. —Él se veía apuesto con la camisa color oro y negro. Con el cabello oscuro brilloso y la espada a un lado parecía salido de un cuento.

—Tienes razón —dijo él con una pequeña sonrisa—. Tengo que concentrarme en esta noche. Ambos tenemos. —Dejó caer la mano de ella y retrocedió para mirarla—. Sin duda, estás hermosa. Ese vestido no es del estilo que usas siempre. ¿Quién lo hizo?

Ella bajó la mirada hacia el vestido, luego volvió a mirar a su hermano, que la estaba mirando con una intensidad que la hizo temblar.

—¿Por qué preguntas?

El único interés que demostraba su hermano por el atuendo de las mujeres era evaluar el tiempo que tardaría en sacárselo.

—Estoy seguro de que la costurera tendrá mucha demanda después de esta noche. Con certeza, la gente querrá saber quién es. Incluso yo mismo quisiera tener una conversación con ella.

Las palabras de su hermano la intranquilizaron.

—Andreus, ¿qué sucede?

—Nada.

—Te conozco. —Casi tan bien como a ella misma—. Hay algo que te molesta. Si es Lord Garret, te prometo que...

Las trompetas resonaron. Un paje apareció en la puerta y se inclinó.

—El Consejo de Élderes me ha pedido que invite a Sus Altezas a unirse a ellos en el Salón de las Virtudes.

—Muy bien —dijo su hermano y le ofreció el brazo a Carys—. ¿Vamos?

A ella se le endureció el estómago ante la sonrisa tensa de Andreus cuando apoyó la mano en su brazo y caminó con él, al paso medido que, hacía mucho tiempo, su madre les había enseñado que era el apropiado para las ceremonias. Atravesaron el corredor y llegaron al arco de piedra blanca y enormes puertas doradas que llevaban al salón del trono del Palacio de los Vientos. Las trompetas volvieron a sonar, los guardias empujaron las puertas, y Carys y su hermano avanzaron.

Cada rostro giró hacia ellos y todo se silenció cuando Carys y Andreus ingresaron, con pasos largos, al salón. Habían hecho este camino, en eventos formales, cientos de veces en sus vidas. Siempre habían ingresado antes que su hermano Micah y que su madre y su padre, uno al lado del otro, juntos. En ese entonces, habían hecho el comentario inicial. Eran los que anunciaban que los miembros más importantes, más poderosos de la familia, estaban en camino. La corte solía hacer una pausa para ellos, antes de continuar con lo que estuvieran haciendo. Ahora, todos se quedaron completamente quietos al verlos entrar una vez más, hombro a hombro, al salón iluminado de manera espectacular.

Había orbes de luces de colores por todos lados. Colgando del techo. Agarradas a las columnas. En la pared detrás del estrado. Y el trono estaba iluminado de una manera que parecía que brillaba con la fuerza del sol. Carys dio una mirada a su hermano. Sus ojos miraban fijamente el trono, como hipnotizados por su belleza.

Ella no recordaba haber visto el trono con esa belleza antes, quizás porque se había acostumbrado a ver a su padre sentado allí. Tal vez, eso era lo que hacía que Andreus lo mirara con tanta intensidad ahora. Tal vez, él también estaba sintiendo la punzada de los recuerdos que le arañaban el corazón a ella.

Carys hizo a un lado el recuerdo de su padre y miró alrededor del salón mientras Andreus la llevaba, a través de la multitud, hacia el estrado. Un grupo de animadores se corrió hacia la izquierda. Algunos tenían instrumentos musicales. Otros llevaban antorchas encendidas con las que, seguramente, harían malabares y, tal vez, tragarían para el deleite de los nobles. Pero ahora, todo estaba inmóvil. Los cientos de asistentes estaban vestidos con las mejores sedas de cada color del arcoíris. Carys estaba acostumbrada a ver que la juzgaran con la mirada. Nunca era lo suficientemente buena. Nunca estaba lo suficientemente bella. Nunca cumplía con la tradición de la manera en que ellos creían que debía.

La juzgaban por su falta de cuidado de la frívola ostentación. Y Carys los juzgaba a ellos por lo que invertían en ella.

Ahora, en cambio, ella percibía algo diferente.

Cada miembro de la corte tenía puestas bandas de tela de color, atadas alrededor de los brazos, en las muñecas o abrochadas en las solapas.

Tiras amarillas de seda, por lo que podía ver. Amarillas por Andreus.

Pero también había bandas azules. Más que las de los deshechos de su hermano que se habían unido a ella en la plataforma. Más que Lord Errık, que se encontraba no muy lejos del Consejo de Élderes al frente del Salón. Una tira azul claro puesta en contraste con el terciopelo azul oscuro de la túnica. Por cada dos bandas amarillas, había al menos una de ella. En este salón donde, tantas veces, había sido condenada por su comportamiento, la demostración de aprobación atravesaba el resentimiento y la entusiasmaba.

Cuando llegaron al frente del salón y giraron para mirar a la multitud, ella pudo ver la tensión en la boca de su hermano. Los ojos de él se encontraron con los de ella por un momento, y aún a través del adormecimiento de las Lágrimas de Medianoche, ella sintió la acusación que le quemaba por dentro.

Las trompetas comenzaron un nuevo anuncio y Élder Cestrum dio un paso al frente para dirigirse al público.

—El Consejo de Élderes y el Príncipe Andreus y la Princesa Carys les damos la bienvenida a este baile y a la segunda de las Pruebas de Sucesión Virtuosa. Pensamos que era apropiado realizar la prueba de templanza aquí, en el lugar donde es más necesaria. Los monarcas fuertes deben tener el control de sus acciones, pensamientos y sentimientos, en especial cuando ocupan el Trono de la Luz con el destino de nuestro reino en sus manos. Ahora, el Consejo dará testimonio de las acciones del Príncipe Andreus y la Princesa Carys durante esta noche de celebración. El sucesor que demuestre tener mejor control sobre sus acciones será premiado con un punto en la tabla de puntaje.

Élder Cestrum giró hacia Carys y Andreus y sonrió.

—Que comience la fiesta.

Dicho eso, los músicos comenzaron a tocar y un acróbata se inclinó hacia delante, se paró de manos, y luego comenzó a caminar por el piso de piedra blanca sobre ellas.

—¿Esa es la competencia? —preguntó Carys—. ¿Templanza? ¿Cómo juzgan eso?

Élder Cestrum miró hacia donde estaba Garret, no muy lejos de los escalones que iban al trono, donde estaba hablando con Élder Ulrich. Cuando volvió a mirar a Carys, su sonrisa era aún más amplia.

—De la manera en que queramos, Su Alteza.

—Estoy seguro de que el Consejo no se decepcionará conmigo, Élder Cestrum —dijo Andreus, dando un vistazo a su hermana—. Ahora, si me disculpan, veo a Lady Lillian. Debe estar desconsolada por la enfermedad de Madre. Quizás un baile le levante el ánimo.

Andreus atravesó el salón hasta la mujer en cuestión. La amiga de su madre se puso la mano en el pecho y parecía a punto de llorar cuando Andreus le ofreció el brazo y la acompañó hasta la pista. Pronto, estaban deslizándose en el centro del Salón, a lo que toda la corte parecía hacer gestos de aprobación.

Cuando el baile terminó, Andreus dio a la mujer una sonrisa encantadora y luego preguntó a otra mujer mayor, miembro de la corte, en lugar de a las jovencitas que solía preferir, si quería bailar. *Templando* su comportamiento, pensó Carys. Bueno, eso le daba una idea.

Carys dio una vuelta entre la multitud, que normalmente evitaba, y vio a tres de las muchachas que ese día, más temprano, habían estado en su plataforma. Todas ellas tenían bandas azules en los brazos y varias tiras les sostenían el cabello, dos morenas y una pelirroja, atado atrás, en la nuca, con el estilo simple que Carys había usado durante el torneo en lugar de los peinados elaborados retorcidos que las de la corte, por lo general, usaban.

—Princesa Carys —la de pelo rojo tartamudeó, mientras ella y las otras se inclinaron rápidamente—. ¿Podemos hacer algo por usted?

Las miradas nerviosas que intercambiaron las mujeres hizo que Carys se diera cuenta, una vez más, de lo fuera de lugar que ella estaba en la corte. Las tres habían crecido en el castillo. Carys las conocía de toda la vida y aún la miraban como a una extraña. Bueno, eso iba a cambiar ahora. Carys dijo, sonriendo:

—Esperaba que tuvieran ganas de mostrarme cómo divertirme en estas cosas. Me temo que estoy fuera de práctica.

La pelirroja parecía demasiado sorprendida para hablar, pero la más alta de las morenas, de nombre Lady Shelby, sonrió y dijo: —Será un honor, Su Alteza. ¿Qué le parece si comenzamos con los animadores? No estoy segura de si pueden lanzar cuchillos tan bien como usted, pero podemos pedirles que lo intenten.

Carys rio y, de repente, las otras muchachas perdieron las expresiones de preocupación y la incluyeron en la conversación, mientras se movían por el salón hacia donde acróbatas medio vestidos estaban caminando sobre las manos y daban vueltas sobre el piso duro de piedra.

Cuando Carys admiraba en voz alta la habilidad de uno de los artistas, las otras mujeres se apresuraban a elogiarlo también.

—Cualquiera puede hacer eso. No es tan especial —comentó un hombre.

Carys miró a su alrededor para ver de dónde provenían esas palabras y sonrió cuando divisó a un hombre joven con una copa de vino, que estaba con un grupo de amigos.

—Yo podría caminar sobre mis manos fácilmente —dijo a sus risueños acompañantes.

Carys giró hacia las muchachas.

—Vuelvo enseguida.

Se abrió paso hacia el joven.

—Discúlpeme —dijo Carys—. ¿Cuál es su nombre?

—Yo soy Lord Trevlayn, Su Alteza —dijo con una sonrisa que le indicó que el trago que tenía en la mano no era el primero que bebía—. A su servicio.

—No pude evitar escuchar que dijo que usted puede caminar sobre sus manos. ¿Es verdad?

—Bueno, pienso que sí, Su Alteza. Quiero decir…

—¡Excelente! A todos nos gustaría que nos muestre su habilidad. Y el que lo pueda hacer, será premiado con un baile con una de mis damas.

Los amigos del lord rubio lo golpearon en la espalda. Uno le sacó la copa y los acróbatas que habían estado actuando se hicieron a un lado para darle la oportunidad al fanfarrón de demostrar sus habilidades. Sin otra opción, el lord puso las manos en el piso, con vacilación levantó los pies y cayó al suelo con un golpe seco. Sus amigos estallaron en risas a los gritos. El joven lord se levantó del piso, con el entrecejo fruncido, y comenzó a salir de la pista. Pero una de las jóvenes que estaba con Carys, una morena pequeña y voluptuosa, dio un paso al frente y dijo:

—Yo creo que usted puede hacerlo, Lord Trevlayn.

Carys sonrió ante la seriedad en el rostro de la muchacha. Estaba claro que ella tenía interés en Lord Trevlayn más allá de este momento. Lo que hizo que el tonto ebrio le gustara un poco más a Carys.

—Sí, Lord Trevlayn. No hizo su mejor esfuerzo —coincidió Carys—. Inténtelo de verdad y creo que Lady Michaela puede recompensarlo con un baile.

Lord Trevlayn infló el pecho, se limpió las manos en las piernas, e hizo otro intento. Todos los que estaban alrededor de los animadores aclamaron cuando los pies del joven se elevaron hacia el techo, se mantuvieron allí por un momento, y luego, de repente, se derrumbaron. Otros en la sala de baile comenzaron a acercarse cuando los amigos de Lord Trevlayn decidieron intentar la hazaña. Las apuestas estallaron en los laterales entre algunos de los lores y las damas más jóvenes, mientras los muchachos elevaban los pies y caían al suelo, derramando bebidas y arrancando gritos y risas de las damas que se habían reunido. Los miembros más antiguos de la corte miraban con indignación. Finalmente, el más bajo de los amigos de Lord Trevlayn logró dar varios pasos sobre las manos, agitando los pies en el aire, y despertó grandes ovaciones. Cuando volvió a estar derecho, las jóvenes damas le regalaron miradas mientras que sus amigos arrebataron copas de una bandeja que pasaba para levantarlas en su honor. Cuando terminaron de brindar por él, todos giraron hacia Carys y levantaron las copas de nuevo.

—Por la Princesa Carys y el Trono de la Luz.

Le ofrecieron una copa, de la cual bebió un sorbo correcto, y todos giraron hacia el trono y mantuvieron las copas en alto. La cabeza le daba vueltas por la audacia de sus acciones: interrumpió el baile formal y alentó a los jóvenes miembros de la corte a liberarse de sus posiciones rígidas. Era todo lo contrario a la templanza. Su sensación de triunfo ante la expresión rígida que vio en los rostros de los miembros más antiguos de la corte fue fantástica. Vio que Andreus estaba con Élder Cestrum y dos de los Grandes Lores de Eden. Cuando él miró hacia donde estaba ella, ella esperó que él asintiera, en reconocimiento a sus esfuerzos para ayudarlo, como siempre hacía cuando ella se paraba frente a él y recibía lo peor que este castillo tenía para dar.

Pero la mirada que le dio fue despectiva, y el pánico se encendió.

Algo había cambiado entre ellos. De repente y de manera dramática, las cosas se habían alterado.

¿Pero cómo? Y ¿por qué?

No. Andreus estaba simplemente *actuando* que estaba molesto con ella. Ese fue el plan desde siempre. Él ganaría las competencias y juntos harían lo que tenían que hacer para mantenerlo a salvo a él y seguro a Eden.

Los jóvenes lores y damas se movieron entre la multitud hacia la zona de baile. Cuando una de las damas se ofreció a quedarse con Carys, en lugar de bailar con el muchacho que ella claramente prefería, Carys dijo que se uniría a ellos en la pista de baile pronto y salió a buscar al compañero perfecto. Alguien que estuviera dispuesto a continuar con el espectáculo.

Lo vio reclinado contra una columna cerca del frente del Salón y se dirigió hacia él, ignorando a varios miembros de la corte que intentaron llamar su atención en el camino. Errik se enderezó e hizo una profunda reverencia cuando ella se acercó.

—Lord Errik —dijo ella con una sonrisa—. Por casualidad, ¿le gusta bailar?

Él inclinó la cabeza a un lado y la observó; los ojos azules relucían en el salón iluminado. Luego de un momento, le dio como respuesta una pequeña sonrisa.

—A todos los Líderes de Comercio nos gusta bailar. Tenemos que hacerlo, ya que los reyes y reinas que visitamos se sienten obligados a organizar bailes para nosotros. ¿Y a usted, Princesa Carys? ¿Le gusta bailar?

—Odio bailar —dijo con total honestidad—. Quizás, es por eso que soy tan mala.

—La honestidad hace a una mujer bella mucho más hermosa —dijo él, dando un paso hacia ella—. Pero me cuesta creer que la Princesa de Eden sea una bailarina terrible.

—¿Me está llamando mentirosa, Lord Errik? —preguntó.

—No. —Los ojos oscuros de Lord Errik se encontraron con los de ella—. Le estoy pidiendo que lo demuestre.

Los músicos comenzaron una nueva canción y Carys le dio la mano de una manera en que una dama nunca se la daría a un hombre.

—Cuando ya no pueda caminar, mi lord, le pido que recuerde que solo puede culparse a sí mismo.

—Me considero advertido, Su Alteza —dijo él al tomarle la mano y meterse con ella en la multitud de nobles y campeones de torneo, que parecían estar mirándola. A medida que se hacía mayor, Carys pasaba su tiempo libre realizando movimientos de protección con Andreus, así él podía ejecutarlos a la perfección desde la primera vez durante los entrenamientos. Si solo tenía que hacerlos una vez, la posibilidad de un ataque era menos probable. Como resultado, Carys nunca bailó. Apenas sabía cómo. Pero hoy no le importaba.

Ella rio cuando Errik la tomó en sus brazos. Él era apuesto y le dijo que era hermosa, y si lo hacía caer durante el baile, ella y Andreus quedarían un paso más cerca de su objetivo. Ella haría el ridículo: estaba decidida a hacerlo.

La música era rápida. Las manos de Errik estaban tibias y su expresión divertida mientras se movían entre las otras parejas de la pista. Varios de los nuevos amigos de Carys les sonreían mientras ellos giraban. Carys trastabilló cuando Errik la hizo girar y luego rio cuando la trajo contra su pecho para evitar que tropezara con la pareja que bailaba al lado de ellos.

—Tengo miedo, Alteza —dijo él—, usted no mintió y yo tampoco. Usted es encantadora.

Sintió los brazos flojos y, cuanto más intentaba pensar, más se dispersaban sus pensamientos. Sin duda, las Lágrimas de Medianoche estaban haciendo efecto al fluir en la sangre. O quizás era la calidez que ella sentía con las manos presionadas contra el pecho de Errik, sabiendo que debía moverse, pero sin interés en hacerlo. Aun así, sus palabras la hicieron fruncir el ceño.

—¿Tiene dudas de su apariencia, Alteza? —La sonrisa de Lord Errik desapareció—. Hay cientos de personas hoy aquí que le dirían lo bella que es.

—La nobleza nunca dice la verdad a aquellos con más poder que el que ellos tienen. Es el juramento implícito que hacen.

—Entonces, supongo que seré la única persona en la que puede confiar que le dice la verdad acerca de usted misma —dijo Errik, tomándola de nuevo para bailar y girándola suavemente en la pista.

—Bueno, ya me ha dicho que soy una bailarina terrible. Como nos conocemos desde hace cuestión de horas, me temo que es muy poca la verdad que pueda decirme.

—Eh, yo no diría eso. —Él sonrió y la hizo girar. Esta vez no se tropezó con los pies cuando la música se aceleró y Errik la sostuvo con más firmeza—. Después de todo, vi a la persona que realmente es en el torneo de hoy. Muchos de nosotros lo hicimos, pero debo ser el único que le dirá lo que vimos los que estábamos prestando atención de verdad.

Errik disminuyó el ritmo del baile y ella luchó para aclarar el aturdimiento que tenía en la mente y concentrarse.

—¿Que realmente soy? Me temo que la hora de decir la verdad ha terminado.

—Si así lo prefiere, Su Alteza. —Él le dio una vuelta cuando la música llegó a su fin e hizo una reverencia. Cuando se levantó, sus ojos se encontraron—. Pero cualquiera que saca y arroja dos estiletes con bastante precisión como para matar a un hombre desde una distancia de más cincuenta pasos, tendría habilidad de sobra para acertar el centro de un objetivo con una flecha a la mitad de esa distancia.

—Pura suerte —dijo ella con un gesto de desdén, como si las palabras de él no le hicieran latir el corazón y transpirar las manos.

—Quizás. —Lord Errik puso la mano suavemente sobre la espalda de ella y la acompañó fuera de la pista hacia donde había hombres haciendo malabares con antorchas. La multitud gritó cuando se lanzaron las antorchas uno al otro.

Lord Errik se inclinó sobre el hombro de Carys y señaló a los animadores como mostrándole algo a ella, pero le dijo al oído:

—Cuando usted se fue del torneo, yo caminé sobre el área de tiro. Un tirador tendría que ser bastante habilidoso para acertar a la marca de los bordes del objetivo con precisión.

—Usted me da demasiado crédito, Lord Errik. —Forzó una risa cuando la multitud susurró de sorpresa ante los malabaristas, que habían agregado más antorchas al acto y las estaban arrojando hacia delante y hacia atrás—. Parece olvidar que, con el tiro final, erré hasta la marca.

—Para mala suerte de la flor que atravesó. Mientras la mayoría de las personas tenían los ojos puestos en los objetivos, yo la estaba mirando a *usted*. *Usted*, Alteza, erró para que el Príncipe Andreus ganara.

El estómago se le contrajo y Carys miró alrededor para asegurarse de que nadie más había oído las palabras condenatorias de Errik.

Se alejó con cuidado de la multitud que miraba a los lanzadores de fuego y dijo:

—De verdad, Lord Errik, usted me da demasiado crédito.

—Le estoy dando más crédito del que le gustaría —dijo él al tomarla del brazo y correrla del borde de la zona de baile—. Son dos cosas diferentes. —Andreus estaba hablando con Élder Cestrum, Élder Ulrich y varios de los Grandes Lores. Élder Ulrich miró hacia donde estaba ella.

Él siguió sus movimientos con el ojo sano, mientras que, bajo las luces brillantes del Salón, la cicatriz blanquecina que le atravesaba el otro ojo, parecía resplandecer.

—Lamentablemente, no soy el único que vio lo que usted deseaba ocultar. Otros ahora se dan cuenta de que usted tiene secretos, Alteza. Algunos pueden querer usarlos, usarla a *usted*, para ventaja propia. Otros querrán enterrar esos secretos. Estoy seguro de que sabe que es un juego peligroso el que está jugando.

—No estoy jugando —insistió ella—. Y no necesito que un hombre me explique en qué posición estoy, Lord Errik.

Errik miró hacia donde Elder Ulrich aún seguía observándolos.

—Lamentablemente, nadie en su Consejo de Élderes está de acuerdo. —Errik tomó la mano de ella y la llevó a sus labios. La mantuvo allí por varios segundos mientras la miraba a los ojos. El calor de la boca de él sobre su piel la hizo estremecerse. O tal vez fueron las palabras que él dijo cuando le soltó la mano—. Esté atenta a sus próximos pasos, Alteza. Hay más de un juego jugándose en Eden. Y, a menos que gane en todos, puede verse eliminada de la tabla.

Sin mirar hacia atrás, Lord Errik desapareció entre la multitud. Un momento más tarde, Carys escuchó que alguien gritaba.

14

Andreus estaba con dos de los Grandes Lores y sus damas, pero solo escuchó la mitad de la conversación que circulaba a su alrededor, ya que vio que su hermana se movía a través de la multitud. Ella estaba haciendo el ridículo con los animadores y los jóvenes lores y damas que, por lo general, esquivaba deliberadamente.

Estaba claro que las risas alborotadas y los gritos no eran una demostración de templanza. Pero luego, él vio que una de las muchachas ató una banda de color azul en el brazo de Lord Trevlayn y se preguntó si los motivos de Carys estaban realmente tan claros.

—Su hermana se ve hermosa esta noche, Príncipe Andreus —dijo Élder Jacobs, suavemente, al acercarse al lado de Andreus.

—Sí, así es —coincidió Andreus, aunque era una palabra que él nunca habría usado para describir a su gemela. Pero esa noche, con el destello de las joyas en el cabello y el vestido que resplandecía en la luz alimentada por la energía del viento, Carys atraía la atención de hombres y mujeres por igual. Su apariencia lo perturbaba. Luego del torneo de hoy y la revelación de Imogen sobre el origen del cuchillo, se dio cuenta de que la única persona que pensó que conocía mejor que a nadie era en realidad un misterio para él. Carys siempre le dijo que ellos eran un equipo. Que ella estaba feliz de que no tuvieran que tener secretos entre ellos. Que estaba conforme con mimetizarse con él en el trasfondo de todo eso.

Obviamente, había mentido.

Él observó cómo su hermana sonreía mientras los que la rodeaban levantaban las copas y brindaban por ella. Vio la manera en que ella movió los ojos y miró fijamente el trono vacío en el frente del Salón. Y supo que Imogen tenía razón. Que Carys quería el trono tanto como él y estaba jugando un juego peligroso para obtenerlo.

—No recuerdo una ocasión formal en la que la princesa haya tenido tantos amigos a su alrededor. —Élder Jacobs giró los ojos oscuros e intensos hacia Andreus—. O alguna vez en la que usted haya estado tan interesado en escuchar a los Grandes Lores hablar sobre sus distritos.

Carys siempre dijo que el Élder de Mulinia, el Distrito de Eden de la Templanza, le recordaba a una serpiente. Andreus nunca había estado más de acuerdo, ya que las palabras del hombre fluían juntas de una manera casi hipnótica. Claramente, él quería algo, pero Andreus no estaba seguro de qué. Eligió las palabras con cuidado y dijo:

—Mi padre y Micah preferían que yo mantuviera mi interés sobre el funcionamiento del reino. En cuanto a Carys… —Andreus frunció el ceño cuando Carys atravesó el salón y se acercó a un hombre que él apenas reconocía del funeral—. Supongo que está aprovechando el interés que demuestran en ella ahora que tiene la posibilidad de ganar el trono. —Él pensó por un momento—. De hecho, a ella parecía gustarle la atención de Lord Garret. Supongo que tiene que agradecerle al Consejo de Élderes por eso.

—¿Al Consejo, Su Alteza?

—Fue el Consejo el que ordenó que Lord Garret actuara como su acompañante al baile esta noche.

Élder Jacobs miró fijamente a Andreus por varios segundos, luego dijo:

—Creo que se equivoca, Príncipe Andreus. El Consejo, en su totalidad, no ordenó tal cosa. Si lo hubiésemos hecho, habría parecido que estábamos favoreciendo a su hermana en las pruebas.

Andreus estaba furioso.

—Si Carys iba a ganar las pruebas, el Consejo de Élderes podía arreglar que ella se casara con Lord Garret. Eso ayudaría a lograr su objetivo de ponerlo en el trono.

—Ese era el objetivo de Élder Cestrum, Su Alteza. Mi objetivo es servir al reino, y servimos mejor a Eden cuando acatamos la ley. Cuando estuve de acuerdo en apoyar a Lord Garret como el próximo mandatario, creí que era la única opción para mantener a Eden unida durante estos tiempos turbulentos. —Élder Jacobs miró a los alrededores, luego agregó en voz baja—: Personalmente, sentí alivio cuando Lady Imogen nos dio otra opción, y me pone contento el éxito que usted está teniendo en las pruebas hasta ahora. Hay algunos en el Consejo que creen que la princesa les permitiría ganar más poder en el reino, pero usted y yo sabemos que ella no es la gobernante que este reino necesita.

—¿Y yo sí? —Andreus sacudió la cabeza—. Me cuesta creer eso después de lo que casi sucede en este mismo salón.

—Un error —admitió Élder Jacobs—. Todos los cometemos. *Yo* apoyé la elección del sucesor que hizo el Jefe Élder. *Usted* consoló a una joven dama vulnerable luego de la trágica pérdida de su prometido.

Andreus se puso tenso.

—No sé de qué habla.

—Claro que sabe. Va a ver que tomé el hábito de descubrir todo lo que puedo sobre aquellos a quienes quiero convertir en mis enemigos… o aliados.

—¿Y qué sería yo?

—Pensé que eso sería obvio. Élder Cestrum aún quiere poner a su sobrino en el trono a pesar de su reticencia inesperada, pero he llegado a entender el error de esa elección y creo que usted, Su Alteza, tiene la oportunidad de hacer grandes cosas *si* tiene a las personas correctas de su lado. Su padre estaba en desacuerdo con los élderes, pero yo podría convencerlos de que trabajen con usted. Como representantes de los distritos, el Consejo de Élderes ejerce un gran poder con los Grandes Lores y la gente común. Influencia que un hombre inteligente podría usar, si fuera a ganar las pruebas y convertirse en Rey. Tal vez, un hombre inteligente podría descubrir cómo tener acceso a esa influencia, incluso antes de que terminen las pruebas para asegurarse de ganar.

Andreus se quedó inmóvil mientras estudiaba a Élder Jacobs, quien miraba la pista de baile como si las palabras que decía tuvieran poca importancia. Por un segundo, deseó que Carys estuviera con él. *Ella* habría podido desenredar todo lo que Élder Jacobs había dicho, y todo lo que no. Si Élder Jacobs sabía sobre Imogen y su relación, ¿cuánto más sabía? ¿Podía saber sobre la maldición? Carys habría sido capaz de leer los significados escondidos en las palabras. Ella habría podido decirle si pensaba que el élder sospechaba de la aflicción de Andreus y simplemente estaba jugando con él, o si la oferta de la corona y el apoyo del Consejo eran reales.

Si lo eran, la corona sería suya, sin importar lo que planeaba su hermana. El Consejo y los distritos que representaban se arrodillarían y lo seguirían sin cuestionamientos. Él sería un rey más fuerte de lo que fue el terco de su padre o de lo que habría sido el intratable de su hermano.

Andreus miro el trono, que resplandecía luminoso como el sol en el estrado, y oyó la voz de Imogen, que sonaba en su cabeza, cuando le advirtió que se cuidara de su gemela. Del deseo de poder que había capturado a Carys, aunque ella fingía estar trabajando para entregarle ese poder a él.

—Tu hermana es inteligente, mi príncipe —le había dicho Imogen mientras estaba acurrucada en sus brazos—. Ella entiende que el amor de la gente tiene más poder que cualquier corona. Al matar al hombre que ella envió para que te atacara, se ha ganado el apoyo de aquellos que alguna vez la miraron con dudas.

Él sacudió la cabeza con odio por preocuparse por si lo que dijo Imogen era verdad.

—Si Carys hubiese querido ganar la corona, ella podría haber dejado que el hombre simplemente me matara. En cambio, ella lo mató.

—Y al hacerlo, se ganó la admiración de todos los que estaban mirando. Ayer te llamaban su *héroe* a ti, pero ahora, a pesar de estar perdiendo las pruebas, la princesa es de lo que hablan todos.

La corte había hablado de ella también. Y todos con fascinación.

—Lo lamento, mi príncipe, pero creo que su hermana se ha puesto en su contra. Si ella sabía de nosotros, yo diría que fueron los celos que la llevaron a querer lastimarte. Después de todo, ella es tu gemela. Ella siente que tiene derecho sobre tu corazón. ¿Quién sabe hasta dónde llegaría para mantenerlo?

Él no quería creer que Carys podía estar involucrada en el ataque en su contra, pero cuanto más pensaba en ello, más recordaba la manera en que ella admitió que si competía realmente, ella ganaría las pruebas y el trono le pertenecería. Ella quería la corona, pero como él rechazó su plan de ayudarla a ganar, ella fingió no tener interés.

Y luego estaba la reacción de Carys al enterarse de que él había pasado la noche con la adivina en lugar de esperarla a que regresara de la Torre del Norte. Su hermana había actuado como si él la hubiese *traicionado*. Pero *ella* era la culpable de traición. Ella era la que, con sus secretos y ahora sus celos, tenía decidido lastimarlo.

Los estiletes, las Lágrimas de Medianoche, el traje de baile de Carys, y su posible conexión con la costurera que el Capitán Monteros estaba buscando en la Ciudad de los Jardines, eran pruebas más que suficientes de que su hermana tenía habilidad para esconderle cosas. Había sido un tonto por creer en su palabra. Las afirmaciones de Imogen tenían sentido y su preocupación por él era real. Él debería haber prestado atención a la duda que sintió cuando Carys prometió que su interés en la corona era solo protegerlo de su maldición.

Pero también sería un tonto si ahora creyera en las palabras de Élder Jacobs. Y ya estaba cansado de hacer el papel de tonto.

—Luego de su apoyo a Garret, sería difícil para un hombre inteligente confiar en su palabra, mi lord.

Élder Jacobs sonrió.

—No solo es verdad, también es sabio. La confianza se gana, y me gustaría que nosotros confiáramos uno en el otro. La virtud de la templanza me parece fascinante. Supongo que no tengo elección, ya que me crie en Mulinia. Pero creo que estaría intrigado por la complejidad de la virtud incluso si no la tuviera. Mucho de la templanza tiene que ver con *no* rendirse ante nuestras emociones e impulsos más pasionales. Eso suena tan simple, pero, para mí, la virtud de la templanza es un arma de doble filo. ¿No lo cree?

Andreus esperó a que el élder aclarara la idea.

—Porque la templanza puede provocar inacción. También provocar confusión. Ve, es fácil entender cómo una persona no debe rendirse ante emociones como el enojo, pero es más difícil ver que la templanza también aplica para el deseo de perdón, y obtener la aprobación de los que nos rodean. En especial si una persona es Rey. Los reyes no pueden rendirse al deseo de cariño cuando han sido traicionados. Ahí es cuando se necesita de una acción fuerte. Debe trazarse una línea definitiva en la arena, que la gente sepa que no puede cruzar.

—¿Está diciendo que no cree que yo pueda trazar esa línea?

—¿Yo? —Élder Jacobs movió la cabeza—. No. Pero hay otros en el Consejo que tienen... preocupaciones.

—¿Qué tipo de preocupaciones? —preguntó Andreus.

—Su falta de entusiasmo por el entrenamiento con la guardia, su predisposición a trabajar con los plebeyos en los molinos, y su afecto por el niño que rescató hacen que muchos se pregunten si usted es débil. Un reino de este tamaño debe ser gobernado en parte por la fuerza, una fuerza que su hermana demostró en el torneo de hoy. El Consejo y el reino saben que ella se ocupará rápidamente y para siempre de cualquiera que busque lastimar al reino o a su corona. Creo que, para mañana, el Consejo estará adaptando las pruebas para asegurarse que puedan dar puntos a la Princesa Carys. A menos, claro, que usted haga algo para que cambien de idea.

Dos lores y sus damas se acercaron para brindarle su compasión al Príncipe Andreus.

Él apretó los puños a los lados, pero sonrió y agradeció a los nobles por las palabras amables. Luego, se disculpó por necesitar tiempo para hablar con el élder sobre un asunto importante y privado.

—Por supuesto, Su Alteza. Por favor, dígale a la reina que la tenemos en nuestros pensamientos.

Les aseguró que lo haría, aunque sabía que no. Hasta donde tenía entendido, su madre aún estaba en un estupor inducido por las drogas. Él esperaba que se mantuviera en ese estado, hasta que él pudiera asegurarse la corona. Si el Consejo estaba inclinándose hacia Carys, quería decir que, una vez más, estaban considerando a Andreus como la segunda opción.

No los dejaría. No esta vez.

Una vez que los nobles se habían alejado y no podían escuchar, él volvió a dirigirse a Élder Jacobs y le preguntó:

—¿Tiene alguna sugerencia de cómo puedo hacer para que cambien de idea? Estaría feliz de hablar con cada uno de los miembros del Consejo si con eso obtendría su poyo.

Élder Jacobs suspiró y dijo con tranquilidad:

—Creo que las palabras no servirán de mucho. Varios en el Consejo creen que usted no es capaz de templar su deseo de aprobación a la hora de infundir miedo, lo que es una herramienta muy efectiva que los reyes deben estar dispuestos a dominar. La corte y los plebeyos, por igual, deben saber que usted es capaz de castigar a aquellos que le hagan mal, o puede pasar que no haya respeto por la corona. Sin ese respeto, el reino flaqueará. El Consejo de Élderes está esperando una demostración de que usted pueda transmitir miedo. Les he asegurado que no los decepcionará. Si tengo razón, el Consejo cambiará y le ofrecerá su lealtad a usted. Será declarado el ganador de todas las pruebas, para mantener las apariencias, y el trono será suyo.

Andreus miró hacia atrás, al asiento de oro y zafiro en el estrado detrás de él. Con la mirada en el resplandeciente trono aún, oyó que Élder Jacobs dijo:

—Espero que no me defraude ni a mí, ni al reino, esta noche, Su Alteza. —Y dicho eso, Élder Jacobs se perdió en la multitud.

Mientras otros se acercaban para congraciarse y ofrecer su apoyo, Andreus buscó a su alrededor a Imogen. Tenía que advertirle que Élder Jacobs sabía de ellos dos. Sus palabras sonaron como una amenaza. Si Andreus no aprovechaba el deseo del élder de ser un aliado y ayudarlo a recuperar el apoyo del Consejo, entonces él había dejado en claro que tenía las herramientas para ser un enemigo muy peligroso.

Él no perdería a Imogen o el trono que Carys prometió que sería suyo, y luchó para reprimir la frustración, cada vez que un nuevo noble se detenía para hablar con él mientras se movía por el salón buscando a la adivina.

—Su hermana no está actuando, para nada, como lo haría su madre —resopló la Gran Lady Rivenda al mirar hacia donde estaba Carys, más cerca de lo que debería... del hombre con el que había estado bailando no hacía mucho—. Oí que había superado sus... dificultades. Claramente, no.

—Mi hermana solo está atravesando la tensión de esta semana terrible, mi lady —dijo él, defendiendo, automáticamente, a su gemela. Cuando se dio cuenta de lo que había hecho, cambió la estrategia y aclaró—: Ha sido difícil para todos nosotros. Creo que no la puede culpar por recurrir a lo que sea que ofrezca consuelo.

—Ella tiene suerte de tener un hermano tan comprensivo —dijo Lady Rivenda con entusiasmo—. Lamento tanto sus pérdidas y le deseo suerte en las pruebas. Mi Lord Wynden y yo lo apoyamos. —Ella señaló las joyas amarillas que llevaba puestas y Andreus sonrió antes salir de la conversación.

¿Dónde estaba Imogen? Su preocupación sobre los celos de Carys lo consternó, mientras hablaba con otros lores y damas, varios de los cuales querían presentarle a sus hijas. Luego, divisó a Imogen hablando con Élder Ulrich, y no pudo evitar sonreír. El vestido de Lady Imogen de color amarillo fuerte, una demostración pública de que creía en él, hizo que todo su ser se hinchara de orgullo. Ella era suya. Micah la habría querido, pero Imogen lo amaba a él. Igual que él la había amado desde el principio. Haría cualquier cosa por darle el hogar que siempre anheló de niña. Si eso implicaba...

Se oyó un grito sobre la música y las risas. Luego otro.

Andreus tomó su espada y buscó en los alrededores de dónde venían los gritos cuando el Capitán Monteros y varios de los guardias del castillo emergieron de la multitud arrastrando a un niño que gritaba.

—Déjenme ir. Solo quería ver cómo era un baile. No hice ningún daño.

La multitud se dividió y el Consejo de Élderes apareció en la base del estrado al frente del Salón. Élder Cestrum hizo una seña con la cabeza al Capitán Monteros, quien tomó al niño y lo arrojó al piso de piedra blanca. Andreus caminó hacia el frente del salón y vio que su hermana apareció del otro lado. El hombre con el que ella había bailado estaba detrás, mientras ella miraba la cara del niño tembloroso extendida en el suelo.

—Disculpen, Élderes. —El Capitán Monteros se inclinó—. Mis hombres capturaron a este ladrón dentro del Salón.

—No soy un ladrón. Me acaban de decir...

—Silencio, muchacho. —El Jefe Élder Cestrum dio un paso al frente—. Esa es una acusación grave. Capitán Monteros, ¿tiene pruebas de que este niño estaba robando, realmente, en el Salón de las Virtudes?

El Capitán Monteros hizo una seña a uno de los miembros de la guardia que estaba detrás del joven que protestaba.

—Yo lo vi —dijo el guardia—. Cortó la cartera del cinto de un lord. Fue ahí que lo agarré.

—Tengo la cartera justo aquí, mis señores —dijo el Capitán Monteros, levantando una pequeña bolsa de terciopelo negro—. Pertenece a Lord Nigel y prueba, sin duda, que el muchacho es un ladrón.

—¡No lo soy! — Dio un empujón y quedó de rodillas. El miedo brillaba en sus ojos, a pesar de enderezar los hombros, desafiante. A Andreus, le recordó a Max la primera vez que despertó en el alojamiento de la señora Jillian y vio un príncipe de pie junto a él.

El Salón que había estado lleno de música y risas hacía segundos, ahora estaba a la espera de Élder Cestrum y el Consejo, que hablaban en voz baja entre sí. Cuando se dieron vuelta, Élder Cestrum dijo:

—El Consejo ha determinado que los que decidirán si el niño es culpable y qué castigo merece sean el Príncipe Andreus y la Princesa Carys. El sucesor que pronuncie el castigo que nosotros, el Consejo, consideramos más adecuado, presenciará la ejecución de la sentencia que eligió y será premiado con un punto adicional. ¿Príncipe Andreus y Princesa Carys, por favor, podrían subir al estrado?

Élder Jacobs dio una mirada a Andreus, al pasar por delante de los otros miembros del Consejo, y subió los cuatro escalones para quedar junto al Trono de la Luz. Por un momento, Andreus pudo ver a su padre sentado allí y a Micah de pie, junto a él. La imagen desapareció cuando giró y vio a su hermana subir al estrado. Tenía los ojos llenos de preocupación al mirar hacia abajo, a los que estaban en el piso del Salón.

—Princesa Carys. —Élder Cestrum señaló con un dedo de hierro negro al muchacho arrodillado en el suelo—. Este niño ha sido acusado de robar la cartera de un Gran

Lord en el Salón de las Virtudes. ¿Qué castigo ordenaría usted que se ejecutara para garantizar que él, y todos los demás en el reino, comprendan la gravedad de este delito?

Carys miró a Andreus. Luego, bajó del estrado y caminó hasta el niño que estaba en el suelo con el mentón hacia arriba en actitud desafiante y ojos aterrados.

—¿Cómo es tu nombre? —preguntó ella.

El niño hizo dos intentos antes de poder decir:

—Mi nombre es Varn, Su Alteza.

Carys inclinó la cabeza a un lado y preguntó con calma:

—¿Cómo llegaste al Salón de las Virtudes esta noche, Varn?

La manera controlada en que habló su hermana era la esencia de la templanza. Preocupado, Andreus miró de reojo al Consejo, que observaba atentamente a Carys, mientras el muchacho en el piso de piedra blanca explicó:

—Un hombre dijo que aquí habría comida. Me dijo que podía venir. Entonces, vine porque tenía hambre, Su Alteza.

Andreus pudo ver que algunos en la multitud se movieron con impaciencia, pero hubo otros que, claramente, creyeron en la simple declaración del muchacho y sintieron pena por él.

Carys frunció el ceño y giró bruscamente hacia el Capitán Monteros, y exigió con voz más fuerte:

—Capitán, ¿cómo es que se le permitió a este niño el ingreso al castillo, por no hablar del Salón de las Virtudes?

El Capitán Monteros miró fijo a Carys.

—Él debió haberse escabullido entre los guardias que están en la entrada, Su Alteza, y...

—¿Cuántos guardias hay apostados en la entrada?

—Decenas, Su Alteza.

—¿Y todos ellos saben que mi hermano, su príncipe, fue atacado por un asesino en los campos de torneo?

—Por supuesto, Su Alteza.

—Y aun así, este muchacho, que pareciera que no se ha bañado en semanas y no ha comido una verdadera comida en al menos el mismo tiempo, ¿logra tener acceso al castillo, deambula por decenas de pasillos para llegar al Salón de las Virtudes y se atreve a ingresar sin que nadie de la guardia del castillo lo vea?

Un suspiro de sorpresa atravesó la multitud al volverse evidente el sentido de las palabras de Carys. Los ojos del Capitán Monteros miraron detrás de Carys, hacia los élderes.

Ella no esperó que él respondiera. La base del vestido de Carys se onduló y los bucles del cabello volaron alrededor de su rostro cuando giró para mirar al Consejo.

—Si no se puede confiar en los guardias que el Capitán Monteros entrenó para mantener afuera a Varn y a otros que no están invitados, ¿cómo puedo confiar en la palabra del que habló en contra de este muchacho esta noche?

—¿Está diciendo que el muchacho es inocente? —preguntó Élder Cestrum.

La sala contuvo la respiración cuando Carys dijo:

—¿Dije eso, mi lord, o está usted poniendo palabras en mi boca? Quizás, mi sirvienta pueda traerle un vestido para que se ponga, así puede fingir ser yo.

Las palabras de enojo de Carys hicieron que todos en la sala murmuraran, con sorpresa o desaprobación, lo que Andreus no pudo decir. Los ojos del Jefe Élder se entrecerraron. Si no estuviese enojado con su gemela, Andreus habría aplaudido el insulto. Pero como estaban las cosas, él estaba feliz por la falta de control que ella demostraba en ese momento. Sin duda, hablar de más era lo opuesto a la templanza. Sus palabras brotaban cada vez más rápido y él pudo ver la manera en que temblaba. La mayoría de las personas pensaría que se debía a que estaba muy enojada, pero él la conocía mejor. Reconoció los síntomas de la pérdida de efectividad de las Lágrimas de Medianoche.

—¿Quiere saber qué pienso? —Su hermana volvió a mirar al muchacho, que parecía más aterrado que cuando esto comenzó—. Creo que hay muchos a quienes culpar en este salón y en el castillo. Este muchacho es solo uno de ellos. Y sería injusto castigar a uno y no castigar al resto. Una semana en la empalizada en el centro de la Ciudad de los Jardines para los guardias que no cumplieron con su deber va a garantizar que no lo vuelvan a hacer. En cuanto al muchacho, como no había nadie lo suficientemente preocupado como para decirle que no podía ingresar al castillo, mi veredicto es que quede libre.

Los miembros de la guardia que estaban detrás del Capitán Monteros intercambiaron miradas nerviosas.

El joven comenzó a intentar ponerse de pie, pero el Capitán Monteros lo tomó del hombro y lo empujó hacia abajo de nuevo.

—No creo que puedas irte aún, muchacho —dijo el Capitán Monteros, de pie junto a él—. El Príncipe Andreus aún tiene que dar *su* veredicto acerca de cuál debería ser tu castigo.

Élder Cestrum asintió.

—Sí, Príncipe Andreus. Su hermana nos ha dado una fascinante muestra de cómo sería su mandato como Reina. Castigar en público a la guardia es… una elección única. Ahora los élderes y la corte aquí presente, en el Salón de las Virtudes, quisieran oírlo a usted. ¿Qué sentencia le daría a este joven por el delito cometido?

Todos los ojos giraron hacia Andreus. Él fingió no sentir el peso de la expectativa que tenían sobre él, mientras estudió a Varn acurrucado en el piso. Andreus no tenía dudas acerca de cómo el muchacho ingresó al castillo. Luego de la discusión que había tenido con Élder Jacobs, Andreus estaba seguro de que el "robo" fue planeado por el Consejo como parte de las pruebas. El muchacho estaba aquí porque el Consejo así lo quiso. Los guardias lo dejaron ingresar porque esa había sido la orden. ¿El muchacho cortó la cartera que tenía el Capitán Monteros del cinto de un lord? El muchacho no tenía ningún cuchillo a la vista. Si tenía uno, seguramente los guardias lo habrían tomado y mostrado como otra prueba de su culpabilidad.

Su hermana tenía razón al decir que el niño debía quedar libre, a lo sumo tener un castigo mínimo por su "delito". Pero Andreus sabía que ese no era el veredicto que el Consejo quería, no el veredicto que se esperaba que él diera. No si él quería convencerlos de que era lo suficientemente fuerte como para hacer a un lado su deseo de aprobación y hacer lo que el reino necesitaba. Que él podía trazar una línea en la arena que todos supieran que nunca podrían cruzar sin sufrir graves consecuencias.

Micah solía decir que el tío de ellos había tenido razón, décadas atrás, al querer liderar fuerzas contra Adderton por haber refugiado y apoyado a los sobrevivientes de los bastianos. Su tío afirmaba que el Rey Ulron era débil por no atrapar hasta el último de ellos. Él decía que los hombres fuertes le arrancaban la cabeza a una serpiente si de verdad querían asegurarse de su muerte.

En lugar de fulminar a Adderton y a los bastianos, su padre ordenó a los guardias que detuvieran a su tío porque lo que él declaró era una conspiración contra la corona. Poco después, Padre tomó el consejo que le había dado su hermano y le arrancó la cabeza a la serpiente. Nadie, después de eso, se atrevió a llamar débil al Rey Ulron.

Ahora, el Consejo buscaba esa misma fuerza en él. Siempre y cuando Andreus pudiera convencer a Élder

Jacobs y al resto de que era hijo de su padre, la corona sería suya. El intento de su hermana por poner al Consejo de su lado fallaría. Imogen sería su reina y Carys aceptaría su nuevo lugar en la vida... o él también se encargaría de eso. Pero primero, tenía que cortarle la cabeza a esta serpiente.

—Entiendo el deseo de piedad de mi hermana. Es humano sentirse conmovido por una historia de hambre y una cara triste. Un gobernante fuerte no puede actuar por lástima, sino que debe regirse por la ley. —Andreus bajó la mirada hacia el muchacho, cuya postura desafiante había desaparecido. En cambio, ahora parecía estar suplicando ayuda con los ojos.

La determinación de Andreus temblaba como el niño inocente que estaba frente a él. Pensó en Max y, por un momento, se preguntó si Varn y Max podían haberse conocido en las calles de la Ciudad de los Jardines. ¿Qué pensaría Max luego de oír que Andreus había juzgado a un niño que, en esencia, era como él? ¿Seguiría pensando que Andreus era su héroe?

Andreus levantó la mirada y vio a Imogen, que estaba no muy lejos, detrás del niño, en la multitud. Para mantenerla a salvo, él debía ser rey. Para ser rey, debía demostrar al Consejo que él era fuerte. ¿Qué significaba una vida en comparación con todas las otras a las que ayudaría como rey? Una vida contra cientos de miles.

Y, en realidad, el niño estaba ahí, en el Salón de las Virtudes. Él debía haber sabido que cuando ingresó al castillo y atravesó esas puertas estaba cometiendo un error. Aun así, vino. Por esa arrogancia, el niño merecía pagar un precio.

Con los ojos firmes en el rostro de Imogen, Andreus enderezó los hombros y dijo:

—Este niño robó una cartera. Los ladrones deben ser castigados. Si no es así, solo se incentiva a otros a provocar disturbios en nuestra ciudad y el reino. El castigo por robar es la pérdida de una mano.

—Pero no lo hice, Su Alteza —el niño lloraba—. Ellos...

—Silencio —dijo Andreus bruscamente—. Al interrumpir has dejado en claro que no tienes respeto por los lores de esta tierra. No solo robaste una cartera, sino que también usaste un arma para hacerlo.

—Andreus —dijo Carys.

Él pudo oír la preocupación en la voz de su hermana, pero la hizo a un lado. Al pensar en el trono ubicado justo detrás de él, reprimió cualquier sentimiento de pena que podía tener por el muchacho y, a cambio, se concentró en la manera en que todos esperaban que él continuara. Los Grandes Lores estaban pendientes de cada una de sus palabras. El Consejo de Élderes y la guardia estaban a la espera de sus órdenes para actuar. El terror hizo temblar al niño en el piso.

Todos lo miraban como él siempre veía que lo miraban a su padre. Ya no era el que ocultaba un secreto terrible... ya no era el que estaba maldito. Era quien tenía el poder.

—Permitir que quedes libre sería una señal para todo Eden de que está permitido atacar a un lord.

—Pero yo no...

—¡Andreus!

Él no escuchaba ni a su hermana ni al niño. Sintió el poder del trono llamándolo cuando dijo:

—Por el delito de atacar a un lord con un cuchillo, robarle, y abiertamente faltar el respeto al trono, ordeno que este criminal sea ejecutado.

Élder Cestrum dio un paso al frente.

—El Consejo está de acuerdo con el Príncipe Andreus. El muchacho será llevado a la Torre del Norte, donde será ejecutado como lo ha decretado el príncipe de esta tierra.

—No —dijo el joven, sacudiendo la cabeza al mismo tiempo que Carys gritó—: ¡Andreus! ¿Qué estás haciendo? Las luces titilaron en el salón. Los orbes brillantes que colgaban de arriba comenzaron a balancearse cuando el Capitán Monteros levantó de un tirón al muchacho y lo empujó hacia los dos guardias.

—¡No fui yo! —gritó el niño—. Su Alteza. Tiene que creerme. ¡No fui yo! —. Se liberó de las manos de los guardias y fue corriendo hacia el estrado. Con las manos entrelazadas frente a él, suplicó piedad.

—¡Yo no lo hice! —gritó Varn—. Por favor, Su Alteza. Por favor...

La luz se reflejó en el acero de la espada del Capitán Monteros al abrirse paso en el aire.

Andreus oyó el grito de su hermana.

Las luces volvieron a titilar. La espada del Capitán Monteros entró en la carne y la atravesó. La sangre chorreó como de una fuente, manchando el piso blanco. Se oyeron gritos en toda la sala y luego silencio, cuando el cuerpo del niño se desplomó al suelo y la cabeza cayó con un golpe seco y rodó hacia el estrado.

Cuando el Jefe Élder dio un paso al frente y declaró a Andreus el ganador tanto del baile como de la prueba adicional, lo que lo ubicaba dos puntos más cerca del trono, más cerca del poder que acababa de ejercer, Andreus supo que debía estar horrorizado por lo que había hecho.

El niño estaba muerto. Sus palabras fueron la espada que lo mató.

Él había cruzado una línea que jamás pensó que cruzaría.

El remordimiento bullía en su interior. Pero cuando vio la expresión comprensiva de Imogen y que Élder Jacobs asintió al mirarlo a los ojos, Andreus lo hizo desaparecer y se concentró en el ataque de fuerza y control. Ese poder era lo que quería. Ese poder le permitiría destruir la maldición que había controlado su vida desde el día en que nació. Una vez que tuviera el trono, la "maldición" ya no estaría, y la gente a la que siempre había temido se daría cuenta de que, ahora, ellos debían temerle a él.

No, no se arrepentiría de su elección.

Un vistazo a su hermana, que temblaba y transpiraba al mirarlo con horror, le hizo saber, con exactitud, cuál era la próxima línea que tenía que cruzar.

15

La cabeza le retumbaba. El corazón le latía fuerte. Todo en su interior gritaba al recordar la manera en que su hermano se paró frente al Trono de la Luz con el cuerpo muerto debajo de él. Había visto una sonrisa en los labios de Andreus cuando Élder Cestrum habló, pero Carys no pudo entender el sentido de las palabras. Nada tenía sentido. El mundo daba vueltas. Las luces de arriba se balancearon y Carys sintió que un remolino de aire le agitó la falda mientras miraba fijamente la sangre que se esparcía a lo largo del piso brillante de piedra blanca.

Un niño, de no más de doce o trece años.

Solo un niño.

—Princesa, espere —una voz la llamó mientras ella caminaba de prisa por el corredor, lejos del Salón de las Virtudes, y su hermano, y la muerte sin sentido a la que él había llevado a un niño inocente.

Ella no quería hablar con nadie. No después de lo que acababa de pasar. No podía quedarse y sonreír y actuar como si todo estuviera bien, mientras su hermano aceptaba las felicitaciones por el triunfo y el Capitán Monteros supervisaba que la guardia recogiera el cuerpo asesinado y lo sacara de allí.

La sangre en el piso de piedra blanca se limpiaría. En cuestión de minutos, quizás incluso ahora mismo la gente estaría bailando sobre el espacio donde el niño había suplicado por su vida y la perdió. Y su hermano sonreiría y bailaría con ellos.

No podía pensar en Andreus y en lo que él había ordenado en el Salón de las Virtudes. Su hermano no era cruel. Era la razón por la que ella pensó que él sería un gran gobernante. Él creía en la compasión. Ella había estado segura de que él haría lo que fuera mejor para el reino. En cambio, él había derribado los cimientos de su mundo. Ella no podía quedarse en el Salón y no podía volver a su habitación. No aún. No con la imagen de la sonrisa satisfecha de su hermano dándole vueltas en la cabeza una y otra vez. Si volvía a su habitación ahora, la necesidad de borrar esas imágenes con las Lágrimas de Medianoche sería demasiado fuerte como para negarse. Era todo lo que podía hacer para evitar dirigirse a las escaleras y ceder ante ese deseo.

Pronto.

Primero, antes de que las Lágrimas ahuyentaran al mundo, para su felicidad, tenía que llegar a los establos. Si Larkin se había escondido allí durante horas, tenía que ser por una muy buena razón. Y si se trataba de Imogen, Carys necesitaba saber, exactamente, cuál era esa razón.

Ella giró hacia un pasillo iluminado por antorchas, con la esperanza de desalentar a la persona que la seguía. Los pasos detrás de ella se detuvieron. Luego, retomaron… más rápido y más cerca de ella.

Carys metió las manos en los bolsillos, tomó los mangos de los estiletes, los sacó y giró.

Lord Errik se detuvo en seco y levantó las manos.

—Lamento haberla asustado, Princesa.

—¿No sabe que es mala idea perseguir a una dama que no desea ser seguida? —preguntó ella.

—En mi experiencia, la mayoría de las damas que son perseguidas quieren ser atrapadas. Claramente, Princesa, usted no es la mayoría. —Cuando ella no bajó las armas, la expresión de él se volvió más seria—. Luego de lo que acaba de pasar con su hermano y el atentado contra su vida de más temprano, me preocupó que usted anduviera sola por estos pasillos. Eden no parece ser un lugar muy seguro en este momento.

No. No lo era.

—Agradezco su preocupación, Lord Errik, pero le aseguro que puedo cuidarme sola.

—Como lo pudimos ver todos con su excelente demostración de hoy —coincidió él, dando un paso al frente—. Pero sus ojos solo pueden ver lo que está frente a usted. Hasta el guerrero más habilidoso necesita de alguien que le cuide la espalda.

—Le agradezco su preocupación, Lord Errik, pero mi espalda está bien así. —Al menos siempre había estado porque su hermano la había cuidado como ella había cuidado la de él. Ahora... ahora, a menos que ella pudiera cambiar el camino que él había tomado, ella se cuidaría por sí misma.

—Por favor, si me permite. —Él bajó las manos y se acercó.

—¿Por qué? —preguntó ella. Bajó los estiletes a un lado y dijo—: Un buen Líder de Comercio tendría cuidado de no elegir un bando hasta que un nuevo gobernante esté en el trono de Eden. Y si realmente cree que estoy intentando perder, debería seguir en el Salón de las Virtudes, con mi hermano.

—Un buen Líder de Comercio entiende que es posible asociarse con reyes que están en guerra con otros países o con ellos mismos. Y aunque no fuera verdad, yo creo en el juego limpio. Está claro que hay una gran cantidad de personas en este castillo que no creen lo mismo. El hecho de que usted esté perdiendo no va a cambiar eso. Lo empeorará.

—Andreus solo hizo lo que creyó que debía hacer esta noche —insistió ella, en un esfuerzo por convencer a Errik de lo que le había costado tanto creer a ella misma.

—El príncipe hizo lo que creyó que le daría lo que buscaba. Él hizo su elección y usted hizo la suya. —Errik bajó la mirada a los estiletes que ella tenía en las manos y luego la miró. El bronceado de su piel parecía más intenso y sus rasgos más marcados con la luz de las antorchas que titilaba. Él se acercó hasta quedar a menos de un brazo de distancia de ella—. Yo soy un forastero, lo que significa que no tiene motivos para confiar en que la ayudaré. Pero por más fuerte y determinada que sea, no creo que pueda hacer esto sola. Me estoy ofreciendo a estar de su lado.

Ella miró fijamente la oscuridad intensa de sus ojos y sintió el llamado de la oferta que le estaba haciendo. Brindarle su confianza a Errik era permitir que él tuviera poder sobre ella. El poder era peligroso. Bastaba con ver lo que ya le había hecho a su hermano. Pero Errik tenía razón al decir que ella necesitaba a alguien que le cuidara la espalda.

Aun así, le preguntó:

—¿Y si rechazo su oferta, mi lord? ¿Qué pasará entonces?

Errik sonrió.

—Entonces, espero poder esquivar mejor esos estiletes que el hombre anterior, porque he tomado la decisión de mantenerla a salvo… al menos, hasta que tenga la oportunidad de enseñarle a bailar.

Las palabras, la mirada en su rostro y la cercanía de su cuerpo hicieron que el corazón le latiera más fuerte y el estómago se le cerrara. Pero ella no tenía tiempo para nada de eso.

—Tengo que irme —dijo, alejándose para poder deslizar los estiletes en los bolsillos.

—¿Me permitirá acompañarla a su habitación? —preguntó Errik—, ¿o simplemente debo quedarme en las sombras y dejar que haga de cuenta que no estoy aquí?

Ayer, ella habría dicho que no. Le habría pedido que se fuera. Ayer, su hermano estaba de su lado. Ahora, Andreus era una persona diferente y ella necesitaba confiar en *alguien*, antes de que estas pruebas y las personas involucradas en ellas lo alejaran de ella para siempre.

—No voy a mi habitación —admitió ella—. Tengo que hacer algo en los establos primero.

Errik la miró de arriba abajo y levantó una ceja.

—¿En esa ropa? Tendré que enseñarle más que a bailar, Alteza. ¿Alguna vez ha oído la palabra "camuflaje"?

Media hora más tarde, Carys había cambiado el traje azul brillante y las joyas por un vestido de sirvienta gris oscuro, un talle más grande, y un gorro gris que combinaba, debajo del cual Errik insistió que ella ocultara su inconfundible cabello sin color. Como este vestido no tenía ningún bolsillo, Errik encontró una canasta de ropa para lavar para que Carys metiera los estiletes adentro y así pudiera llevarlos con ella.

—¿No va a ponerse ropa de sirviente también? —preguntó ella.

—Claro que no. —Él sonrió—. Mi trabajo es ser visto. Si hay un noble exigente dando vueltas, nadie tiene tiempo de ver al sirviente que se escabulle, por los pasillos, delante de él.

—Yo nunca me escabullo —dijo ella, dirigiéndose al salón con la canasta apoyada en la cadera. Como ya era tarde, había menos personas en los pasillos. Mantuvo la cabeza hacia abajo y se apuró para salir del castillo. Ella necesitaba llegar a los establos antes de que Larkin pensara que no iría.

El frío de la noche hizo que Carys deseara una capa al cruzar el patio del castillo, atravesar la salida y bajar los escalones angostos que llevaban a los establos de la realeza. Habían sido construidos en una amplia plataforma a un lado de la planicie entre el castillo y la Ciudad de los Jardines, con una pendiente que permitía que los caballos bajaran fácilmente. Las luces en los muros del castillo iluminaban resplandecientes en la noche. Carys podía oír la voz de Errik, que retumbaba detrás de ella, al hablar de manera exagerada con todos los que se cruzaba.

Para cuando ella llegó a los establos, los hombres que estaban a cargo supieron que había un noble en camino y apenas le dieron a Carys una mirada lasciva, antes de que pasara a la gran estructura que olía a heno y estiércol. Los caballos relincharon. El heno crujía debajo de sus pies. El resplandor tenue de los candeleros alimentados por energía eólica alumbraba el camino hacia la escalera que llevaba al henal donde Carys, Andreus y Larkin pasaban horas jugando hacía más de diez años.

Con un estilete en la mano, Carys llegó al altillo. Sin luces que adornaran las paredes, Carys entornó los ojos en las sombras, mientras se movía con cuidado hacia dentro del henal.

—¿Larkin? —susurró y sujetó más fuerte el estilete. El heno crujió en la esquina y Carys giró en esa dirección. Nada allí. Volvió a susurrar el nombre de Larkin y dio un salto cuando algo más se movió en el espacio.

—¿Larkin? —Dos pilas de heno se movieron y Larkin apareció—. Gracias a los Dioses —susurró Carys, acercándose de prisa a su amiga, que tenía los ojos muy abiertos y estaba pálida—. ¿Estás bien?

—Me preocupaba que tu sirvienta no te diera el mensaje o que no entendieras adónde tenías que ir o que yo no estuviese bien escondida y que alguien me viera. —El miedo se notaba en la voz de Larkin y tenía los ojos llenos de lágrimas.

—¿Qué ocurre? Me puedes decir... sea lo que sea.

Larkin asintió y tragó con dificultad.

—Sé que querías que me fuera de la ciudad, y mi padre y yo planeábamos irnos, pero quise traerte el vestido en el que había estado trabajando para ti. El torneo había terminado y todos estaban regresando para cuando llegué al castillo con los trajes. Había rumores sobre un ataque en el torneo y no estaba segura si alguien cuestionaría mi entrada al castillo, así que fui por los senderos del laberinto en el patio que llegan a los jardines de la cocina. —Hizo una pausa para respirar—. Fue allí que oí la voz de Lady Imogen, que estaba cerca. Comencé a retroceder por donde había venido, pero justo oí que ella le decía a alguien que no se preocupara. Que el Príncipe Andreus ya era suyo de una manera en que Micah nunca lo había sido y, una vez que tú fueras asesinada, él confiaría en ella aún más. Ella dijo que cuando llegara la hora indicada para que el verdadero rey subiera el trono, el Príncipe Andreus sería mucho más fácil de matar que lo que habían sido el Príncipe Micah y el Rey Ulron.

Por un momento, Carys no pudo respirar. Las palabras azotaron la neblina que la rodeaba y la verdad salió a la luz.

—Ellos mataron a Micah y a mi padre.

—Creo que sí, Alteza. Debería haber ido a buscar a los guardias y llevarlos hasta allí para que los oyeran hablar, pero no sabía en quién confiar. Y estaba demasiado asustada como para moverme.

Carys estaba segura de que, si Larkin hubiera ido, nunca habría vuelto a tiempo con la guardia. Incluso si lo hacía, luego de la participación del Capitán Monteros y sus hombres en la prueba de esa noche, existía la posibilidad de que él fuera parte de la conspiración de Imogen. Si así era, Larkin no estaría aquí para contar la historia.

—Hiciste lo correcto. ¿La persona con la que Lady Imogen estaba hablando dio alguna pista acerca de su identidad?

Larkin asintió.

—Tenía voz baja y tranquila, y creo que lo oí decir algo sobre una visita a la Torre del Norte, pero no estoy segura. —Larkin respiró profundo y miró a Carys, directo a los ojos—. Pero estoy segura de que ella se refirió a él como élder una vez y que él está en el Consejo.

El Consejo que lleva adelante las pruebas… las pruebas que terminarían si uno de los gemelos herederos del trono ganaba o terminaba muerto.

—Ella dijo que sus visiones le dijeron que triunfarían. Que el orbe se rajaría y los vientos traerían, de repente, a un nuevo gobernante para ocupar el Trono de la Luz. Justo como lo planearon.

Un nuevo gobernante. ¿Se refería a Andreus o a alguien completamente nuevo?

Tenía que ser Garret. ¿O lo era? Él quería algo cuando habló con ella hoy, pero le dio la impresión de que se trataba de algo personal, no solo la corona.

La cabeza de Carys daba vueltas. Sintió un hormigueo en las piernas, empezó a ver manchas y se agarró de la pila de fardos de heno para sostenerse.

—¿Estás bien, Alteza? —Larkin fue de prisa hacía ella para tomarle el brazo.

—Estoy bien —dijo ella cuando el mareo desapareció—. Eres tú quien me preocupa. Tienes que…

Ambas dieron un salto ante el sonido de pasos en los establos. El corazón de Carys golpeaba contra su pecho cuando los pasos se detuvieron cerca de la escalera. Luego, quien fuera que estaba abajo comenzó a subir.

—Detrás de mí —susurró Carys, ignorando el débil temblor en las piernas cuando levantó el estilete y se preparó para lanzar.

—¿Debería preocuparme que se le haga una costumbre apuntarme con eso, Alteza? —preguntó Lord Errik cuando su cabeza y hombros aparecieron—. Carys bajó el estilete con alivio. Antes de que ella pudiera preguntar por qué había abandonado su tarea de distracción, él dijo—: Tendremos que hablar sobre su afición por los objetos punzantes más tarde porque, a menos que esté equivocado, la dama es la astuta costurera que la guardia cree que fue parte de la conspiración de hoy para asesinar al príncipe.

—¿Qué? —Larkin respiró con dificultad, mientras Carys dijo—: Eso es ridículo.

—Estaría de acuerdo, pero a la guardia, mi punto de vista no le parecerá del todo convincente. Por lo que pude averiguar en mi papel de noble fastidioso, han sellado las puertas por órdenes del Consejo de Élderes y están revisando cada casa de la ciudad para encontrarla a ella. —Errik giró hacia Larkin—. Me temo, mi lady, que ha hecho un enemigo que desea verla muerta.

Imogen. Debe haber visto a Larkin en el patio o, quizás, simplemente se enteró de la amistad secreta con Carys y estaba usando a Larkin en su contra.

—Tienes que irte de la ciudad.

—¿Cómo? —preguntó Larkin, con evidente expresión de pánico—. Con las puertas selladas, no hay salida.

Y, con el tiempo, los guardias revisarían los establos. Si la encontraban, el tiempo de Larkin en la Torre del Norte duraría solo lo suficiente como para que el Consejo e Imogen organizaran su ejecución. Larkin no se podía quedar allí. No podía irse de la ciudad. A Carys solo se le ocurría un lugar donde Larkin podía esconderse que la guardia no revisaría.

Ella estudió a Errik y deseó saber más sobre él. Era apuesto. Inteligente. Determinado. Y la atraía de una manera que no había esperado ni tampoco quería pensar. Pero, ¿podía confiar en él?

El estómago se le puso tenso. Sintió las piernas débiles otra vez, así que puso una mano sobre el heno para estabilizarse mientras pensaba en las opciones que tenía, pero se dio cuenta de que no tenía ninguna. Si quería mantener viva a Larkin, tendría que confiar en Errik con otro secreto.

—Tienes que esconderte hasta que abandonen la búsqueda y conozco un lugar donde no te encontrarán.

Rápidamente, le contó a Larkin sobre el cuarto escondido detrás del tapiz y los pasajes en la planicie debajo del castillo.

—Errik tendrá que acompañarte hasta allí. Si Lady Imogen y cualquiera del Consejo están detrás de esto, tendrán gente buscándome a mí, con la esperanza de que te esté ayudando. —Ponerla en la Torre del Norte por cómplice del intento de asesinato de Andreus, sin duda garantizaría que su hermano ganara el trono.

—No hay manera de que los guardias me dejen entrar al castillo así vestida —dijo Larkin.

Maldición. Tenía razón. Su pulso se aceleró.

—Tiene que haber alguna manera de hacerte entrar.

—La hay —dijo Errik—. ¿Dónde está su vestido de gala, Alteza?

—En la canasta, pero no le va a quedar a Larkin.

—No tiene que quedarle —dijo Errik con una sonrisa—. Vuelva al castillo, Alteza. Le doy mi palabra de que me ocuparé de que su amiga quede bien escondida y a salvo.

No tenía opción. Carys tomó la mano de su amiga aterrorizada y dijo:

—Haz lo que te diga Lord Errik. Él te mantendrá a salvo hasta que pueda sacarte de esto.

—¿Y mi padre, Su Alteza? —preguntó Larkin—. ¿Qué pasará con él?

Buenhombre Marcus. Ella no había pensado en tanto. Ahora que lo hacía, un frío temor le atravesó la boca del estómago.

—Él no tiene la misma relación conmigo que tienes tú ni oyó lo que tú oíste. Debería estar a salvo... por ahora.

—Lo arrojarían en la Torre del Norte cuando no pudieran encontrar a Larkin, pero no lo matarían. No si podían usarlo para sacar a su hija del escondite. Pero la imagen del hombre delgado y gentil con voz cálida y manos suaves en esas celdas la inquietaba. Ella era una princesa, un miembro de la familia real de Eden y, aun así, no podía ser más incapaz de prevenir su sufrimiento. Tragó el nudo que tenía en la garganta y dijo—: Primero, preocúpate por llegar al cuarto secreto y yo pensaré en la manera de sacarte de esto, lo prometo. —Aunque no podía. No ahora. Quizás, nunca. Y si ella no conseguía descubrir una manera de derrotar la traición en el castillo, todos los que le importaban terminarían muertos.

Carys giró rápidamente hacia las escaleras así Larkin no veía la frustración y las lágrimas que la inundaban. Errik la siguió detrás. Cuando llegaron abajo, él le pasó el otro estilete de la canasta y le tomó el brazo antes de que pudiera irse.

—Mantendré oculta a su amiga, Alteza —dijo él—. Pero usted debe saber que ella nunca estará a salvo. El Consejo y la adivina la han declarado traidora. Ellos continuarán buscándola por años si es necesario a fin de demostrar qué le ocurre a aquellos que desafían a la corona.

—¿Y entonces? —susurró ella mientras la ira le quemaba el vacío en su interior—. ¿Cree que debería dejar que los guardias la encuentren y listo?

—No, Alteza. —Él extendió una mano y limpió una lágrima en su mejilla, que ella no notó que había caído—. Pero podría considerar otras opciones. Cuando se está perdiendo una batalla en un terreno, a veces un ejército debe retirarse y buscar un nuevo terreno donde pelear. —Él la miró fijo a los ojos por varios segundos, luego dijo—: Le haré saber cuando el paquete haya sido entregado de manera segura. —Sacó el vestido de la canasta, volvió a poner los estiletes en ella, y acomodó un puñado de heno encima antes de pasársela a ella—. Ahora, Princesa, debe irse.

Ella se apresuró de vuelta al castillo por el camino que había venido, temblando por las ráfagas de viento. Los molinos parecían sonar más fuerte con cada paso. Un guardia la detuvo en la puerta y le sacó el gorro de la cabeza para revisar el color de su cabello.

Carys contuvo la respiración y sujetó fuerte la canasta cuando el hombre caminó lentamente a su alrededor. La transpiración le corría por la nuca y ella trató de adivinar cuánto tiempo le llevaría llegar al fondo de la canasta y sacar los estiletes si llegaba a necesitar hacerlo. Finalmente, él le dio un apretón en las nalgas y le dijo que fuera a la garita luego de sus tareas en la cocina.

—Yo y mis amigos te pagaremos bien por tu tiempo.

Carys reprimió las palabras de odio que quisieron salir de sus labios y, en cambio, sonrió.

—Valgo más que las pocas monedas que tienes en los bolsillos.

—Dime tu precio y si pruebas que lo vales, te pagaremos.

—Un lord una vez me dijo que yo valía un saco de oro. —Ella sonrió—. Pero aceptaré un saco de plata porque fuiste amable.

Meneó las caderas y se alejó del guardia de prisa. Luego, se deshizo de la canasta detrás de unos arbustos en el patio, volvió a ponerse el gorro en la cabeza, sujetó los estiletes con fuerza a un costado y mantuvo la cabeza inclinada hacia abajo cuando se cruzó con sirvientes y nobles que volvían a sus habitaciones, tambaleándose, luego del baile.

No vio a Imogen ni a ninguno de los élderes por ninguna parte. Ni a su hermano. Ella lo buscaría luego de cambiarse y recobrar la compostura. Necesitaba, aunque sea un poco, de las Lágrimas para evitar que los pensamientos siguieran acumulándose uno sobre otro.

Cuando llegó al piso de su habitación, Carys se arrancó el gorro, sacudió el cabello para acomodarlo, y luego caminó hacia la esquina como si su atuendo fuera normal. Un guardia joven estaba apostado en su puerta, el mismo que la había acompañado desde la Torre del Norte. Él dio una mirada al traje gris, pero no dijo nada cuando ella entró a la habitación y se desplomó contra la puerta luego de cerrarla detrás de ella.

La advertencia aterrorizada de Larkin.

La cabeza del niño que cayó dando un golpe seco repugnante contra el piso pulido.

La expresión de orgullo de Andreus cuando fue declarado el ganador.

La advertencia de Errik y su sonrisa.

Las imágenes se movían rápidamente en su cabeza. Los dedos le temblaron cuando se aflojó el vestido, y dio un salto cuando el fuego en la chimenea crujió y el viento silbó fuera de la ventana. Todo en su interior se puso tenso y se contrajo al sacar un vestido fácil de sujetar del armario y deslizarse en él. Luego, se arrodilló junto al armario y escarbó en el fondo, con manos temblorosas, en busca de las botellas rojas y la solución para la ansiedad que iba empeorando con cada minuto que pasaba. Necesitaba más de las Lágrimas. Solo un poco, la haría sentir mejor: calmaría todo, así ella podría encontrar una salida de todo esto para ella y su hermano, como siempre lo había hecho.

Pero al abrir el pequeño panel en la parte de atrás del armario y buscar en el interior, no sintió nada.

Carys se puso de pie enseguida. Se llenó los brazos de telas y arrojó vestidos al suelo, hasta que el armario quedó vacío y nada bloqueaba su visión, para confirmar lo que ella ya sabía.

Las botellas rojas que necesitaba no estaban.

16

Andreus dio vueltas en la mano la botella roja vacía, luego la ubicó junto a la fila de las otras botellas sobre la mesa, antes de volver a la ventana y cerrarla.

Quizás, él debía deshacerse de las botellas, así Carys se vería obligada a preguntarse quién las había tomado. Rara vez él había provocado su enojo deliberadamente. Después de todo, siempre la había necesitado para que lo ayudara a proteger su secreto. Su maldición.

Ahora que Élder Jacobs estaba inclinando al Consejo hacia el lado de Andreus, él ya no necesitaba que Carys lo protegiera.

Aun así, miró fijo las botellas, sorprendido por lo lejos que habían llegado en solo una semana. Carys trabajando para orquestar un intento de asesinato. Él ordenando la muerte de un niño inocente.

El niño.

Andreus movió la cabeza ante el recuerdo de la espada deslizándose a través del cuello de Varn. El sonido de la cabeza y el cuerpo cuando cayeron al piso.

Ese sonido demostró que él era fuerte, se dijo a sí mismo. Demostró que sería un rey al que el pueblo temería y respetaría y no haría enfadar.

Él desplazó la mirada desde la ventana hacia la cama donde dormía su madre, antes de salir del cuarto sombrío y volver a la luz.

Oben se puso de pie y preguntó:

—¿La reina se movió cuando usted le habló, Su Alteza?

—Me temo que no, Oben —dijo él con un suspiro—. Lo que sea que la señora Jillian le haya dado a Madre la tiene en un sueño profundo.

Oben movió la cabeza y juntó las manos.

—Su madre parecía más lúcida la última vez que despertó. La señora Jillian tenía esperanzas de que esta última dosis aclarara lo que quedaba de oscuridad en la mente de la reina, y la devolviera a nosotros tal como estaba antes de que el Rey Ulron y el Príncipe Micah murieran.

—Espero que sea verdad, Oben —dijo Andreus y se dirigió a la puerta—. ¿Me mandas a avisar si la condición de mi madre cambia?

—Lo haré, Su Alteza. Cuando lo haga, la reina estará feliz de saber que usted y tantos otros han venido a pasar tiempo a su lado.

—¿Otros? —preguntó él—. ¿Qué otros?

—Varios de los dignatarios visitantes y Grandes Lores han venido a preguntar por la reina. Les negué la entrada a todos, pero en un momento, salí y cuando regresé, Élder Ulrich salía del cuarto de la reina. Se disculpó por no esperarme para que le permitiera entrar, pero insistió que era de extrema importancia para él ver en qué condición estaba la reina con sus propios ojos.

Andreus quedó inmóvil.

—¿Te dijo por qué?

—Solo que tenía que ver con el deber del Consejo para con la seguridad del reino.

—¿Se quedó mucho tiempo?

—Un buen rato, Su Alteza, y habló con ella. Creí haber oído la voz de la reina mientras él estuvo allí, pero Élder Ulrich juró que ella nunca despertó. —Oben encogió los hombros—. Debo estar escuchando cosas.

O no. Andreus miró hacia atrás, a la puerta cerrada del cuarto de su madre.

—¿Qué pensaste que oíste?

—Nada en realidad, Su Alteza. Élder Ulrich hablaba en voz demasiado baja como para que yo entendiera las palabras. Hubo una sola que creí escuchar con claridad.

—¿Qué palabra fue?

—Maldición. Poco después de eso, Élder Ulrich salió del cuarto de la reina y parecía perturbado.

Como estaba Andreus ahora.

¿Podía su madre haber estado hablando, en el sueño inducido por las drogas, y haber dejado escapar el secreto de Andreus? La posibilidad lo atormentó mientras volvía al Salón de las Virtudes, la mano en la empuñadura de la espada por si alguien estaba escondido en las sombras. Casi que deseaba que alguien lo atacara. Luego de años de vivir con miedo de que su maldición se descubriera y de ser mortificado por el delito de haber nacido, estaba feliz de enfrentar enemigos que pudiera ver y asesinar.

La verdadera pregunta que tenía ahora era si su hermana era uno de ellos.

El Salón de las Virtudes estaba vacío y oscuro, con excepción del trono, que estaba ubicado en un círculo de luz. No quedaban señales del baile ni de la prueba que se había realizado allí.

—¿Príncipe Andreus?

Giró y vio a Max, parado en la entrada en forma de arco, y sonrió.

—Supongo que recibiste mi mensaje. Adelante. —El niño asintió y entró a la sala con varios pasos dubitativos en lugar de ir corriendo como era típico de él—. Debes estar cansado —dijo Andreus—. Por lo general, estás en la cama a esta hora.

Max encogió los hombros y bajó la mirada hacia sus zapatos.

Andreus caminó hacia el niño.

—¿Pasa algo, Max? ¿Te sientes bien? ¿Has tenido problemas para respirar hoy?

—Tuve un… —El niño frunció el ceño—. ¿Sodio?

—¿Un episodio? —preguntó Andreus y el niño asintió.

—En las almenas. Uno de los Maestros llamó a la señora Jillian y ella tuvo que dejar a la niña a la que estaba ayudando porque se estaba muriendo. Me hizo beber algo peor aún y me regañó por estar afuera en el aire frío. Dijo que el frío es malo para mí y me advirtió que no fuera a las almenas hasta que estuviera más cálido y dijo que, si lo volvía a hacer, tendría que ir a ayudarla a atender a los enfermos, lo que no quiero hacer porque la niña a la que ella estaba ayudando parecía la muerte. Debería haber visto su cara…

Por la mirada que tenía Max, Andreus se puso contento de que no haber tenido que hacerlo.

—No deberías ir a las almenas nunca más.

—Pero tenía que ir esta noche —insistió Max—. El Lord parecido al demonio subió allí y usted me dijo que lo siguiera.

—¿Lord Garret estuvo en las almenas?

Max asintió.

—Hizo que los Maestros le mostraran dónde cortaron la línea que va al orbe e hizo muchas preguntas que no pude oír, pero me acerqué lo suficiente para escuchar que preguntó quién estuvo en las almenas antes de que las luces fueran saboteadas.

—¿Qué dijeron los Maestros? —Andreus había querido hacerles esa misma pregunta, pero luego trajeron los cuerpos de su padre y Micah y comenzaron las pruebas y él no tuvo oportunidad. Había algo sobre el momento de esos eventos, cuando los consideraba a todos juntos, que lo ponía nervioso.

Max frunció la cara, de una forma que probablemente era por la gran concentración.

—Los Maestros dijeron que estaban en sus cuartos cuando cortaron la línea, pero los aprendices asignados para vigilar dijeron que Lady Imogen, Élder Ulrich y el Capitán Monteros estaban todos en las almenas, cerca de la torre del orbe, antes de que llegara la oscuridad.

Los tres, a menudo, caminaban por las almenas. Imogen para llamar al viento y estudiar las estrellas. El Capitán Monteros para controlar a los guardias y vigilar las montañas por si aparecían los Xhelozi. Y Élder Ulrich para hablar con los Maestros sobre su trabajo en los molinos y las luces.

—¿Lord Garret dijo algo más?

—Preguntó si alguien había visto a Élder Jacobs.

—¿Élder Jacobs? ¿Por qué?

—No lo dijo, Príncipe Andreus. Y no pude escuchar la respuesta del Maestro, pero creo que asintió con la cabeza y Lord Garret se fue. Estaba por seguirlo como usted me dijo, pero no pude respirar y fue ahí cuando llamaron a la señora Jillian. Pero sí lo seguí antes y lo escuché hablar con Élder Cestrum. Estaban gritando y pude oír lo que dijo.

Lo que fuera que oyó debía haber sido intenso, ya que Max estaba pálido y parecía listo para salir corriendo del Salón, en cualquier momento.

—Dime.

—Élder Cestrum le dijo a Lord Garret que él iba a cumplir con su deber, aunque no quisiera, y Lord Garret dijo que estaba claro que Élder Cestrum había perdido el control del Consejo y que había más de una forma de poder. Lo habían intentado a la manera de Élder Cestrum y ahora, iban a seguir el plan de Lord Garret.

—¿Lord Garret dijo cuál era ese plan?

Max negó con la cabeza.

—El Jefe Élder trató de tonto a Lord Garret por renunciar al poder tan fácilmente, pero Lord Garret dijo que su tío era igual al Príncipe Micah... que ellos pensaban que había una sola clase de poder. Aunque Lord Garret sabía que había poder más allá del trono, que ninguno de ellos podía ver.

—¿Eso es todo?

Max tragó con dificultad y movió la cabeza.

—Él dijo que su tío debía tener cuidado al jugar para ambos lados y que, en algún punto, tendría que elegir, y que él esperaba que su tío eligiera el lado correcto.

—¿Y qué lado era ese?

—No lo sé, Príncipe Andreus. De verdad.

—Está bien, Max —dijo Andreus. Si bien mucho de la conversación de Garret con su tío era un misterio, la parte de no hacerlo a la manera de Élder Cestrum estaba clara. Garret ya no contaba con el plan del Consejo de Élderes para sentarlo a él en el Trono de la Luz. Garret tenía otro plan, y Andreus apostaba a que involucraba a su hermana.

—¿Hice un mal trabajo? —preguntó Max con los ojos bien abiertos que brillaban con lágrimas—. Lamento que me enfermé. Prometo que no lo haré la próxima vez. De verdad. ¿Puedo irme ahora?

Andreus puso una mano sobre el hombro del niño y sintió que temblaba.

—Max, ¿qué ocurre? ¿Pasó algo hoy mientras seguías a Lord Garret? ¿Viste algo que te asustó?

Max miró hacia el frente del Salón, al trono que brillaba bajo la luz, y Andreus entendió lo que había visto el niño.

—¿Entraste al Salón durante el baile?

Lentamente, Max asintió con la cabeza.

—La señora Jillian dijo que debía descansar, pero yo quería hacer un buen trabajo y todos los lores y damas estaban ahí dentro.

—Y viste morir a ese niño.

—Era el hijo de un panadero con el que solía jugar mi hermana, se llamaba Varn —dijo él en voz baja.

Se mezclaron la pena y la culpa.

—Max, hay leyes que se deben obedecer. Cuando las leyes se rompen, el Rey tiene el deber de castigar a quien no la cumplió. Ahora, es hora de que vayas a la cama. Es tarde y estoy seguro de que Lady Yasmie tendrá muchas tareas para ti mañana.

—Sí, Su Alteza. —Max se inclinó con cuidado antes de salir corriendo de la sala.

—Eres bueno con los niños, mi príncipe.

Andreus tomó la empuñadura de la espada y giró bruscamente cuando Imogen apareció de atrás del trono. Ella aún llevaba puesto el vestido amarillo, pero el cabello, que había estado recogido y modelado, ahora le caía libremente alrededor del rostro.

La sonrisa que le dio a Andreus la hacía aún más bella, al dar una palmada al asiento del trono y hacerle un gesto a él para que se acercara.

—Había oído que rescataste a un niño enfermo de las calles y lo trajiste al castillo. Todos en el castillo y abajo en la ciudad hablaban de tu bondad, que es la misma que mostraste hacia mí apenas llegué aquí y me sentí tan sola.

Andreus tomó las manos suaves extendidas de Imogen entre las suyas.

—Lo asusté… al niño que rescaté.

—Él entenderá por qué tuviste que hacer lo que hiciste —dijo Imogen, llevando a Andreus hacia el Trono de la Luz—. Y ahora, pensará dos veces antes de considerar desafiarte. Un rey no puede darse el lujo de relacionarse con aquellos que pueden ser persuadidos para traicionar.

—Max nunca me traicionaría.

—Quizás no intencionalmente. Pero es un niño, y hay quienes podrían aprovecharse de eso.

Andreus pensó en el sabotaje de las luces y en Max, que admitió haberles contado a varias personas sobre la prueba que Andreus planeaba realizar. El niño era entusiasta y amigable. Ambos eran queribles. Ambos podían, si Max no tenía cuidado, estar moribundos en un lugar lleno de personas muy decididas a ejercer su influencia.

Imogen levantó el brazo y puso la mano en la mejilla de Andreus.

—¿Hay alguna duda de por qué mi corazón fue tuyo desde el momento en que nos conocimos? Tú miraste a ese niño y viste más allá de su enfermedad el potencial que tiene dentro. Y creíste que tu generosidad sería recompensada con lealtad.

—¿Y tú no?

—Micah tenía hambre de poder, pero él estudió la historia y entendió que, para los reyes, la generosidad es una herramienta como cualquier otra. —Ella tomó la mano de él y lo llevó al trono—. Y es más usada por el que ha demostrado estar dispuesto a provocar temor. A Micah siempre le gustaba recordarme sobre la visión que yo había fingido tener y que había hombres dispuestos a hablar de su participación para hacerla realidad, si alguna vez consideraba desafiarlo. El miedo mezclado con la generosidad es inquietante y poderoso.

Andreus tomó más fuerte a Imogen y se preguntó qué otras cosas había hecho su hermano para provocarle miedo.

—Deberías haberme dicho lo que estaba haciendo Micah.

Imogen negó con la cabeza.

—Fue mi elección permanecer en silencio igual que es mi elección ahora ver cómo ejerces tu propio poder. Esta noche demostraste estar dispuesto a usar el miedo y la fuerza que confiere la corona. Una vez que estés en el trono, le enseñarás al Consejo y a tus súbditos que se inclinarán ante ti o serán destruidos. Cuando aprendan esa lección, les puedes mostrar la generosidad que siempre has tenido conmigo. Antes de eso, el pueblo y tus enemigos verán cualquier señal de misericordia como debilidad. Tu padre comprendió eso. Fue por esa razón, que no tuvo otra opción más que mandar a asesinar a tu tío.

—Mi tío cometió traición.

—Eso fue lo que dijo tu padre. —Ella puso las manos en los hombros de él y, suavemente, lo empujó hacia abajo hasta que quedó sentado en el Trono de la Luz—. La verdad es lo que el hombre que ocupa este asiento quiere que sea. Tú perteneces a este trono, mi príncipe. El reino te necesita para estar a salvo. Yo te necesito.

Dejó que esas palabras lo calmaran y eliminaran algo de la duda que sintió ante la mirada que había visto en los ojos de Max y la culpa que lo persiguió luego de vaciar las botellas de su hermana. Si no supiera lo que ella sufriría, no le habría importado. O si supiera, con certeza, que ella lo había traicionado...

—Aún pareces perturbado, mi príncipe.

Andreus tomó la mano de ella con la suya.

—¿Sabes si han ubicado a la costurera que vieron hablando con el asesino?

Imogen suspiró.

—El Capitán Monteros selló las puertas, pero, hasta ahora, no se han encontrado rastros de ella, lo que es vergonzoso.

—¿Crees que ella involucraría a mi hermana en la conspiración?

—Lo dudo. Pero dijiste que la muchacha era alguien que ambos conocieron cuando eran más jóvenes. El hecho de que tu hermana te haya ocultado su relación con ella demuestra lo importante que es ella para la princesa. Ese tipo de afecto es una debilidad que podrías aprovechar para tu beneficio con el Consejo... y el pueblo de Eden.

Andreus pensó en la fila de botellas de vidrio vacías.

—No necesitamos a la muchacha para eso. Mi hermana tiene más de una debilidad.

—Espero que tengas razón, mi príncipe. Vi la manera en que miró el trono esta noche. Ella no va ganando las pruebas, pero ha tomado decisiones que han capturado el corazón de muchas personas y, una vez que se enteren de la prueba de hoy y las elecciones que ella hizo, más personas acudirán en manada a su bandera.

—Eso no ocurrirá nunca. —En especial, después de mañana, pensó él—. Carys se quebrará.

Imogen apoyó las manos en las rodillas de él.

—Mi visión aún muestra dos caminos frente al reino... no uno. Tienes que tener cuidado, incluso aunque no creas.

—No se trata de que no crea. —Se trataba de que no podía—. He visto tomarse demasiadas decisiones en base a visiones que resultaron erróneas.

—Las visiones son la manera que tienen los Dioses de enviarnos advertencias para que prestemos atención al futuro. Los adivinos somos entrenados para informar solo lo que vemos en las estrellas. Pero muchos adivinos buscan encontrar el poder más allá de sus visiones, y le dan significado a lo que las estrellas no. Puedes no creer en ellas, pero eso no significa que no sean reales. —Imogen se puso de pie y extendió las manos—. Ven conmigo a la torre. Puedo mostrarte cuáles son las estrellas que guían tu camino.

Él se levantó del Trono de la Luz y bajó la mirada a los zafiros que brillaban con una luz casi hipnótica.

—Ven, Príncipe Andreus, puedes decirme lo que has hecho para mantener a salvo a Eden del camino que lleva a la oscuridad y revisaré las estrellas para ver si han cambiado el mensaje.

—Dudo que sea capaz de concentrarme en las estrellas, mi lady —dijo él y le deslizó un dedo en la mejilla—. No con tu belleza distrayéndome.

Ella rio, pero tomó la mano de él y entrelazó sus dedos con los suyos.

—¿No es para menos que tenga miedo de que los celos de tu hermana traten de quitarnos esto?

—Carys no nos puede lastimar —le aseguró él—. Confía en mí.

17

No estaban.

Carys miró fijamente el armario como si pudiera hacer que las botellas volvieran a aparecer. La cabeza le daba vueltas. Las botellas habían estado ahí más temprano. Deberían seguir ahí. Pero no estaban, y Carys podía pensar en una sola razón por la que podían desaparecer.

Andreus.

Él debía haberse dado cuenta de que ella había mentido acerca de las Lágrimas de Medianoche. Una parte de ella quería creer que no era él quien estaba detrás de esto... que fue el Consejo, que había descubierto su secreto. Porque Andreus sabía lo que ocurría cuando su cuerpo deseaba la bebida. Él había estado con ella cuando tembló, transpiró y le gritó que se estaba muriendo. Él le acercó la botella a los labios cuando no pudo soportar más verla sufrir.

Pero ese era el hermano que la necesitaba para que lo protegiera. El hermano que ella vio en el Salón de las Virtudes, esa noche, ya no quería su ayuda, y esta era la manera en que él le decía que hasta ahí habían llegado.

Dios.

Carys se frotó la sien y trató de pensar. Las heridas en su espalda estaban volviendo a latir. No terriblemente, pero se hacían sentir cuando ella se movía. Para cuando comenzara la próxima prueba al día siguiente, sería peor. Que era con lo que contaba su hermano, y algo que ella no podía dejar que pasara. Andreus la necesitaba, aunque ya no se diera cuenta. Ella tenía que advertirle sobre Imogen antes de que Imogen tuviera la oportunidad de destruirlo, de la misma manera en que destruyó a Padre y a Micah, o antes de que pudiera encontrar y lastimar a Larkin.

Larkin. El miedo se apoderó de Carys de nuevo cuando se preguntó si Errik habría puesto a salvo a su amiga. Si no fuera así, los guardias estarían hablando de su captura, al igual que Andreus.

Pudo sentir al guardia siguiéndola con la vista, mientras caminaba por el pasillo hacia la habitación de su hermano. Nadie respondió cuando ella golpeó y la puerta estaba trabada. Sacudió el picaporte varias veces y golpeó la puerta de nuevo mientras llamaba a su hermano, queriendo advertirle con una exhalación y, a la vez, desesperada por encontrar las botellas.

Cuando la puerta permaneció cerrada, Carys se alejó y se dirigió abajo, preguntando a los guardias que se cruzaba si la traidora había sido capturada. Todos dijeron que no, lo que hizo que Carys se sintiera aliviada, cuando ingresó a la sala de estar de su madre y la encontró resplandeciente por la luz que entraba de cada esquina. No quedaba ni una sombra. Tal vez, Oben pensó que la luz ahuyentaría la oscuridad contra la que estaba luchando la reina, de la misma manera en que mantenía alejados de los muros a los Xhelozi.

—Su Alteza, ¿hay algo que pueda hacer por usted? —preguntó Oben al darse prisa para ir a saludarla.

—Vine a ver a mi madre —mintió.

—El brebaje que le dio la señora Jillian la ha sumergido en un sueño profundo.

—Solo estaré un momento —le aseguró, mientras abrió la puerta del cuarto de su madre y, rápidamente, la cerró detrás de ella. Allí había oscuridad. Su madre estaba tendida en la cama con los ojos cerrados. Las velas titilaban al final del cuarto y Carys se arrodilló en silencio, abrió el pequeño armario de su madre y buscó en el interior.

—No las encontrarás.

Su madre no se había movido, pero ahora tenía los ojos abiertos. Eran orbes blancos entre las sombras mirándola, cuando dijo en una voz con sonido agradable:

—Él ya estuvo aquí. —Su madre señaló con el dedo el escritorio debajo de la ventana, y Carys reprimió un grito al ver las botellas de vidrio rojas, todas alineadas, perfectamente, en una fila como esperándola.

Burlándose de ella.

Carys buscó calmarse al caminar hacia las botellas y saber lo que encontraría, aunque levantara una por una y las pusiera contra la luz: estaban vacías. No tenían ni una gota.

Se pasó la mano debajo de la nariz y fue de prisa hacia el armario de su madre, aunque sabía lo que vería.

—Pensé que podía solucionarlo.

El armario estaba completamente vacío.

—Él las agarró. Tal vez, debería haberlo detenido, pero no lo hice. Lo detuve todo el tiempo que pude. Es hora, y pronto todos lo sabrán. Los vientos vendrán desde las montañas. El orbe se romperá. Los Xhelozi están llamando. ¿No los escuchas?

—Madre. Por favor —dijo Carys mientras la decepción le rebanaba el alma. Su madre no estaba mejor. Aun así, ella le suplicó—: Necesito tu ayuda. Imogen fue parte del plan para asesinar a Padre y a Micah. Hay que detenerla. Tienes que ayudarme a detenerla.

—Nada puede detenerse. Él piensa que al tomar las botellas ha terminado con algo, pero se equivoca. Y ahora, lo sabrá. Todos lo sabrán.

—¿Sabrán qué, Madre?

El cabello de su madre estaba despeinado, pero tenía los ojos cristalinos. Tenía el rostro en calma total mientras miraba las sombras.

—Quería proteger a tu hermano, así que oculté lo que sabía. Pero me equivoqué.

—Esto se trata del Consejo y de Imogen, Madre —dijo Carys bruscamente—. No tiene que ver con la maldición.

—Claro que sí —suspiró su madre—. Solo que lo interpreté mal. Pensé que la enfermedad de tu hermano era la señal de la maldición.

—Te dije que…

—Pero no lo es. —Su madre la miró directamente a los ojos—. Las Lágrimas de Medianoche no eran para controlar tu dolor. No podía importarme menos tu dolor. Te hice beberlas para controlar la maldición que hay en *ti*.

Carys retrocedió y se tomó del armario mientras negaba con la cabeza.

—Eso no es verdad, Madre. Andreus es el que tiene los ataques.

—¿Hay alguna duda de que yo creí que esas eran las señales? Pero me equivoqué y los Xhelozi están llamando. —Su madre suspiró, acomodó la almohada y volvió a recostarse. Sonriente, se cubrió con las mantas de seda—. Cuando quiebres el orbe de Eden, ellos nos destruirán a todos.

Madre aún estaba loca, se dijo Carys a sí misma mientras miraba a la reina cerrar los ojos. Su expresión era serena y se negó a hablar o a mirar a Carys de nuevo, a pesar de sus intentos por despertarla.

Las *palabras* eran una locura. Carys no estaba maldita. Ella había pasado toda la vida protegiendo a su hermano. Le habían dicho que era su deber vigilar que no lo lastimaran. Dos mitades del mismo todo, solo que ella había nacido normal mientras que él no.

—¿La reina despertó, Su Alteza? —preguntó Oben, pero Carys pasó a su lado sin responder y cruzó la puerta.

Maldita.

Sintió escalofríos y se limpió una línea de transpiración de la frente mientras caminaba, rápidamente, a través de los salones. Cada guardia que se cruzaba, cada paso que oía, la hacían apurarse más.

Maldita.

¿Lo estaba?

Su padre y hermano estaban muertos. Su madre estaba loca. Su hermano se había puesto en su contra. Larkin estaba escondida en la oscuridad, debajo del castillo, por temor a perder la vida. Y, pronto, ella comenzaría a perder el control de todo, ya que la necesidad de las botellas rojas comenzaba a sentirse.

La señora Jillian preparó las Lágrimas de Medianoche para la reina. Ella podría preparar más, pero llevaba al menos una semana depurar el brebaje, y la curandera había entregado una tanda a la reina hacía justo unos días. Lo que significaba que no habría nuevas Lágrimas de Medianoche durante días.

La desesperación atrapó a Carys. Tenía que decirle a Andreus antes de que Imogen hiciera su próximo movimiento. Tenía que hacer que él se encontrara con ella.

Fue entonces cuando recordó el plan que tenían y se encaminó de regreso a su habitación para escribir una nota a Andreus rogándole que hablara con ella. Como Larkin estaba en el cuarto secreto detrás del tapiz de la guardería,

Carys pensó en las almenas al amanecer. Nadie desconfiaría de que Andreus estuviera deambulando por las almenas tan temprano y el sonido de los molinos tapería la conversación.

Tenía los ojos pesados y la espalda pegajosa de transpiración para cuando regresó de deslizar la nota debajo del escalón que ella y Andreus habían acordado. El guardia que se encontraba en la puerta dio un paso al frente cuando ella se acercó.

—Discúlpeme por molestarla, Princesa —dijo el joven guardia, mirándole el hombro en lugar de a los ojos—. Pero uno de los dignatarios extranjeros pasó por aquí. Me pidió que le diera esto.

El guardia extendió la mano. En ella tenía una rosa roja con un pergamino y una cinta blanca envuelta en el tallo.

—Gracias. —Ella comenzó a alejarse, luego miró hacia atrás al guardia que había sido su sombra durante los últimos días—. ¿Cuál es tu nombre? —preguntó ella.

—Graylem, Su Alteza. —Él la miró a los ojos.

—Creo que te debo un cuchillo —explicó ella y se dio cuenta de que no tenía idea de dónde estaba el que le había sacado a él.

—No es necesario, Princesa.

—Lo necesario y lo correcto no siempre son la misma cosa. —Ella tembló—. Me aseguraré de que lo tengas lo antes posible.

Giró, volvió a su habitación y cerró con pestillo la puerta. Ahora podía temblar y leer la nota en la flor sin fingir que no estaba transpirando. Con dedos inseguros, Carys desató la cinta blanca y desplegó el pequeño trozo de pergamino.

Espero ansioso que volvamos a bailar. Dígame dónde y cuándo. Errik.

Ella caminó tambaleándose hasta su cuarto y se sentó en el borde de la cama. Si alguien más leía la nota, pensaría que era un coqueteo en lugar de una señal. Lord Errik había llevado a Larkin, de manera segura, a los pasajes y estaba a la espera de que Carys decidiera el próximo movimiento. ¿Por qué? Él era inteligente y atractivo y no tenía motivos para ponerse en riesgo por ayudar a Carys. Lo que significaba que no era de confiar. Luego de años de enseñarse a sí misma a no acercarse ni confiar en nadie, con excepción de Andreus y Larkin, Carys se sentía incapaz de bloquear el deseo de apoyarse en él.

Cualquiera fuera su motivo, él había mantenido a salvo a Larkin. Por ahora. Errik había tenido razón cuando dijo que eso solo duraría hasta cierto punto. Carys tenía que convencer a Andreus de la traición de Imogen. Una vez que él se diera cuenta del complot en su contra, Carys debía poder hacerle entender que Larkin era una mosca inocente en la red de Imogen, o de alguien con quien ella estaba aliada. Porque eran más los que estaban trabajando en esto, aparte de Imogen. No importaba. Ella había conspirado en contra de su padre y su hermano y arreglado la muerte de ambos. Por eso solo, Carys la haría pagar.

Con la flor en la mano, Carys se acostó en la cama. Tenía los ojos pesados, el cuerpo le pedía descansar, pero no podría dormir. Tenía las neuronas aceleradas. El corazón le palpitaba fuerte. Cuanto más trataba de dormir, más se le revolvía el estómago y más se le tensaban los músculos.

La espalda le latía cuando cambiaba de posición. Solo un sorbo de las Lágrimas solucionaría todo. El insomnio. Los dolores en el cuerpo y en el corazón. Solo un trago.

Dio vueltas en la cama, giró, se levantó y caminó, y miró por la ventana a cada rato, esperando que el cielo se aclarara, con miedo de que Andreus no estuviera en las almenas cuando ella llegara. Con más miedo aún de que él se alejara de ella si realmente iba. Si eso pasaba, no estaba segura de lo que haría. El Andreus del baile no era el que ella había conocido en todos estos años. O tal vez sí era. Quizás, ella no lo conocía como creía.

Muchos "tal vez" giraban en su cabeza. Cada músculo en ella se puso tenso. La transpiración le goteaba por la nuca mientras caminaba, de un lado a otro, frente a la ventana y miraba las estrellas moverse en el cielo. Las sombras se movían en las montañas. Unos aullidos suaves a la distancia hicieron que Carys se rodeara con los brazos hasta que el cielo, finalmente, mostró señales de claridad.

Se puso otra de las creaciones de Larkin, de color rojo oscuro. Cuando se deslizó un cepillo por el cabello frente al espejo, la piel blanca en contraste con el color del vestido le recordó el baile de la noche anterior. El rojo contra el blanco. La sangre contra el piso de piedra.

Al envolverse en una capa gris oscuro, Carys divisó la rosa sobre las mantas de la cama y deslizó la flor en uno de los bolsillos del vestido para que quedara junto al estilete. Con una mano sobre el arma en el bolsillo, se dirigió hacia las almenas para encontrarse con su hermano.

O no.

Las almenas estaban vacías. Los molinos rechinaban, latían y golpeaban mientras revolvían el aire. El orbe iluminaba resplandeciente en la torre del este. Había dos guardias cerca del frente de las almenas, mirando a la distancia por si veían señales de disturbios. Ellos la miraron, pero no dijeron nada mientras ella caminó, de una punta a la otra, sobre los muros de piedra y esperó.

Se cerró más la capa para mantener controlados los escalofríos que le subían por la columna, aunque las primeras horas de la mañana estaban calmas. No soplaba ni una brisa; ella contuvo el aliento y miró alrededor de las almenas. Una vez, creyó haber visto algo que se movía en las sombras, pero Andreus nunca apareció. El cielo oscuro se transformó en gris claro. Si su gemelo iba a ir, ya debería haber llegado. Quizás no había revisado el escalón flojo donde ella dejara la nota. Ella se negaba a creer que, más allá de lo que él había hecho o del hambre de poder del trono que tenía, ignoraría una súplica desesperada para que se encontraran y hablaran sobre quién estaba detrás de la muerte de su padre y su hermano.

Carys decidió revisar el escalón para asegurarse de que él no había recibido la nota. Quizás, la había recibido y había dejado una respuesta explicando por qué no podía ir. Carys giró y vio a Imogen en la entrada de la torre del sur. El cabello oscuro de la adivina flameó alrededor de ella cuando se paró sobre las almenas y se dirigió a Carys. Cuando estuvo más cerca, Carys vio un pedazo de pergamino en la mano de Imogen.

—Buenos días, Princesa —gritó Imogen sobre el ruido sordo de los molinos—. Espero que haya tenido una buena noche. Su hermano, sin duda, la tuvo. Cuando lo dejé, estaba durmiendo profundamente, por lo que nunca tuvo oportunidad de encontrar la nota que le dejó. De hecho, él estaba pensando en dejar una para usted, que es como supe que debía revisar debajo del escalón. Me alegra haberlo hecho o se habría quedado aquí sola. ¿Hay algo peor para una dama que quedarse esperando a un hombre? Incluso si ese hombre es su hermano.

Andreus le había contado sobre las notas. ¿De qué más había hablado él? Una ráfaga de viento empujó la capa de Carys.

—Parecería que hablaras desde la experiencia. No sabía que tenías un hermano.

Imogen se acercó más.

—Hay muchas cosas que no sabe de mí, Princesa. Sí, tengo un hermano. No lo he visto desde que vine a Eden a estudiar con los adivinos cuando tenía cinco años. Pero pienso en él todos los días.

—¿A estudiar? —preguntó Carys—. Pensé que eras del Distrito de Acetia. —Y tímida. Todos pensaban que ella era tímida. Pero esta Imogen no era la misma que estuvo al lado de Micah y que se encogía de miedo si él decía algo desagradable. Esta era la Imogen del Salón de las Virtudes con el Libro del Conocimiento en las manos y un plan en los labios. Solo Carys no había visto eso. Se había ocupado demasiado de los élderes y Garret, y solo le había preocupado que su hermano dejara que la pasión rigiera su cabeza. Y esa preocupación, los celos de que él eligiera a Imogen sobre ella, había cegado a Carys la verdad que, ahora, estaba justo frente a ella.

El viento aulló e Imogen, la delicada y frágil Imogen, se mantuvo fuerte como un árbol al gritar:

—Me decepciona, Princesa. Una persona puede decir que es de cualquier parte si no hay nadie que lo contradiga. Mi familia admiraba el poder de los adivinos y la confianza que ellos inspiran. Quisieron que su hija fuera uno de ellos. Y aquí estoy, Adivina de Eden, y pronto, la esposa de Andreus, Rey de Eden, Protector de las Virtudes.

—Mi hermano no cree en tu supuesto poder. —Todo se agitó en su interior—. Él ha pasado toda la vida odiando a la Cofradía y sus adivinos.

—Su hermano dice muchas cosas, pero en el fondo busca aprobación. Él ordenó la muerte de ese niño para obtener el apoyo del Consejo. Él deja de lado su incredulidad de los adivinos para complacerme. —Imogen sonrió—. Dijo que destruyó lo que *usted* necesitaba para soportar las pruebas y, aun así, mientras dormía, encontré esto.

Del bolsillo, Imogen sacó una botella roja de vidrio. Sin pensar, Carys levantó una mano y dio un paso hacia ella. Imogen la tiró hacia atrás con el ceño fruncido.

—Solo puede tenerla, si me da algo a cambio.

Carys no podía quitarle los ojos de encima a la botella en la mano de Imogen. Imogen era el enemigo. Ella había participado en el asesinato de Micah y Padre. Pero el dolor desesperado dentro de Carys tiraba al piso el enojo ante esas verdades. Allí estaba. Carys trató de resistirse. Pero la botella la llamaba. Solo un poco y se sentiría fuerte. Sería capaz de defender a su hermano de esa mujer. Si solo tuviera la botella...

Se odió a sí misma cuando preguntó:

—¿Qué quieres, Imogen?

Imogen miró fijo a la botella roja mientras la giraba en la mano.

—Me enteré de sus problemas cuando llegué aquí. Micah decía que Lord Garret solía molestarlo al decirle que él debía ayudarla a controlar su necesidad de lo que sea que hay dentro de esto. Lord Garret dijo que, si Micah no intercedía, sería la ruina de Eden. —Ella sonrió y Carys tembló cuando el viento se hizo más fuerte a su alrededor—. Creo que me alegra que Micah no haya prestado atención a las advertencias de su amigo o no estaríamos aquí ahora.

—¿*Qué* quieres, Imogen? —repitió Carys, mientras el deseo y el odio luchaban en su interior.

—Quiero a la costurera que ayudó a quien atacó a tu hermano. Estaba aquí, en el castillo, más temprano y ahora los guardias no pueden encontrarla. ¿Dónde está?

—No lo sé. ¿Por qué no revisas las estrellas? —dijo Carys, obligándose a mirar a Imogen a la cara y no a la botella que estaba fuera de alcance.

—No le conviene rechazarme, Alteza. —Imogen dio un paso al frente, acercando la botella—. Cuando Andreus sea

Rey, los tres podemos trabajar juntos para hacer fuerte a Eden.

—¿Trabajar *juntos*? —Todo en su interior se puso rígido cuando Imogen movió la botella, y ahora la tenía de forma más despreocupada frente ella. Solo dos o tres pasos hacia delante y estaría en las manos de Carys—. ¿Cómo trabajaste con mi hermano Micah? Es gracias a ti que está muerto.

Imogen suspiró.

—¡Yo tenía razón! Habló con la costurera. Pero no importa.

—Hiciste que mataran a mi hermano y a mi padre.

Imogen suspiró.

—Me está dando demasiado crédito. Micah es quien mató a su padre. Él pensó que había convencido a la Guardia Real de que se pusiera de su lado. Solo que muchos de los hombres habían recibido una buena paga para tomar el lado opuesto, y atacaron una vez que el rey había caído. Pobre Micah, nunca consideró la posibilidad de su propia muerte. Estoy segura de que se llevó una gran sorpresa cuando su propia guardia le atravesó una espada en la nuca. Pero no hay nadie que pueda decir que tuve algo que ver con eso.

El corazón de Carys latía fuerte. El viento formaba remolinos. La botella la llamaba, aunque la ira se acumulaba y luchaba por salir.

—Estoy yo.

—¿Usted? —Imogen rio—. ¿La princesa adicta a las drogas, que tan desesperada está por ganar el trono que diría cualquier cosa? —Imogen dio otro paso hacia delante.

La botella estaba más cerca aún. A un brazo de distancia.

—¿Cuántas horas han pasado desde que tomó la última dosis, Princesa? ¿Es el viento el que le humedece los ojos y le hace temblar las manos, o es el dolor de no tener este brebaje? Nosotras no tenemos que estar enfrentadas. Usted ha sido mal tratada por todos aquí en el Palacio de los Vientos... incluso su adorado gemelo la ha traicionado.

Otro paso más cerca. Los molinos giraban más rápido, más fuerte, a medida que el viento aullaba.

—No le debes nada a tu hermano, Carys. Déjalo ganar la competencia y hacer de Rey hasta que el *verdadero* gobernante de Eden reclame el trono. Cuando lo haga, puedo ocuparme de que gobiernes a su lado.

Imogen extendió la mano. La botella roja sobre la palma.

—Tu hermano no se preocupa por ti o no te verías como si apenas pudieras mantenerte en pie. Toma la botella, Carys, como una promesa de que trabajaremos juntas.

No. Esto estaba mal. La furia le quemaba aun cuando Carys miraba la botella. Podía tomarla y aún decirle a Andreus lo que ella sabía. No había nada que la detuviera. Pero esto estaba todo mal.

Imogen levantó la mano, la botella quedó frente a los ojos de Carys. Solo a una respiración. Imposible no mirarla.

Espera...

Carys miró hacia abajo y vio el arma, en la otra mano de Imogen, que venía hacia ella.

Carys se tambaleó hacia atrás cuando Imogen embistió; la botella se destrozó en el suelo mientras el cuchillo alcanzaba la capa de Carys. El sonido de la tela gruesa rasgándose bajo el estruendo de los molinos resonó fuerte en los oídos de Carys. Ella se tiró hacia atrás contra la pared de la almena. Imogen salió corriendo, atrapada, luego giró cuando Carys se corrió el cabello de la cara y miró hacia donde debían estar los guardias.

Se habían ido.

El viento soplaba más fuerte.

Imogen se movió hacia delante con el cuchillo apuntando a Carys.

Agitada, Carys buscó los estiletes en el interior del vestido, pero le temblaban las manos y el viento golpeaba la capa que llevaba puesta. No podía encontrar las aberturas. No podía llegar adonde estaban. Saltó hacia un costado cuando Imogen atacó, se le trabó un pie en una piedra y cayó al suelo.

Sintió dolor en las manos y en las rodillas al levantarse rápidamente e intentar de nuevo encontrar los estiletes. ¿Dónde estaban las aberturas de los bolsillos? Miró sobre el hombro. Imogen estaba avanzando otra vez. Carys giró sobre la espalda para sacar el nudo de la capa que limitaba su movimiento.

—Deberías haber tomado la botella, Carys. Podrías haberla bebido toda. Habría sido más fácil de esa manera.

Carys liberó las piernas y se arrodilló cuando Imogen atacó. Bolsillos. Tenía que encontrar…

Ahí.

Deslizó la mano en la abertura de la tela cuando el cuchillo de Imogen golpeó el aire, dando un corte hacia ella.

—¡No! —gritó Carys.

El viento sopló en ráfagas de nuevo, con una fuerza que debería haber derribado a Carys de frente, pero ella luchó para mantenerse sobre las rodillas cuando Imogen perdió el equilibrio. La adivina tambaleó hacia un lado, se tomó de la pared, se enderezó y volvió a arremeter mientras los dedos de Carys se cerraron alrededor del mango de metal del estilete. Imogen atacó contra el viento y el estilete salió de la funda.

El viento golpeó el cabello de Carys sobre sus ojos. Estaba casi ciega cuando lanzó el estilete hacia delante.

Los molinos movían el aire. El corazón se le aceleró en el pecho al correrse la melena espesa de los ojos. El hermoso rostro de Imogen estaba desfigurado por la conmoción y el dolor.

La adivina alcanzó el estilete que tenía clavado en el medio del estómago y cayó al suelo.

—No. —Carys se arrastró hasta Imogen y la miró a los ojos vidriosos—. Dime ahora. ¡Dime lo que sabes! Uno de los élderes está trabajando contigo. ¿Quién es? ¡Tienes que decirme quién es!

—Debería haberlo sabido. —Imogen miró fijo a Carys y, débilmente, tiró del cuchillo—. Las estrellas nunca se equivocan.

Al diablo con las estrellas.

—Dime cuál de los élderes ayudó a asesinar a mi hermano y a mi padre y buscaré a la señora Jillian —le prometió mientras miraba la sangre que salía de la adivina—. Ella te puede curar. ¡Dime!

—El poder. Los vientos. Pensé que era yo, pero eres tú. —Imogen tosió—. Y tú no lo sabes.

—¿Saber qué? —No importaba, se dijo a sí misma—. ¿Quién te está ayudando, Imogen?

—Tu eres el camino oscuro. Tú destruirás la luz con tu poder. —Imogen volvió a toser y una línea de sangre se deslizó de su boca—. Tú destruirás todo.

—¡Imogen! —gritó Carys. No. Aún no—. Imogen no puedes morir. Tienes que decirme quién más está tratando de matar a mi familia.

Pero el pecho de la adivina ya no volvió a moverse. Sus ojos quedaron abiertos, mirando al cielo. La Adivina de Eden estaba muerta.

Y Carys tenía que salir de las almenas antes de que los guardias regresaran y la vieran. Andreus. Él...

Algo salió corriendo de las sombras. Carys tomó el estilete. Los vientos comenzaron a arremolinarse de nuevo, pero la figura no corrió hacia ella. En cambio, se dirigió a toda velocidad hacia la entrada de la torre del este y giró, por un segundo, antes de bajar corriendo las escaleras.

Era el niño. Max. Y Carys sabía hacia dónde iba corriendo. Iba a contarle a Andreus que las manos de su hermana estaban manchadas de sangre.

18

Andreus sonrió ante la nota cuando terminó de vestirse en la habitación de Imogen.

Fui a llamar a los vientos y estudiar las estrellas. No quise despertarte.

Si ella lo hubiera despertado, Andreus seguramente habría intentado convencerla de que había otras cosas para hacer esa mañana en lugar de caminar por las almenas mirando el cielo. Pero él sabía que no habría podido persuadirla por mucho que suplicara. Ella pasaba horas observando los cielos todos los días. En las mañanas en que él trabajaba con los Maestros de la Luz, él podía estar seguro de que la vería en las almenas con los ojos fijos en el cielo. Quizás no era una sorpresa que hubiese encontrado cada vez más motivos para pasar más tiempo trabajando en las líneas. Él la había deseado, entonces, como nunca había deseado nada en la vida.

Ahora ella era suya.

Igual que lo sería el trono.

Él no había querido que su hermano mayor y su padre murieran. Una parte de él temía que su coronación tuviera un dejo de culpa. Pero como le dijo Imogen, cuando él se recostó a su lado, la muerte del rey y de Micah fue provocada por el Reino de Adderton. Una vez que él tuviera la corona en la cabeza, recurriría a los Grandes Lores para que enviaran más hombres para su causa. Así vengarían a su rey caído. Andreus y su ejército aplastarían a Adderton. Él les mostraría a ellos, y a todos los otros reinos, qué ocurre cuando se rompe la confianza con virtud y luz.

Esperaba que su hermana también aprendiera eso. No estaba seguro de cuánto tiempo había pasado desde la última vez que ella había bebido las Lágrimas de Medianoche, pero había sido lo suficiente como para que ahora mostrara señales de la necesidad que sufría su cuerpo. Le estarían doliendo los músculos y tendría calambres en el estómago. Él sabía, por la última vez que ella había estado con abstinencia, que no podría comer. Costó mucho lograr que ella bebiera un té o agua, ya que transpiraba, se sacudía y gritaba por el dolor.

Él recordaba la mirada vidriosa de sus ojos... la agonía. Deseaba que las cosas pudieran ser diferentes. Pero ella había tomado sus decisiones y él tenía que tomar las suyas. Y, en realidad, ¿no estaba ayudando a Carys? Una vez que las pruebas terminaran, ella ya no estaría atada a las drogas que la mantenían en cautiverio. Entonces, ella tendría que tomar otra decisión: quedarse a su lado mientras él gobernaba o ser deportada a otro reino como la esposa de un lord extranjero. Imogen dijo que él tendría que ejercer más presión sobre ella para que lo obedeciera, pero la adivina no conocía a su hermana como él. Ella solo quería libertad para vivir la vida como le parecía mejor. Ellos harían las paces.

Lo cierto era que Carys había cumplido con él toda la vida. Ella lo volvería a hacer porque él era todo lo que ella tenía.

Los gongs resonaron cuando giró la llave para abrir el pestillo. Los mismos gongs que señalaron el regreso del rey o el ataque de los Xhelozi. Solo que no había rey y el sol brillaba, por lo que los gongs no debían estar sonando para nada. Andreus puso la mano en la empuñadura de la espada. Giró y comenzó a caminar hacia los escalones justo cuando Max irrumpió en el salón.

—¡Está muerta! —gritó—. Lady Imogen.

Andreus se quedó tieso.

—¿De qué estás hablando? ¿Oíste a alguien decir eso?

—No, Su Alteza. Yo lo vi. Estuve despierto toda la noche, así podía seguir al hombre parecido al demonio, y vi a la princesa y a Lady Imogen en la cima del castillo. Estaban peleando. La Princesa Carys lanzó un cuchillo.

Las almenas. Donde Imogen dijo que iba a ir para mirar las estrellas. Ella subiría para buscar una visión que lo ayudara.

No. El niño estaba equivocado. Imogen no estaba muerta. Su hermana no podría haber... *no habría...* asesinado a la única mujer que él había amado alguna vez.

Andreus cruzó a los empujones, a sirvientes y miembros de la corte que circulaban por los pasillos confundidos por el sonido de los gongs, corrió a lo largo del castillo y subió unas escaleras que llevaban a las almenas. Los pasos que resonaban detrás de él, le indicaron que Max no estaba muy lejos de él.

Ella no estaría ahí arriba, se dijo a sí mismo al atravesar la puerta a las almenas. Pero se detuvo cuando vio a decenas de personas mirando hacia abajo, a algo sobre el sendero de piedra. El corazón le palpitó fuerte al quedarse quieto, incapaz de moverse.

Élder Ulrich giró su rostro con cicatriz hacia Andreus. Otros lo vieron y lo miraron mientras él estaba allí, sin querer acercarse. Sin querer ver.

Pero, cuando el Jefe Élder Cestrum y Élder Ulrich se hicieron a un lado, Andreus no tuvo opción. Vio el cabello primero. Oscuro, con bucles largos que se movían con la brisa. El cabello que aún podía sentir rozar su pecho cuando ella se inclinó para besarlo.

Se obligó a acercarse. Algunos de los Maestros de la Luz lo miraron con compasión. Los miembros de la corte que habían encontrado la manera de subir murmuraron cuando él llegó al círculo alrededor del cuerpo de la mujer que amaba.

El pecho se le cerró. Todo se adormeció.

Imogen. Su piel, por lo general de un tono bronceado, se veía pálida junto a las manchas de sangre que bajaban de su rostro aún hermoso. Tan bella que parecía imposible que estuviera muerta. Pero el pecho ya no se le expandía con vida, y la sangre acumulada a su alrededor por la herida que tenía en el estómago indicaba, hermosa o no, que Imogen se había ido.

Él luchó por respirar, pero le faltaba el aire. Algo en su interior se rompió y se dejó caer sobre las rodillas, junto al futuro que había soñado. Ella había sido suya. Se suponía que *todo* le habría pertenecido. Si él cerraba los ojos, aún podía oír la voz de la adivina advirtiéndole que él no podía dejar salir el grito que le desgarraba la garganta.

Imogen le había advertido que su hermana buscaría vengarse por lo que él había hecho. Por más enojado que había estado con Carys, él no podía creer que ella haría algo para lastimarlo realmente. Ella había jurado protegerlo siempre.

Dios. ¿Cómo pudo hacer esto?

—Lo lamento, Príncipe Andreus —dijo el Capitán Monteros—. Los guardias no lo vieron, pero recuperamos un cuchillo como el que fue usado por el atacante de ayer. Tengo a hombres buscando en la ciudad y el castillo ahora. Encontraremos al asesino.

—No fue un asesino. —Tenía la garganta tan cerrada que apenas podía hablar.

—¿Qué dijo, Su Alteza? —preguntó Élder Cestrum.

Andreus tragó con dificultad e hizo fuerza para pronunciar las palabras.

—No fue un asesino quien mató a Lady Imogen. Fue mi hermana.

El Capitán Monteros y Élder Cestrum se miraron mientras la gente susurraba alrededor de él.

—Entendemos que esté molesto, Su Alteza —dijo Élder Cestrum, acercándose a él—. Pero no hay señales de que su hermana haya estado aquí. Los guardias nunca la vieron.

—Él sí. —Respirar le quemaba como el fuego. Aun así, Andreus se obligó a levantarse y se dirigió a Max, que estaba en la entrada de la torre. Señaló al niño aterrado y dijo:

—Max me dijo que él estuvo aquí cuando Lady Imogen murió y que fue la mano de mi hermana la que lanzó el cuchillo.

El Capitán Monteros caminó hacia Max.

—Ven aquí, muchacho. —Los ojos de Max estaban bien abiertos y fijos en Andreus cuando se acercó al capitán de la guardia.

—Cuéntame qué viste —le ordenó el capitán.

Max bajó la mirada al suelo y dijo algo que era difícil de oír sobre los golpes de los molinos y los susurros de los espectadores.

—Más fuerte, muchacho —dijo Élder Cestrum, bruscamente.

—Vi a la princesa en el suelo. Lady Imogen estaba por allí. Luego, la princesa sacó uno de sus cuchillos y lo lanzó y Lady Imogen cayó.

El Capitán Monteros volvió a mirar a Élder Cestrum y movió la cabeza.

—Mis guardias nunca informaron haber visto a la Princesa Carys aquí, en las almenas.

—El niño no tiene razón para mentir —gritó Andreus—. Él sabe lo que vio.

—O él sabe lo que cree que se supone que diga. —Lord Garret salió desde la multitud—. Miró hacia abajo, al cuerpo demasiado quieto de Imogen, y movió la cabeza.

—¿Estás tratando de mentiroso al niño? —preguntó Andreus.

—Creo que el *niño* dirá lo que él cree que te ayudará a asegurarte el trono —dijo Garret—. Por lo que sé, él te debe la vida. Quizás, piensa que puede pagar esa deuda al darte el trono.

—No necesito que nadie me *dé* el trono. Me pertenece.

—Tal vez tengas razón —dijo Garret, mirando a Max—. Pero la muerte de Lady Imogen no te ayudará a ganarlo. No estoy seguro de lo que pensó que vio este muchacho, pero la verdad es que yo estuve con tu hermana a primera hora de la mañana.

El noble detrás de Garret dio un suspiro de sorpresa y Andreus miró a Max, que había bajado la mirada hacia la piedra debajo de sus pies.

—Y si bien reconozco tu deseo de justicia, tengo curiosidad —continuó Lord Garret—. ¿Por qué piensas que la Princesa Carys tendría motivos para matar a Lady Imogen?

Andreus miró el cuerpo sin movimiento de la adivina. La ira lo atravesó cuando dijo:

—Carys estaba celosa de ella. Ella odiaba cuánto la amaba mi familia. —Cuánto la amaba *yo*, agregó en silencio—. Capitán Monteros, le ordeno que detenga a mi hermana y la lleve a la Torre del Norte.

Andreus había debilitado a Carys al vaciar cada botella roja que había en el castillo. Él había tomado algo vital para ella y ella le había devuelto el golpe... tal como Imogen había dicho que lo haría. Ahora Carys pagaría.

El Capitán Monteros miró a Élder Cestrum y al resto de los élderes.

—¿Qué están esperando? —gritó Andreus.

Los molinos golpeaban.

El aire giraba.

El cabello de Imogen, su hermoso y reluciente cabello, flameaba en la brisa.

Sintió un tirón en el corazón y le dolía al palpitar más fuerte. Demandaba venganza.

Élder Cestrum suspiró.

—Lo lamento, Su Alteza, pero usted no es el rey. El capitán no puede seguir sus órdenes.

—No tuvo problemas con que él siguiera mis órdenes anoche. —Andreus mantuvo los hombros derechos. La maldición tiraba de él. La quemazón en el pecho hacía que él quisiera doblarse, pero se negaba a rendirse. Nadie lo veía. Carys no ganaría.

Élder Jacobs dio un paso al frente.

—La palabra de un lord que ha prestado juramento al rey pesa más en nuestras leyes que la de un plebeyo que podría estar incentivado a decir lo que cree que le dará algún beneficio. Aquel que busca ser Rey debería entender eso. El capitán y la guardia buscarán al verdadero agresor. Mientras tanto, Lady Imogen será llevada a la capilla y honrada como su servicio al reino lo requiere.

Élder Cestrum y Élder Ulrich giraron hacia el Capitán Monteros. El dignatario extranjero de Carys desapareció y se dirigió hacia una de las salidas del norte. Los nobles reunidos murmuraban entre ellos como si estuviese decidido. Nada estaba decidido. Él iba a ser Rey y ellos escucharían sus órdenes.

—Esperen… —Tenía la garganta demasiado tensa como para que las palabras salieran con fuerza. Tenía que salir de allí. Tenía que relajarse, así los síntomas de la maldición desaparecerían. Pero no se animaba a dejarla.

—Admiro su compromiso con la mujer que iba a casarse con su hermano, Su Alteza. —Élder Jacobs se paró junto a él y bajó el tono de voz, similar al sonido de una serpiente—. Pero creo que muchos comenzarán a preguntarse si tiene otros motivos para exigir la justicia que busca. Motivos más… íntimos, que no se verían tan correctos si se dieran a conocer.

Andreus levantó los ojos del rostro de Imogen y miró al Élder.

—Eso suena a amenaza.

—No, Su Alteza. Es una advertencia de alguien a quien le gustaría ver que suba al trono con fuerza. Y yo sería un pésimo aliado si no mencionara que, si su… "relación" con Lady Imogen sale a la luz, no pasará mucho tiempo para que comiencen las especulaciones acerca de si usted estuvo involucrado en la muerte de su hermano.

—Yo no tuve nada…

—Claro que no, Su Alteza. Pero hay quienes verían su relación como una señal de falta de respeto hacia el príncipe heredero, y su deseo de castigar a su hermana como un indicio de que ya no quiere tener que competir por el trono. —Élder Jacobs miró a Lord Garret, que estaba hablando con Élder Cestrum, luego volvió a Andreus—. La próxima prueba es al anochecer. Si es venganza lo que desea, habrá oportunidades para que pueda tomarla entonces.

Élder Jacobs mantuvo la mirada por un segundo… dos… tres. Luego se dio vuelta y caminó hacia el cuerpo de

Imogen. Todo en el interior de Andreus le dolía por ella. Él quería arrodillarse en la piedra al lado de ella y tomar el cuerpo entre sus brazos, para darle calor contra el viento frío y los copos de nieve que comenzaban a caer desde el cielo.

Pero se le estaba haciendo cada vez más difícil tomar aire. Se le adormeció el brazo izquierdo. El ataque iba empeorando.

Élder Cestrum lo veía.

Andreus perdería el trono y la oportunidad de ver a su hermana pagar por lo que ella le había arrebatado.

Así que se obligó a darle la espalda al cuerpo de Imogen, hizo una seña a Max para que lo siguiera, luego volvió sobre sus pasos, cada uno más difícil de dar que el anterior, hacia las escaleras que bajaban al castillo. La presión crecía en su pecho. Cuando llegó a las escaleras, bajó varios escalones, para asegurarse de quedar fuera de la vista, antes de inclinar la cabeza contra la pared fría. Las lágrimas aumentaban, presionándole la garganta. Golpeó el puño contra la pared cuando el corazón le dio un tirón más fuerte buscando liberarse.

—Príncipe Andreus, ¿se siente bien?

No. El ataque estaba empeorando. Y, aunque confiaba en la lealtad de Max, no podía dejar que el niño lo viera agonizar.

—Señor, no se ve bien. ¿Tal vez, debería sentarse?

Andreus se alejó de la pared y le dijo a Max:

—Estoy bien, solo molesto. —Le retumbaban los oídos. Dio un paso hacia delante… luego, todo se oscureció.

La cara de Max flotaba frente a él. Los ojos llenos de temor del niño se abrieron cuando vio que Andreus se movió. De inmediato, el niño se apresuró para ayudar a Andreus a sentarse.

—Su Alteza, ¿se encuentra bien? Quería ir a buscar a la señora Jillian, pero no quise dejarlo solo.

Fue ahí que Andreus vio el pequeño cuchillo en la mano de Max y el rincón en el que estaba tendido. No podía haber estado inconsciente por más de unos minutos, pero el niño lo había llevado a ese espacio protegido y estaba preparado para defenderlo contra cualquier agresor.

Andreus le tocó la cabeza a Max. Ese niño era especial. Tenía el alma formada por las siete virtudes y Andreus tenía que protegerlo; tenía que ver venir el peligro y enfrentarlo, de la manera en que su hermana...

De la manera en que él no pudo hacerlo por Imogen.

Ella querría que él se ocupara del niño. Él le debía eso.

—Max, hay algo que tengo que decirte. Hasta que las pruebas se terminen es mejor que cualquiera cercano a mí se mantenga fuera de la vista. Una vez que gane el trono, todo volverá a la normalidad. ¿Entiendes?

Max movió la cabeza de arriba abajo.

—Sí. Yo...

—Bien. Ahora, vete.

Max se inclinó, comenzó a bajar las escaleras, luego se dio vuelta.

—Ya no quiero trabajar en los molinos. —Dicho eso, salió corriendo.

Andreus puso la mano en la pared y respiró de manera constante, para intentar bajar el ritmo cardíaco y ayudar a que el ataque se calmara. Dio pasos lentos mientras los músculos tensionados latían, pero no tan fuerte. El ataque estaba pasando. Mientras descansara, podría lograr que desapareciera completamente.

El deseo de irrumpir en el castillo, buscar a su hermana, y ponerle las manos alrededor del cuello era fuerte. Podía saborear la necesidad de venganza. Pero se obligó a caminar lento y respirar cada vez más profundo, aunque la frustración ante el ritmo pausado era cada vez mayor.

El pecho aún le dolía, pero dejar de respirar le quemaba para cuando llegó al pasillo. Miró la puerta de su habitación, luego dio pasos largos por el salón, pasando al guardia de turno, y golpeó en la entrada de la habitación de su hermana.

Como ella no respondió, él gritó su nombre y le exigió que lo enfrentara. Élder Jacobs quería que Andreus esperara antes de hacer pagar a Carys por el delito que había cometido, pero Élder Jacobs no había amado a la mujer que Carys había derribado.

—¡Carys!

La puerta se abrió, pero en lugar de Carys o su sirvienta, el irritante lord extranjero se paró en el umbral. ¿Era Lord Errik? Tenía en las manos la empuñadura de la espada, con la punta apoyada en el suelo entre sus pies.

—Muévase del camino. —Andreus alcanzó su propia espada.

El lord negó con la cabeza, sin alterarse, pero aseguró la mano sobre la empuñadura.

—La princesa no desea que la molesten. Necesita descansar. Hay algún tipo de evento importante planeado para esta noche. Creo que habrá oído sobre él.

La furia se apoderó de él.

—¡Soy el heredero del trono de Eden! Le ordeno que me deje pasar.

Lord Errik levantó una ceja.

—Eso le sale bien. Cuando se convierta en Rey, si lo hace, le aseguro que lo obedeceré como corresponde. Hasta entonces, Su Alteza, me quedaré justo aquí.

Él deseaba sacar el arma.

—¿Se atreve a burlarse de mí?

—Me atrevo a muchas cosas que mi familia desearía que no —dijo el lord, con la voz calma pero el cuerpo tenso, agazapado, listo para atacar.

—Su familia lo lamentará cuando sea Rey y haga que pague por esta falta de respeto.

—Mi familia podría no estar de acuerdo con su valoración. Pero yo, sin dudas, lo lamentaría. Igual que lamento que haya sufrido tantas pérdidas esta semana.

¿Se refería a Imogen? Andreus sacó la espada.

—¿Cree que me importa su compasión?

—En lo más mínimo. —El lord cambió el peso del cuerpo y tomó la espada de manera eficaz y relajada que, a pesar de la ira, hizo que Andreus se detuviera—. Sin embargo, se la ofrezco, al igual que esto: sé más sobre Lady Imogen y su interés en el Palacio de los Vientos de lo que usted o cualquiera de su familia sabe. Ella no es lo que usted pensaba que era.

Andreus levantó el arma.

—No me hable de ella. ¿Cómo un Líder de Comercio de Chinera sabe más sobre la adivina de Eden que aquellos que realmente la conocieron?

—Un Líder de Comercio chineriano no sabría nada. Pero yo sí. No me haga derribarlo por alguien tan insignificante como ella.

Andreus movió el agarre de la espada. Las manos le transpiraban. El pecho aún le dolía. Quería matar al lord arrogante que estaba frente a él. Él había elegido el lado de su hermana. ¿Por qué? Ella no era atractiva. Era rechazada por casi todos los que se cruzaban en su camino. ¿Qué le había prometido? Andreus se preguntaba. Ella debió haberle prometido algo. ¿A cuántos otros dignatarios ella también le había dado garantías para asegurarse su apoyo?

Lo que fuera que les ofreció no tendría sentido cuando las pruebas terminaran. Y entonces… *entonces*, él le enseñaría a este lord nacido en el extranjero a ser cauteloso con los nombres que pronunciaba.

—Muy bien —dijo Andreus, deslizando la espada en la funda—. Dejaré que mi hermana *descanse*, como lo llama usted. Pero déjele un mensaje de mi parte, ¿lo hará?

—Por supuesto, Su Alteza. —El lord se inclinó, pero nunca retiró la mirada de Andreus.

Andreus miró por encima del lord, hacia las puertas del cuarto de Carys.

—Dígale a mi hermana que la estaré esperando en las almenas esta noche. Planeo resolver este asunto allí, para siempre.

Andreus se vistió con cuidado con pantalones negros y botas y una camisa de color amarillo oscuro que Imogen habría admirado. Ella quería que cada centímetro de él se viera como el rey que ella creía que sería. En el bolsillo de la capa negra tenía un bucle del cabello de Imogen atado con una cinta blanca. Ella se veía tan pacífica en el estrado de la capilla, casi como cuando dormía a su lado. Verla de esa manera, conservar una parte de ella durante esta prueba, le daría la fuerza para hacer lo que necesitaba.

Élder Cestrum, Lord Garret, y varios de los Maestros estaban en las almenas cuando Andreus salió del hueco de la escalera al aire frío. No pudo evitar mirar la mancha con la sangre de Imogen. Luego, corriendo la mirada del lugar donde ella perdió la vida, Andreus miró al frente de las almenas que daba a la ciudad. Allí, Élder Cestrum se encontraba entre dos plataformas. Una era amarilla; la otra, azul. Ninguna de ellas existía cuando Andreus estuvo allí más temprano. Cada una tenía sogas atadas que se extendían hacia arriba y sobre los muros blancos del castillo.

Andreus dio pasos largos sobre la piedra, acompañado del sonido de los molinos que siempre había amado. El Jefe

Élder giró hacia él cuando los Maestros fueron de prisa a revisar algunos cables y conos de metal que él no había visto antes. Eran usados para expandir el sonido de los gongs a lo largo del castillo y a la base de los escalones de la ciudad, para advertir sobre un ataque de Xhelozis. Los Maestros habían mejorado el diseño de los imanes, cables y bobinas, que eran impulsados por el viento, durante la última década. Andreus había estado dibujando algunas nuevas mejoras él mismo, pero nunca las había considerado una tarea tan importante como las luces alimentadas por la energía del viento.

—Príncipe Andreus. —Élder Cestrum se acomodó la barba blanca en punta cuando Andreus se acercó—. Confío en que se haya recuperado del difícil momento de esta mañana.

¿Recuperado? ¿De perder a Imogen? Élder Cestrum también sentiría su espada cuanto todo terminara.

—Estoy listo para cumplir con mi deber y participar en la próxima prueba.

—En cuanto llegue la princesa… —Élder Cestrum cambió el punto de atención—. Ah, allí está. Cuando los Maestros me digan que están listos, podemos comenzar.

Andreus se movió para mirar a su hermana, que estaba caminando lentamente, con el lord extranjero a su lado. Tenía el cabello hacia atrás y la piel más pálida de lo normal. Incluso desde allí, Andreus podía ver que tenía los ojos vidriosos y el dolor que le provocaba cada paso. Las Lágrimas de Medianoche de su madre contenían el dolor. Así que, quizás, no era una sorpresa que un cuerpo acostumbrado a no sentir nada por tanto tiempo, interpretara cada paso como algo lleno de agonía.

A pesar de tener el mentón hacia arriba y la espalda derecha, Andreus veía que su gemela estaba sufriendo. Él volvió a mirar la mancha oscura de sangre en la piedra, y cualquier resto de culpa que le quedaba desapareció. Imogen debía haber sufrido antes de morir. Estaba bien que su hermana también lo hiciera.

Cuando ella lo llamó, él giró y se dirigió hacia las plataformas. No dejaría que ella lo manipulara con sus palabras poco confiables. Ya había tomado una decisión. Esto terminaría. E iba a terminar hoy.

Élder Cestrum llamó, con un gesto, a ambos.

—Esta prueba va a evaluar dos tipos de fuerza: la habilidad de inspirar a su pueblo para que los sigan, y la fuerza física que se requiere para liderarlos en tiempos de lucha. Cada uno se parará en la plataforma designada e inspirará al pueblo, en la ciudad de abajo, con sus palabras. Cuando terminen los discursos y se otorgue un punto al que el pueblo haya demostrado más afecto, sonará un gong que indicará que es hora de usar las escaleras de soga para descender por el muro hasta los escalones de abajo. El ganador será el que primero llegue a la base.

Andreus se puso rígido.

—No puede esperar que el príncipe y la princesa de Eden desciendan el muro —gritó el lord extranjero al acercarse a Carys—. Ellos podrían morir.

El muro tenía más de doce metros de altura. La nieve caía intensa. La oscuridad pronto los cubriría, y la maldición podría aparecer cuando él estuviera demasiado alto como para conseguir algo que lo ayudara. Y luego, sí. Podría soltarse y morir sobre la piedra de abajo. Pero también podría Carys.

—Cada día, un monarca gobierna en un trono que está lleno de riesgos —dijo Élder Cestrum con una sonrisa—. Mi sobrino me asegura que él podría descender sin caerse. Por supuesto, si el príncipe o la princesa quieren negarse, pueden dejar sin efecto las pruebas…

Y Garret terminaría en el trono.

Andreus subió a su plataforma, giró hacia su hermana, y dijo:

—Estoy feliz de probar que soy el hijo de mi padre. Haré lo que sea necesario para ganar y mantener mi trono.

—¡Usted no puede! —el lord extranjero gritó a Carys por sobre los golpes de los molinos.

Carys miró fijo a Andreus por varios segundos, y dijo:

—No tengo opción.

—Muy bien. —Élder Cestrum miró a los Maestros que estaban junto a la plataforma azul—. ¿Están listos?

Los Maestros asintieron.

—Bien. Entonces, Príncipe Andreus y Princesa Carys, les pido que ocupen sus lugares. El Príncipe Andreus hablará cuando suene el primer gong. Una vez que termine, comenzará la Princesa Carys. Dos gongs indicarán el comienzo de la parte física de la prueba. Todos nosotros, en el Consejo, estaremos mirando desde abajo. Les deseo la mejor de las suertes.

Dicho eso, Élder Cestrum se dirigió a las escaleras. Lord Garret se detuvo, se inclinó y le susurró algo en el oído a Carys, luego se movió hacia atrás.

Andreus se acercó más a las almenas y pudo oír el sonido de la multitud, que había estado tapado por el ruido de los molinos. La plaza debajo de los escalones estaba llena de gente, al igual que las calles y los techos. Lanzaron una ovación cuando divisaron el rostro de él, lo que lo ayudó a apaciguar los nervios que sintió al subir los cuatro escalones hacia la cima de la plataforma amarilla.

Le tembló el estómago cuando se oyó otra ovación y él miro la escalera de soga que estaba atada a una barra de hierro en el medio de la plataforma y luego desaparecía sobre las almenas. Que era, exactamente, lo que tendría que usar. Él estaba acostumbrado a mirar hacia abajo desde la altura del muro, pero *descender*... El Consejo tenía razón sobre una cosa: se necesitaría mucha fuerza para superar el miedo de pararse sobre el borde y, aún más determinación, para llegar al suelo con la temperatura que estaba bajando y la nieve que caía sobre ellos.

Miró a su hermana, que estaba luchando por aflojarse la capa. Lord Errik se acercó para ayudarla, pero ella movió la cabeza. La capa finalmente cayó y Andreus la miró fijamente, con sorpresa.

Su hermana se había puesto pantalones. Negros y apretados, una prenda por la que su padre la habría mandado azotar si ella hubiera aparecido con eso mientras él estaba vivo. Tenía puesta una túnica blanca con magas que colgaba debajo del cinturón negro que tenía en las caderas, del que colgaban ambos estiletes de plata. Pero fue el chaleco ajustado, mitad azul oscuro y mitad amarillo, lo que provocó la mayor sorpresa. No solo su color, sino los dos colores. Los colores de todos los de Eden.

Ella rechazó todo tipo de ayuda de su amigo extranjero y caminó rígidamente a la plataforma, respiró profundo y, de a un escalón a la vez, llegó a la cima.

A pesar del frío, ella estaba transpirando. Y, cuando lo miró y le sostuvo la mirada, él pudo ver en sus ojos el dolor que la inundaba, mientras ella gritaba su nombre.

—Pagarás por lo que has hecho —dijo él, cuando el Maestro caminó de prisa alrededor de la plataforma, para revisar el sistema que trasladaría las voces de él y de su hermana, amplificando el sonido para que todos pudieran oír.

—Imogen mandó a matar a Micah y a Padre —gritó su hermana—. Te dejé una nota pidiéndote que nos juntáramos, así podía contarte lo que había averiguado, solo que ella vino en tu lugar.

—Puedes decir lo que quieras. Ya no está aquí para defenderse. Gracias a ti.

Un gong sonó, interrumpiendo cualquier otra cosa que su hermana hubiera intentado decir para convencerlo. Había que culpar a Adderton por la muerte de Micah y su padre. Si Carys pensaba que sus historias absurdas endurecerían su corazón hacia Imogen, estaba equivocada.

Rehusándose a mirar a su hermana, Andreus se acercó más al borde de las almenas para poder mirar a la gente que estaba abajo.

Andreus respiró profundo y se inclinó, así sus palabras viajarían por el cono de hierro que los Maestros habían colgado sobre la plataforma. Luego, con las palabras de Imogen sobre lo que un rey debía ser resonándole en la memoria, dijo:

—Durante años, he trabajado junto a los Maestros de la Luz en estos muros. Elegí estudiar los molinos y la energía que ellos producen porque quería ayudar a mantener a salvo a la Ciudad de los Jardines. Y eso es lo que quiero hacer como rey: mantener a salvo a Eden. Guiaré a los Maestros en nuevas maneras de mantener alejados a los Xhelozi. Insistiré a la guardia para que traten de localizar sus guaridas durante el verano y destruyan cada una de ellas, hasta que ya no haya nada que temer en las montañas. Y con la ayuda de los siete Grandes Lores y las virtudes que representan sus distritos, me ocuparé de que ganemos la guerra con Adderton. El orbe de Eden brillará más resplandeciente que antes, como un símbolo para todos los reinos de lo que se puede lograr cuando se acatan las siete virtudes y el pueblo camina en la luz.

Se oyó una ovación desde abajo. Él estaba lleno de orgullo.

El pueblo era suyo. Siempre fue así. Y así sería. Él se sentaría en el Trono de la Luz para cuando cayera la noche.

19

Carys esperó a que su hermano la mirara. Ella necesitaba otra oportunidad para explicarle, para advertirle en caso de que algo le ocurriera, pero él mantuvo los ojos hacia delante, y ella supo, mientras trataba de controlar las lágrimas, que una cosa era cierta: lo había perdido. Los pensamientos venenosos de Imogen se habían arraigado en la mente de Andreus. Y su muerte había asegurado que se fortalecieran.

Dios.

El dolor en su corazón reflejaba el de su cuerpo. Cada músculo gritaba por una necesidad que ella no podía satisfacer. Se secó las palmas húmedas de las manos en los pantalones que Larkin había creado y entregado junto con el vestido de gala la noche anterior. Según Errik, Larkin dijo que había confeccionado el atuendo como una expresión de su fe en Carys. Era la manera que tenía Larkin de demostrar que creía que Carys era tan buena como cualquier príncipe o rey.

Solo la necesidad desesperada de advertir a su hermano, la confianza de Larkin y Errik en su habilidad, y el té de corteza de sauce que Juliette la había animado a beber, le dieron a Carys la fuerza para salir de la cama mojada de transpiración, donde las pesadillas la acosaban cada vez que cerraba los ojos. Su rostro ensangrentado e irreconocible. Su hermano con la espada en alto. Un ciclón, como el que se produjo cuando ella tenía doce años, bajando de las montañas, devastando todo a su paso. Preparado para destruirla.

Errik no hizo preguntas sobre su *malestar* y se negó a dejar su puesto en el solar de ella, a pesar de que le ordenó que se fuera. Él no le dijo nada sobre su hermano, aunque ella escuchó la voz de Andreus gritando desde el cuarto de al lado.

Imogen.

Se había llevado el secreto de la identidad de su cómplice a la tumba y, en la muerte, se había convertido en la persona de la que dependía Carys en su contra.

El viento giraba a su alrededor. Ella se encogió de dolor. Podía jurar que lo oyó llamarla, lo que era imposible. Era el malestar por la abstinencia que la hacía creer que el viento susurraba... pidiéndole que se liberara.

—Princesa Carys —dijo uno de los Maestros cerca de la plataforma—. Es su turno de hablar.

Ella se acercó al borde de la plataforma, al umbral de las almenas, y el estómago le dio vueltas cuando miró hacia abajo. Así que levantó la mirada y mantuvo los ojos en su hermano mientras pensaba qué decir. Se suponía que debía hablarle al pueblo. Y lo haría. Pero fue la expresión inmutable del rostro de su hermano y el amor que la había llevado a protegerlo todos esos años lo que arrancó las primeras palabras de su boca.

—Siempre he intentado ser fuerte. Hice lo mejor que pude para mantenerme a tu lado en mi camino... el único camino que conozco. ¿Soy perfecta? —Ella rio—. Dios, no. No hay nadie en este reino que me creería si dijera que lo soy. He dicho las cosas equivocadas, perturbé a personas con mis elecciones, y, muchas veces, me consideraron... desagradable. La única cosa que he hecho bien en mi vida es amarte.

Las lágrimas aumentaron. Las piernas le temblaron. El viento soplaba.

—Nunca seré perfecta. Cometeré errores igual que los has cometido tú. Si me das una oportunidad y crees en mí, aprenderé de ellos. Nuestros planes, de esta manera en que vivimos, no se pueden sostener. Nos esforzamos demasiado en nuestros lugares predeterminados, en nuestros roles prescritos. Queremos más. Nos merecemos más. Deberíamos ser más libres para elegir el camino que queremos.

"El deseo de libertad, para hablar, para vivir, para sentir como elijo, es quizás lo que me ha hecho quien soy. Nos ha hecho lo que somos. Pero sin importar lo que *somos*, sueño con lo que podemos llegar a ser. Cuando esta prueba termine, todo lo que sé con seguridad es que se supone que yo esté a tu lado. Es mi destino estar frente a ti, protegerte cuando llegue la oscuridad. Mi vida ha estado entregada a ti desde el día en que nací, y no importa lo que decidas, yo *estaré* aquí para ti. Yo alcanzaré contigo esa mejor manera, para la libertad, una libertad que podemos compartir, hasta el día en que yo muera.

Sus hombros se quejaron cuando los enderezó. Luego, se animó a mirar hacia abajo, a la masa de gente que estaba en silencio y se dio cuenta de que sus palabras, todas las frases que acababa de decir a su hermano, también les pertenecían a ellos. *Ellos* eran las personas que se paraban frente a los lores cuando comenzaba una batalla. *Ellos* eran los azotados mientras que los de más arriba eran liberados. Ella los comprendía. Ella *era* ellos. Ahora quería que ellos la comprendieran.

—No importa cómo terminen estas pruebas, mi corazón es tuyo. Mi vida te pertenece. Yo soy la Princesa

Carys… hija de Ulron… Protector de las Virtudes y Guardián de la Luz. Él puede haberse ido, pero el compromiso de su sangre sigue siendo el mismo. Tienes mi palabra. —Ella dio una mirada a su hermano—. Aunque me hagan a un lado o me derriben, no importa lo ensangrentada o golpeada que pueda estar, me levantaré y volveré a pelar. Porque estaré peleando por ti.

Su hermano miraba directo hacia delante. Nadie ni nada por debajo de las almenas parecía moverse. Era como si todo estuviese congelado en el tiempo. Entonces, Carys vio banderas azules en el centro de la plaza principal, llena de gente, que se levantaban por ella. Luego más. Azul cerca del frente de la plaza. Azul entre las personas alineadas en las calles que serpenteaban a lo largo de la ciudad.

Ella parpadeó para controlar las lágrimas que le nublaban la visión, mientras las banderas azules comenzaron a agitarse y lo que sonaba como su nombre flotaba en el viento. Más fuerte. Luego más fuerte aún, indicándole que ellos habían escuchado la verdad de sus palabras.

Sintió un calambre en el estómago. Cada paso que dio hizo que los músculos lloraran, pero, a pesar de las ganas que tenía de hundirse en el suelo, ella pelearía… por el alma de su hermano, por su pueblo.

Miro a su hermano cuando sonó la siguiente tanda de gongs. Él no se molestó en mirarla al moverse hacia el borde de la plataforma, arrodillarse, y tomar la punta de la escalera de cáñamo entre sus manos. La alcanzó con el pie, encontró un punto de apoyo y se movió al revés sobre la cima del muro. Con el próximo movimiento, las piernas le quedaron sobre las almenas.

La gente de abajo aclamó. Luego, solo la cabeza quedó visible. Finalmente, Andreus le dio una mirada. Había odio en ella. No solo desconfianza. No solo traición. Odio. Como si ella fuera la maldición que él había esperado matar toda su vida.

Luego, se fue y Carys debía seguirlo.

Tragó saliva con un gusto metálico en la boca, se movió lentamente hacia delante y, con cuidado, bajó sobre las rodillas. La escalera trenzada de cáñamo era angosta y se movía de atrás hacia adelante con el viento. Una nieve ligera caía sobre la plataforma junto a ella, mientras ella temblaba de frío y terror.

Tenía miedo. Nunca antes en su vida había sentido este tipo de miedo tan brutal. Las palmas le transpiraban, tenía el cuerpo débil y miles de metros entre ella y el suelo. Era probable que ella no sobreviviera a esa prueba. Pero tenía una posibilidad de hacerlo. Y dependía de cómo se convencía de secarse la humedad de las manos y agarrar la escalera como su hermano ya lo había hecho.

Las ráfagas de viento le soplaban nieve a la cara y le tiraban del cabello. El corazón le latía fuerte y rápido contra el pecho. Esto era igual a jugar en las escaleras de los establos, se dijo a sí misma, intentando olvidar que se había caído de esas escaleras cuando tenía siete años y se había roto el brazo, al caer desde dos metros de altura.

Probó el agarre, luego lo probó otra vez, antes de ir de espalda hacia el borde de las almenas. Apretando los dientes, deslizó una pierna sobre el borde para buscar un punto de apoyo.

Una ovación flotó desde abajo cuando ella encontró uno, contuvo la respiración, e hizo fuerza para pasar el otro pie sobre el borde. La plataforma angosta se sacudió cuando una ráfaga de viento helado dio un tirón a la soga de cáñamo. Se sujetó fuerte y se inclinó contra el muro, aunque sabía que tenía que moverse. Cuanto más tiempo estuviera sobre la soga, más débiles se volverían sus músculos doloridos. El miedo la empujaba a ir despacio, pero ella sabía que eso la mataría. Así que usó el miedo y el sonido de la sangre que le palpitaba en los oídos para impulsarse hacia el otro lado del borde.

Buscó con el pie el próximo peldaño y encontró aire. Cerró fuerte los ojos y apretó los dedos tanto que el cáñamo le pinchó la carne cuando no sintió nada debajo de ella. La soga tenía que estar ahí.

Sí. La transpiración le corría por la nuca cuando encontró el peldaño y deslizó el pie sobre él.

No pienses, se dijo a sí misma. Solo baja y no te detengas.

De frente al muro blanco que ella siempre había odiado, apretó los dientes por el dolor en los brazos cuando movió el pie y bajó la escalera. Un peldaño. Dos. Sin mirar hacia abajo. Sin dejar pasar más que unos pocos segundos antes de buscar el próximo, o el nudo helado que tenía en el estómago la superaría y ella no sería capaz de moverse para nada.

Un pie en el próximo peldaño. Mover una mano. El próximo pie. Luego la otra mano, sujetándose más fuerte cuando no podía encontrar el próximo punto de apoyo por varios segundos. Los peldaños no estaban espaciados a la misma distancia. Algunos estaban más alejados. Otros más juntos. Cada vez que encontraba un peldaño con el pie, suspiraba de alivio antes que las entrañas se le volvieran a contraer de miedo.

La nieve caía más fuerte. El viento soplaba, congelándole los dedos y haciendo cada vez más difícil sostenerse de la soga trenzada. Los brazos le temblaron al bajar otro peldaño. Sintió un calambre en las pantorrillas y Carys se mordió el labio ante la nueva ola de dolor. Que los Dioses la ayudaran. Su cuerpo no sería capaz de resistir mucho más. Tenía que ir más rápido.

Encontró el próximo peldaño. Luego el próximo, y la multitud aclamaba.

Los gritos sonaban más fuerte que antes. Debía estar acercándose.

Carys envolvió un brazo alrededor de la soga para dar un descanso a sus dedos raspados y congelados y se animó a dar una mirada hacia abajo. Aún le faltaba más de la mitad. Miró a su lado y pudo ver a Andreus unos metros más abajo. La escalera de él colgaba a una distancia de dos brazos de la de ella. Él se tocaba una pierna. ¿Los músculos se le pusieron tensos por el frío? ¿O era algo peor?

Si él tenía un ataque ahí arriba…

Carys se secó la humedad de una mano en la manga de la túnica, agarró la escalera tan fuerte como pudo, y continuó descendiendo, decidida a alcanzar a su hermano. Él podía odiarla, pero odiaría más la idea de caer hacia la muerte.

Ella descendió dos peldaños más. Luego, dos más, flexionando los dedos cada vez para asegurarse de que aún podía aguantar. Ignoró los espasmos de los brazos y el dolor que le pinchaba la espalda. Apoyó la cabeza contra el cáñamo áspero y ahogó un gemido cuando un temblor le sacudió el cuerpo, haciendo que se moviera la escalera.

Continúa. Ella tenía que continuar.

Carys bajo hacia otro peldaño. Debajo de ella, Andreus parecía no moverse.

—¡Dreus! —gritó ella, parpadeando contra la nieve—. ¿Estás bien?

Cerró los dedos alrededor del próximo peldaño. Dio un paso hacia abajo, luego otro hasta que estuvo a la altura de su hermano.

—¡Andreus! ¿Qué ocurre?

Su hermano la miró.

—Mi bota. No la puedo liberar.

Atascado, a cuatro metros de la piedra de abajo. Sus propios dedos apenas se movían. Los suyos debían ser más fuertes, pero el frío, con el correr del tiempo, haría que él se soltara.

Desde allí, ella no podía ver bien la bota para saber cuál era el problema, así que apretó la mandíbula y se obligó a bajar varios metros. Entrecerró los ojos por la nieve que soplaba y divisó el problema. Un pedazo de cáñamo se había soltado de la trenza y se había enredado con los cordones de la bota.

—Voy a liberarte.

—¿Qué? —gritó él.

Ella rodeó con el antebrazo derecho la escalera y sacó el estilete del cinturón con la mano izquierda.

—No te muevas —gritó ella.

Oh Dios. Tragó con dificultad y se inclinó hacia la izquierda, alejándose de su propia escalera para poder alcanzar la de Andreus. Se resbaló con el pie izquierdo y sintió un sacudón en el estómago; se abrazó a la escalera y volvió a pisar.

Cerró los ojos, respiró profundo y se ordenó a ella misma volver a intentarlo.

Tragó con dificultad, cambió el peso y volvió a inclinarse hacia su hermano de nuevo. Caía nieve. El aire estaba quieto cuando ella contuvo la respiración e intentó alcanzar la soga que estaba impidiendo que su hermano continuara bajando.

—¿Puedes moverte? —gritó ella.

—¿Qué? —respondió él.

—Aleja el pie de la escalera así puedo cortar la soga que te retiene.

Él la miró por un largo segundo, luego asintió lentamente con la cabeza mientras ella se animaba a inclinarse un poco más. Le temblaban los brazos. La transpiración le corría por la espalda mientras temblaba y se decía a sí misma que no se preocupara. Ella podía hacerlo. Ella liberaría a su hermano y continuaría los metros que le quedaban hasta la superficie de la planicie.

Andreus alejó el pie de la soga y la escalera comenzó a balancearse.

—Otra vez —gritó ella, midiendo la distancia y el ángulo como lo haría con un blanco al que quería acertar con su cuchillo. Andreus siguió la orden. El movimiento movió la escalera unos centímetros más cerca de ella. Luego otro al balancearse en el muro.

Carys podía oír los murmullos de sorpresa de la multitud. El corazón le palpitaba mientras el cáñamo áspero se metía por la tela de la túnica y llegaba a su brazo, que comenzaba a debilitarse más. Si ella no quería caerse, necesitaba de ambas manos para sostenerse.

Midió el movimiento de la escalera cuando Andreus alejó la bota de nuevo y cortó con el cuchillo, sabiendo que era el único tiro que tenía.

El cuchillo cortó la soga, pero no lo suficiente. Aún estaba agarrada a la bota de Andreus como ella agarraba su propia escalera con toda la fuerza.

Por el rabillo del ojo, vio que su hermano volvía a alejar la bota, intentando romper la soga que lo sujetaba. Oyó que él gritaba algo. Luego, de reojo, vio la bota de su hermano un segundo antes de que le golpeara la mano.

Ella se soltó.

El estilete se le cayó de la mano.

Los pies resbalaron y, de pronto, no había nada debajo de ella.

Ella quedó colgando de la soga por el antebrazo y, desesperadamente, alcanzó un peldaño con la mano izquierda cuando recibió otro golpe a un lado de la cabeza.

El dolor la inundó. Las luces brillaron detrás de sus ojos y el antebrazo se deslizó... hasta liberarse.

Un grito le desgarró la garganta cuando cayó. El aire a su alrededor giraba más fuerte, luego más fuerte aún, empujándola hacia el muro, hacia la escalera, mientras sus dedos intentaban sujetarse de algo. De cualquier cosa. La multitud de abajo abucheaba.

Cerró la mano alrededor de un peldaño, el brazo se estiró, lo que la detuvo de seguir descendiendo antes de que sus dedos se resbalaran de nuevo.

Solo que, esta vez, no cayó. El viento formó remolinos bajo sus pies, evitando que cayera durante el tiempo suficiente como para que ella pudiera sujetarse de los peldaños una vez más, y encontrar el camino con los pies.

De repente, el viento se calmó por completo, como si hubiese sido succionado por los molinos. Ella se obligó a colgarse en busca del próximo peldaño. Y el próximo. Y uno más, hasta que, finalmente, se desplomó en la nieve que había en el suelo.

Todo en su interior se puso tenso, gimió, tiró y tembló cuando intentó levantarse, pero no pudo. Ni siquiera cuando oyó a su hermano bajar de la escalera. Ni tampoco cuando lo oyó susurrarle que la próxima vez, ella no tendría tanta suerte.

Oyó que Lord Errik la llamaba, que le preguntaba si estaba bien. Garret se agachó en la nieve a unos pocos metros y le extendió la mano, pero ella movió la cabeza.

No. Ella tenía que levantarse por su cuenta. La gente la había visto caer. La verían levantarse. Ella les mostraría, le mostraría a su hermano, que siempre se repondría como había prometido. Necesitaba que ellos lo vieran, y así lo recordarían.

Apoyó las manos rasguñadas, en carne viva, sobre la nieve y se empujó, lentamente, hacia las rodillas. Luego, usando la escalera, tomó impulso para ponerse de pie y los gritos explotaron a su alrededor. Banderas azules se agitaban contra la nieve y el cielo que estaba oscureciendo. La gente aclamaba, zapateaba y gritaba su nombre.

Los ojos de su hermano ardían cuando Élder Cestrum señaló la tabla de puntajes sobre el muro, donde se habían agregado dos marcas azules. Detrás de la tabla, en lo alto de la torre más alta, el orbe de Eden iluminaba resplandeciente.

Sonaron las trompetas y la gente se calló cuando Élder Cestrum dio un paso al frente y anunció.

—La prueba de la fuerza se ha completado con la Princesa Carys como nuestra ganadora. Si bien estoy seguro de que están cansados y les gustaría descansar, los monarcas, por lo general, no tienen tiempo para hacerlo en el medio de decisiones que deben tomarse. El deber siempre llama y ellos deben tener resistencia para responder a ese llamado. Esta noche, el Príncipe Andreus y la Princesa Carys van a demostrar esa resistencia. Para esta prueba, deben viajar a la Majestuosa Tumba de Eden. El Consejo ha escondido la corona de la virtud en la tumba. El que encuentre la corona y la regrese a salvo al castillo ganará. Sus asistentes han preparado sus caballos. Buena suerte para ambos porque esta prueba comienza ahora.

Ahora.

Las lágrimas se deslizaron por el rostro de Carys.

La multitud gritó su apoyo cuando Andreus se dirigió a bajar la larga escalera.

Carys apenas podía dar un paso. La cabeza le latía. Los brazos le punzaban. Y ella tenía frío. Tanto frío al obligarse a poner un pie delante del otro, tan rápido como podía.

El viento comenzó a soplar de nuevo. Le empujó los mechones de cabello, que ahora estaba suelto, cuando miró hacia abajo entrecerrando los ojos y vio que su hermano ya estaba montando su caballo. Ella no podía vencerlo en este desafío. Ni siquiera estaba segura de poder sobrevivir.

El frío.

El dolor.

La forma en que le temblaban las piernas, indicándole que por más voluntad que pusiera, pronto ya no podrían mantenerla en pie.

La oscuridad y las montañas donde cazaban los Xhelozi.

Y Andreus que había intentado enviarla a la muerte. Ella había sobrevivido a la ira de él una vez. A menos que ella pudiera adelantarse a él, no podría sobrevivir a otro ataque.

Ella quería recostarse, rendirse a lo que fuera su destino si lo hacía. Pero esas banderas azules la mantenían de pie. Cerró los ojos y respiró profundo, pensando en las pruebas. Luego, bajó los escalones, rígidamente, hasta donde Errik estaba esperándola.

—Su hermano intentó matarla —dijo él y desplegó la capa sobre los hombros de ella—. Si usted lo sigue fuera de la ciudad, él volverá a intentarlo, y no habrá nadie que lo detenga.

—Lo sé —dijo ella, armándose de coraje antes de mirar en lo profundo de los ojos que le daban más calor que la capa que tenía puesta. Puso una mano sobre la suya y se inclinó cuando él la tocó—. Tengo que irme, pero necesito tu ayuda.

Él la miró fijamente como memorizando su rostro, luego se acercó y le dio un beso suave en los labios.

—Pídeme lo que quieras.

Los sonidos de la multitud se sentían a su alrededor, pero como la nieve caía tan fuerte, parecía que ella y Errik estaban solos. Ella debía enojarse porque él la beso en público, pero estaba contenta por el momento. Porque ese momento podía ser la única pizca de cariño que alguna vez había tenido.

Alejándose de él, miró hacia la ciudad y sintió escalofríos. Una imagen de sus pesadillas apareció de repente ante sus ojos: un rostro ensangrentado. ¿De quién?

En voz baja, ella dijo:

—Si mi hermano regresa y yo no, hay algo que necesitas saber y hay algo que necesito que hagas.

20

El viento golpeaba la piel de Andreus. La nieve que caía y el sol que se ponía pintaban rayos color rosa y púrpura con manchas blancas. La multitud en el borde del camino agitaba y saludaba. Aquí y allá, él veía banderas amarillas, pero la mayoría eran azules.

Por Carys.

Parecía imposible que había llegado al suelo a salvo. Él la había visto perder el equilibrio y caer en picada. Ahora debía estar tendida en los adoquines al pie de las almenas, rota. Golpeada.

Pero entonces, el viento había...

¿Qué había hecho, Andreus? —se reprendió a sí mismo—. *¿Los vientos habían llegado para detener la caída de Carys? ¿La habían protegido... respondido a su llamado?*

No. Era ridículo.

Sin importar lo que había ocurrido realmente, su hermana llegó intacta al suelo.

Y una parte de él, una parte que él odiaba, estaba feliz.

Fue una debilidad momentánea. Una sobre la que Imogen se había preocupado.

Bueno, era la última vez que él sería así de débil. Luego de esta prueba, los súbditos de Andreus no volverían a levantar la bandera de Carys. Imogen se merecía justicia y

Andreus necesitaba demostrar que él era el hombre que le había prometido que podía ser.

Miró hacia atrás al atravesar la entrada principal de la ciudad. Carys no estaba allí. Pero ella llegaría en su caballo y cabalgaría a la tumba. Su hermana no se daba por vencida a menos que alguien la forzara.

Tiró de las riendas y giró el caballo hacia las montañas. La travesía a la tumba de los gobernantes del Reino de Eden había sido un viaje de dos horas cuando acompañaron a su padre y hermano a sus lugares de descanso. Sin los carros y el ritmo señorial, él debía poder hacerlo en la mitad de tiempo. Su caballo Cole había hecho ejercicios con los peones de manera regular. Andreus estaba seguro de que él podría hacer el viaje en buen tiempo. A menos, claro, que la nieve, que se iba condensando con cada minuto que pasaba, los demorara. Los remolinos de nieve hicieron más difícil poder ver cuando el sol desapareció del cielo. Y cuando el sol se hundió, la temperatura bajó aún más.

Andreus se estremeció e instó a Cole a volver a galopar mientras se movían hacia las montañas y lejos de la seguridad de los muros iluminados detrás de él. Cuanto más rápido viajara, más rápido volvería a las luces.

Un chillido llenó el aire y Cole aminoró la marcha. Andreus contuvo la respiración y alcanzó la espada que había tomado de un miembro de la guardia antes de salir de la ciudad.

Hubo otro chillido, como el de una bisagra oxidada que se abría.

Los Xhelozi estaban despiertos y bajaban de las montañas para cazar. Si no tenía cuidado, él sería su presa.

Su caballo aminoró el paso a un trote cuando giró hacia el sudoeste. Andreus miró hacia atrás para ver si vislumbraba a su hermana. La oscuridad y la nieve hacían imposible ver si ella venía detrás.

Él se ocuparía de ella más tarde. Por ahora, se concentraría en completar la prueba, así sus súbditos tendrían algo para ovacionar.

—Vamos, Cole —dijo él, soplándose aire caliente en las manos antes de agarrar las riendas—. Tenemos que movernos.

Los cascos de Cole golpeaban el suelo. Andreus ignoró la tensión que sentía en el pecho cuando acomodó la acogedora capa alrededor de su cuerpo. Cada cinco minutos, Andreus miraba hacia atrás, al orbe de Eden, que brillaba como un faro sobre el castillo, para asegurarse de que iba por el camino correcto.

Un zorro gris salió corriendo de una arboleda a la distancia. Normalmente, la oscuridad lo ocultaría, pero contra el blanco de la nieve, el zorro era fácil de distinguir. Igual que lo sería Andreus, si había algo mirando desde las montañas.

Cole se estaba cansando. Andreus hizo que caminara. Si no lo hacía, el caballo estaría exhausto para correr en la vuelta al castillo, luego de que Andreus cumpliera la prueba con éxito.

La nieve seguía cayendo. La respiración de Andreus se transformó en vapor frente a él. Las montañas se hacían más grandes a medida que el suelo, debajo de las patas de Cole, cambiaba de pasto a tierra y piedras.

Casi llegaba y aún no veía a Carys detrás de él.

El pulso del molino de la tumba inundaba el silencio cuando llegó a la entrada y desmontó.

Se le doblaron las piernas y él se sujetó de la montura para mantenerse. La travesía para descender el muro y las horas en el frío se estaban cobrando el precio. Pero estaría bien. Él resistiría cómo se suponía que debía hacerlo. Y ganaría.

Respiró profundo y, con rigidez, guio a Cole a la entrada que, a diferencia de la tumba más lejana, no tenía luces alimentadas por energía del viento. Lo bueno era que las pequeñas piedras que necesitaba para conectar la energía del molino a la puerta eran lisas y fáciles de encontrar al tacto, al lado de las otras rocas irregulares.

Las enormes puertas de acero retumbaron. La luz inundó la oscuridad, dejándolo ciego al ingresar, a los tropezones, a la tumba.

El olor a muerte le impregnó la nariz. Se ahogó y tuvo náuseas por el deterioro y la putrefacción. Se obligó a mirar a su alrededor, al primero de una serie de compartimentos que formaban la tumba. En el centro del más grande de los cuartos de piedra había una réplica pequeña, pero exacta, del orbe de Eden, rodeada por siete estatuas de piedra que representaban las siete virtudes. Al pie de cada estatua estaba el vicio que uno debía superar para alcanzar la luz. Los bancos tallados en las paredes estaban cubiertos por velos llenos de tierra. Estas criptas albergaban a las primeras familias de la realeza de Eden.

Andreus corrió los velos. Observó los huesos que escondían.

Ninguno de esos gobernantes, muertos hacía mucho tiempo, tenía la corona que él buscaba. Tendría que atravesar los pasajes que se encontraban debajo de la cadena de montañas.

El olor a muerte se hacía más fuerte a medida que avanzaba en la luz tenue. Las sombras lo perseguían al mirar en cada tumba tallada en la pared. Pero, por más que odiaba los lugares cerrados llenos de muerte, él estaba agradecido por la ausencia de viento y nieve.

El piso de piedra irregular se inclinaba hacia abajo, mientras él desandaba los pasos que los guardias habían tomado para dejar descansar a su hermano y a su padre. Allí. La corona de oro y zafiro atraía la luz. Estaba ubicada encima del velo de su hermano como para recordarle que era Micah el que se suponía sería Rey.

Andreus rio. Los élderes estaban jugando con él. Solo que no funcionaría. Micah estaba atascado, pudriéndose, ahí dentro y Andreus iba a gobernar.

Tomó la corona, giró y volvió por los pasajes. Primero, caminando. Luego, corriendo. Quería volver al castillo con la corona que le pertenecía legítimamente.

Salió a la fría oscuridad de la entrada, activó las puertas y las observó cerrarse lentamente, bloqueando la luz por completo. Cuando el chirrido de los engranajes se detuvo, Andreus sujetó la corona al cinturón y caminó hacia Cole. El caballo se movía impaciente. Relinchaba y resoplaba y Andreus le dio una palmada en un costado para calmarlo.

Oyó que algo se movía. Andreus se quedó inmóvil. Una roca rodó sobre la piedra. Algo se movía detrás de él en la oscuridad.

¿Carys?

Andreus alcanzó la espada que llevaba en el cinturón y la sacó despacio, tratando de no hacer ruido. El metal siseó al salir de la funda. Los cascos de Cole repiquetearon en el suelo y él comenzó a moverse. Listo para irse.

Lentamente, Andreus giró y entrecerró los ojos para mirar las sombras en la cueva, pero no pudo ver nada. Se sintió un tonto, tomó la parte de adelante de la montura y, cuando estaba empujándose hacia arriba, volvió a escuchar el sonido.

Miró hacia atrás y entonces lo vio. Garras. Dientes. Escamas grises gruesas a lo largo del pecho. Pelaje blanco. Brazos largos en el cuerpo angosto, pero increíblemente alto y poderoso.

Un Xhelozi.

Cole tiró hacia delante. Andreus casi se suelta y se resbala hacia un costado. El corazón dio un salto con su cuerpo y el miedo lo pinchó fuerte cuando se empujó hacia arriba, clavó los talones a los costados de Cole y gritó:

—¡Vamos!

Un chillido agudo vino desde la izquierda cuando el caballo salió disparado de la cueva y tomó el camino resbaladizo y lleno de nieve. Cole se paró sobre las patas traseras cuando otro grito retumbó frente a ellos.

Oh, Dios.

Andreus levantó la espada y urgió a Cole que continuara. El caballo se resistió, pero Andreus hundió más profundo las botas en los flancos del animal cuando otro chillido atravesó la noche. Detrás de él. Al costado. Enfrente. Los gritos venían de todas partes mientras ellos corrían hacia delante a través de la oscuridad. Lejos de las montañas. Él tenía que volver al castillo y a las luces.

Una sombra salió disparada de los árboles. Sintió un fuego en la pierna cuando algo se estrelló contra el caballo desde el costado. Cole relinchó y volvió a pararse. Andreus sujetó la punta de la montura con una mano y blandió la espada. La espada entró en la carne. Un alarido de agonía atravesó el aire, haciendo que el caballo volviera a encabritarse. Andreus se soltó y cayó al suelo. Golpes de cascos se alejaron de él.

Otro chillido vino de alguna parte a la derecha, y la cosa frente a él gruñó.

Un líquido oscuro manchó el pelaje blanco de su brazo. Volvió a gruñir y saltó hacia delante. Andreus se tropezó hacia atrás y rodó a un lado, cuando la criatura aterrizó en el espacio del que acababa de moverse.

Él atacó con la espada y acertó. Luego se puso de pie y rengueó a su derecha. El monstruo giró hacia él con los dientes al descubierto y las garras en forma de gancho extendidas.

La sangre chorreaba de la pierna izquierda de Andreus. Apenas podía apoyarse sobre ella. La criatura se paró sobre sus poderosas piernas traseras y saltó.

Andreus se dejó caer al suelo, rodó por debajo del ataque y movió la espada tan fuerte como pudo. La espada entró en el Xhelozi y le atravesó el abdomen. El aire se agitó cuando la cosa gritó.

En el medio del pánico, el triunfo brilló. Andreus luchó para ponerse de pie, equilibrando todo el peso sobre el pie derecho, y embistió a la criatura herida, que gruñía y comenzaba a levantarse justo cuando la espada de Andreus entró en su pecho, enviando al Xhelozi al suelo nuevamente.

Él sacó la espada y volvió a apuñalar a la masa de pelaje blanco y escamas. El Xhelozi gimió una vez más. Por un momento, todo quedó en silencio.

Andreus le dio una mirada a la pierna cortada por las garras del Xhelozi.

Sangre. Se apoyó en la espada para ayudarse a tener equilibrio mientras la oscuridad giraba en sus ojos y el mundo entraba y salía de foco. Tres tajos profundos que iban desde debajo de la rodilla hasta la parte baja de la pantorrilla manaban sangre que se derramaba en el blanco de la nieve.

Un chillido vino desde la izquierda. Luego otro desde atrás.

Cerca. Estaban cerca. Estaba rodeado.

Él rasgó la base de la túnica y ató fuerte la tira de tela alrededor de la herida.

Otro grito. Este de alguna parte a su derecha. Como si lo estuvieran cazando en manada.

Él apretó la mandíbula al alejarse rengueando del Xhelozi muerto y silbó a Cole. Pero no había tiempo. ¿Podría esconderse de ellos? Tal vez. Había historias de viajantes que se salvaron de los Xhelozi al enterrarse en la nieve. Supuestamente, ocultaron su olor y el calor de sus cuerpos. Pero Andreus no estaba seguro de creer en esas historias, y aunque lo hiciera, el vendaje en la pierna ayudaría solo por un tiempo. Él tenía que volver a la Ciudad de los Jardines.

Apoyado en la espada, Andreus se lamió los labios y volvió a silbar. Sintió alivió cuando oyó un relincho en alguna parte sobre la colina. Tuvo que hacer cuatro intentos antes de lograr subir al semental. Dos veces los llamados de los Xhelozi hicieron corcovear al caballo, pero él mantuvo firmes las riendas y, al final, se enderezó cuando una sombra larga apareció entre los árboles a su izquierda.

—Vamos —dijo él, inclinándose sobre la nuca del caballo. Cole salió disparado hacia delante como la flecha de un arco. Hubo un gruñido detrás de él. Luego otro, seguido de un chillido metálico. Los Xhelozi lo estaban persiguiendo.

Andreus miró alrededor del paisaje blanco, tratando de orientarse. El castillo estaba hacia el noroeste. La ruta más rápida era la ladera y el prado que había atravesado la primera vez, pero se encontraban en espacio abierto, sin lugar para que él se recuperara. El bosque estaba justo adelante. Los Xhelozi abandonarían la persecución allí.

La sangre chorreaba de la pierna de Andreus cuando se encaminó hacia la línea de árboles.

Cole atravesó colinas y rodeó troncos enormes, sin variar el ritmo. Andreus miraba hacia atrás, a las sombras que volaban entre los árboles. Desde la izquierda, la derecha. Los Xhelozi olían su sangre. Ellos no estaban rindiéndose y Cole no sería capaz de mantener el ritmo por mucho tiempo.

Andreus encaminó al caballo hacia el lecho del río en lo alto, que aún no se congelaba. Había un camino, no era fácil de ver y estaba bastante empinado, detrás de algunas rocas no lejos de allí. Él y Carys solían asustar a la niñera escondiéndose allí. Tal vez el mismo truco funcionaría ahora.

Cole se sumergió en el agua helada y salpicó al cruzar el amplio lecho. Andreus miraba sobre su hombro. Podía oírlos gritar, pero aún seguían en la profundidad de los árboles.

Él instó a su caballo a subir el terraplén y luego rodear la formación de rocas que recordaba de su niñez. El caballo comenzó a subir despacio. Demasiado despacio. Andreus estaba seguro de que los encontrarían y en el camino angosto, atrapados entre piedras y tierra, no tendrían salida.

Finalmente, el caballo llegó a la cima de la pendiente. Andreus reprimió un grito de victoria, dio un empujón leve al caballo hacia adelante y oyó un suave relincho.

Giró y divisó a la yegua marrón de Carys atada a un arbusto bajo. El caballo sacudió la nieve que tenía en la cabeza y Andreus buscó a su hermana. Si su caballo estaba ahí, ella también tenía que estar.

Huellas. Él podía seguirlas y hacer justicia ahí mismo por lo que ella le había arrebatado. El Consejo especularía, pero nadie sabría que fue él quien la derribó. Entonces, todo se terminaría. Las pruebas. La traición. El dolor de saber que, todos estos años, ella había estado esperando el momento para poder traicionarlo.

—¿Carys? —dijo él en voz baja—. ¿Estás ahí?

Un chillido le respondió y estaba cerca. Justo sobre las rocas. Luego, otro.

Él no tenía tiempo de rastrear a su hermana. Dejaría que el Xhelozi lo hiciera por él.

Andreus bajó la espada sobre la soga que ataba al caballo de Carys, tomó las riendas y urgió a Cole a seguir hacia delante.

Ambos caballos salieron disparados en la noche.

Quietud.

Luego la noche se partió en dos ante un grito desgarrador.

Carys.

El grito de agonía volvió a atravesar la noche. El viento soplaba en ráfagas. La nieve formaba remolinos. Andreus sintió el impulso de revertir las cosas. De salvar a su hermana.

En cambio, se puso de espaldas.

Los gritos resonaban en sus oídos, más fuertes, hasta que fueron ahogados por las ovaciones cuando llegó a las puertas de la Ciudad de los Jardines.

Los gongs sonaron, para darle la bienvenida a casa, a él.

Tenía la cabeza sobre la nuca de Cole; le importaba poco lo que pensaba la gente que lo miraba. Se sostuvo, desesperadamente, mientras el caballo caminaba con dificultad sobre las calles cubiertas de hielo. Los gritos y ovaciones se hicieron más intensas cuando más gente salió de sus casas. Vio un velo caer sobre ellos cuando notaron el segundo caballo que caminaba a su lado, y su pierna que había dejado un camino de sangre a su paso.

La gente decía su nombre cuando llegó a la plaza principal y a la base de los escalones del castillo. Se sujetó fuerte de la punta de la montura cuando empujó la pierna herida sobre el caballo y se deslizó. Sus piernas cedieron. Apretó los dientes y se negó a bajar al suelo. En cambio, se sujetó de la montura para mantenerse erguido. Él era Rey. No lo verían sobre las rodillas. No después de todo lo que había hecho.

Lord Errik se abrió paso, de un empujón, alrededor de los élderes.

—¿Dónde está la Princesa Carys? —exigió.

—No lo sé —respondió Andreus con voz ronca—. Los Xhelozi me estaban persiguiendo y encontré su caballo cuando estaba luchando por volver al castillo. No la pude ver en ninguna parte.

Lord Errik tomó el caballo de Carys, dio un salto sobre él, y salió galopando por la calle antes de que Andreus terminara de hablar.

Andreus se rio para sí. Si el Xhelozi dejó algo para que Lord Errik la encontrara, sería demasiado tarde.

La nieve dejó de caer cuando Andreus buscó, con dedos fríos y manchados de sangre, sacar la corona del cinturón. Finalmente, la presentó a Élder Cestrum.

—El Príncipe necesita que lo curen —gritó el Jefe Élder al tomar la corona de las manos de Andreus—. Capitán Monteros, pídale a sus hombres que traigan una camilla para llevarlo al castillo.

Los guardias llegaron. Con cuidado, lo ayudaron a ponerlo en la camilla. Mientras subían los escalones al castillo, Andreus mantuvo los ojos sobre la tabla de puntaje y vio cómo agregaban una marca amarilla en la tabla.

Él había ganado.

Él era el Rey de Eden.

La señora Jillian estaba en la cima de los escalones cuando él llegó. Ella ordenó que lo llevaran a su habitación para poder tratarle la pierna, que estaba adormecida. Luego le quemó, cuando ella drenó la herida. Le dio lo que pudo para el dolor y envió a alguien a la habitación de la reina para que trajera las Lágrimas de Medianoche para atenuar el resto.

Andreus rio. No era gracioso, pero no podía parar de reírse, incluso cuando la curandera envolvió la herida y le advirtió que la pierna nunca volvería a ser la misma.

Luego, sonaron los gongs y la risa se detuvo.

Carys había vuelto.

No era posible. La había oído gritar. El Xhelozi. No podía haber sobrevivido.

La curandera intentó mantenerlo acostado, pero él se obligó a pararse y ordenó a su ayudante que le trajera la capa.

Dos miembros de la guardia lo ayudaron a ir rengueando hasta el patio. El corazón le latía más fuerte con cada paso doloroso y el pecho se le cerró. Aun así, les pidió que fueran más rápido hasta que llegaron al patio. Momentos después, Lord Errik apareció en la entrada de las puertas con lo que debía ser Carys en sus brazos. Incluso bajo la luz resplandeciente, era imposible ver.

La ropa de ella estaba destrozada y tenía sangre. Mucha sangre. Pero el cabello, casi completamente blanco bajo esa luz, era inconfundible.

Élder Ulrich siguió a Lord Errik, pidiéndole que se detuviera.

—No —gritó Lord Errik, sosteniendo contra el pecho el cuerpo desfigurado de Carys, mientras corría—. Ella aún respira. Todavía podría haber tiempo. Mande a la curandera.

Los élderes pidieron a todos reunirse en el Salón de las Virtudes para esperar, pero cuando todos giraron hacia la puerta del castillo, Lord Errik regresó. La ira y la sangre le daban color a su rostro. Andreus contuvo la respiración mientras esperaba oír las palabras que acabarían con esto.

El viento soplaba, haciendo casi imposible oír las palabras que Andreus había estado esperando.

—¡Es demasiado tarde! La Princesa Carys está muerta.

El dolor afloró de nuevo. Las piernas de Andreus temblaron bajo su peso. El volvió rengueando a su habitación antes de desmayarse. Todo ese tiempo, el castillo se sacudió mientras el pueblo hacía sonar en el aire cuatro palabras.

Larga vida al Rey.

21

—Tengo que verla —dijo Andreus, al intentar pararse.
La luz entraba a través de las cortinas de su dormitorio.
Los siete miembros del Consejo de Élderes estaban al pie
de la cama.

—Debe dejarme ponerle esto en la pierna —dijo la
señora Jillian, sosteniendo lo que parecía una pequeña jaula
circular—. El veneno de estos cortes aún está supurando.
El entumecimiento y la falta de control muscular podrían
no desaparecer nunca.

—¿Cuándo me liberaré de este aparato? —preguntó él.

—No lo sé.

—¿No lo sabe? ¿Entonces, quién lo sabe? —exigió él—.
¡Los reyes deben sostenerse sobre sus dos pies!

—Ninguno de los que he tratado alguna vez luchó con
un Xhelozi y sobrevivió, Su Alteza. —La señora Jillian se
inclinó—. Pero estoy trabajando en una solución.

El único hombre que ella conoció que había peleado con
las bestias fuera de los muros y había sobrevivido. Andreus
sonrió de satisfacción. Los élderes habían oído. Ahora
sabían con qué tipo de rey estarían tratando. Pronto, se
escribirían canciones sobre la fuerza del Rey Andreus que,
sin ayuda de nadie, derribó al Xhelozi.

Élder Cestrum carraspeó.

—El Consejo de Élderes hizo los arreglos para que su coronación se realice esta noche. Hay decisiones sobre la guerra que deben tomarse y solo pueden ser tomadas por nuestro rey.

Andreus se levantó de la cama y Élder Jacobs se ofreció a acompañarlo en su camino a la puerta de la habitación de su hermana.

—Debo advertirle —dijo el élder, suavemente—. Los Xhelozi no fueron tan amables con su hermana como lo fueron con usted. La princesa sufrió.

Los gritos resonaban en su memoria cuando abrió la puerta.

El cuerpo de ella yacía en la cama. Andreus dio un paso al cuarto y se quedó helado.

No tenía rostro. Alguien había acomodado y cepillado el cabello rubio, casi blanco, de su hermana alrededor de una serie de tajos y rasguños con costras de sangre. En un lugar, el corte fue tan profundo que Andreus estaba seguro que podía ver el hueso.

El estómago le dio vueltas y Andreus se tomó del marco de la puerta para sostenerse, al sentir que las piernas amenazaban con rendirse.

Su hermana estaba muerta.

Sus gritos le desgarraban la mente.

—¿Le gustaría tener un momento a solas? —preguntó Élder Jacobs.

—No. —Salió del cuarto y cerró la puerta, pero los gritos continuaban—. No, no será necesario.

—No se sienta mal, Su Alteza —dijo Élder Jacobs, tomando del brazo a Andreus—. Su madre también pasó un momento difícil al ver a su hermana.

—¿Mi madre estuvo aquí? ¿Cómo está ella?

—Parece que mejoró mucho.

Él pensó en el intento de su madre por llegar a las montañas, apenas perdió la cabeza. Tal vez, él no fue perseguido. Tal vez, fueron los gritos de ella los que llegaron a sus oídos.

—¿Ella lloró cuando vio a Carys?

—No —dijo Élder Jacobs con el ceño fruncido—. Ella rio.

Pesado.

Los brazos. Las piernas. Todo estaba pesado. Y cansado. Y tan frío. Ella temblaba y lloraba de dolor.

Luego recordó que no se suponía que ella llorara.

—Vas a estar bien.

Errik le había dicho eso cuando la encontró cerca del río, metida entre tres grandes rocas enterradas detrás de una arboleda. Asustada. Con frío. Desconsolada. Sangrando por los rasguños en la cara y en los brazos, con el corazón acelerado por los gritos de los Xhelozi. Los arañazos de las garras a lo largo de las rocas. Los gruñidos cuando seguramente la olían. Y el viento que movía la nieve y los árboles hasta que oyó la voz de Errik que la llamaba.

Él le habló del plan para regresar al rajarle la ropa y la capa. Deslizó la mano a lo largo del rasguño que tenía en la mandíbula. Luego a lo largo de la mejilla. Finalmente, le frotó el dedo pulgar contra el labio antes de levantar, suavemente, su cuerpo dolorido y magullado entre sus brazos. El llamado de los Xhelozi retumbaba contra la nieve. Errik la acercaba más con cada grito. Al final, los sonidos desaparecieron, los monstruos regresaron a las montañas de donde salieron, y Errik aminoró la marcha del caballo. Él rozó apenas sus labios con un suave beso antes de bajarla del caballo y sacar el cuchillo por segunda vez.

La sangre del pato estaba caliente y pegajosa, y quiso gritar cuando él la untó con ella y con las tripas del pájaro.

El olor le dio ganas de vomitar, pero se dijo a sí misma que no tenía que moverse, ni hacer ningún ruido. Ella bebió el espeso brebaje para dormir que él le ofreció y se aferró a su cariñoso apoyo mientras cabalgaban hacia las puertas.

El viento susurraba.

Luego ella suspiró al verse envuelta en la oscuridad.

Y ahora, la voz de Larkin la tranquilizaba mientras le pasaba un trapo húmedo por la cara.

—Mantén los ojos cerrados solo un poco más.

Carys no estaba segura de poder abrirlos, aunque quisiera.

—Lord Errik —susurró ella. ¿Cuánto tiempo había pasado desde que la había traído ahí, a la guardería, donde Larkin estaba esperando?

—No te preocupes. Volverá a crecer, Su Alteza.

—¿Qué cosa? —Ella tembló cuando sintió el trapo húmedo en la cara.

—Tu cabello.

Goteó agua cerca.

El trapo se deslizó por las mejillas, la frente y los párpados otra vez. Carys recordó a Larkin ayudándola a desvestirse antes de envolverla en una sábana y a Errik diciendo que necesitaba su cabello. Había una sirvienta que había muerto, desfigurada. Con el cabello de Carys, Errik estaba seguro de que podía hacer pasar a la muchacha muerta por ella.

Más tintineo de agua y Larkin dijo, por fin:

—Puedes abrir los ojos ahora.

Aunque estaba limpia, Carys aún podía sentir la sangre seca en los cortes. Abrió los ojos lentamente y miró las sombras en el techo de la habitación escondida. Luego miró la cara manchada de tierra de Larkin.

—Tal vez, en lugar de lavarme a mí, deberías usar algo de agua para ti.

Larkin sonrió.

—Tienes que alegrarte de no haber visto cómo estabas, Alteza. Dabas miedo.

—Bien. Esa era la idea. —Levantó una mano hacia la cabeza y rio cuando se pasó los dedos por el cabello que apenas le rozaba la punta de las orejas—. ¿Cómo me veo? —preguntó ella, odiando que incluso le importara. En general, no le importaría. Pero, cuando pensaba en la manera en que la había besado Lord Errik...

—No pareces una dama —dijo Larkin y puso un vaso de agua en las manos inseguras de Carys.

—Me han dicho que no ser considerada una dama es un cumplido. —Ella sonrió y esperó la sonrisa de Larkin en respuesta.

—Así es. Pero dama o no dama, tendremos que vestirte. Como Lord Errik requirió el uso de tu otra ropa, le pedí que me trajera ésta. —Ella se movió hacia un montón de trajes de hombre apilados cerca de ella—. Creo que el Príncipe Micah ya no los necesita. No te quedarán tan bien como los otros que te hice, pero podemos solucionarlo.

Carys luchó para levantarse. Larkin se movió para ayudarla.

Cuando se terminó de vestir con los pantalones que Larkin había ajustado rápidamente, y una túnica gris, Errik atravesó la puerta. Él la miró por un segundo, mientras ella transpiraba en la ropa que no le sentaba, y luego hizo una reverencia. Entonces, con una sonrisa, dijo:

—Me alegra informarle, Su Alteza, que usted está, oficialmente, muerta.

—Su reemplazante era una ayudante de cocina —explicó Errik cuando abrió la pequeña puerta en el suelo y arrojó la bolsa de provisiones que había juntado abajo en la oscuridad—. La curandera la había cuidado hasta hace dos días, cuando murió.

Carys deslizó los estiletes en el cinturón, luego se envolvió con los brazos para alejar el frío y se sumergió en una caja de madera. Demasiada muerte.

—Ella no tenía familia aquí, en la Ciudad de los Jardines. —Errik giró hacia ella—. Pero tendrá el funeral de una princesa, en lugar de una sepultura para indigentes, Su Alteza. Puedes sentirte bien por eso.

Había poco por lo que se sentía bien en ese momento. En una hora, su hermano estaría en el estrado del Salón de las Virtudes. La corona sería puesta sobre su cabeza y estaría rodeado de personas que trabajarían para destruirlo a él y a Eden. El Consejo. El Capitán de la Guardia. Garret. Quién sabe cuántos se arrodillarían para prestar un juramento que tenían intenciones de romper.

Y, por primera vez, ella no estaba al lado de su gemelo para ayudarlo. Apretó el puño y sintió el aire que le agitó el cabello. Una corriente. Era solo una corriente.

Solo que, en su interior, ella sabía que no lo era.

Su madre había dicho que *ella* era la maldición. Que ella le había dado las Lágrimas de Medianoche para mantener controlada la maldición.

Pero la maldición no era mala, no como ella había pensado.

Era poder.

Carys oía al viento y el viento la oía a ella.

Ella lo podía llamar para que la ayudara.

Ella lo había hecho en las almenas contra Imogen. La había salvado en el muro.

Y había hecho retroceder a los Xhelozi cuando la rodearon por todos lados.

Ahora no había nada que se interpusiera en el camino del poder de Carys. Nada salvo ella misma.

Algunos días. Algunas semanas. El dolor de la abstinencia se detendría. Ella estaría más fuerte. Aprendería a concentrar su poder, averiguaría quién estaba tratando de robar la corona y regresaría al Palacio de los Vientos, adonde ahora sabía que pertenecía.

—¿Aún crees que necesitas hablar con Lord Garret? Si es así, deberías dejarme que lo traiga aquí. —Errik se arrodilló junto a ella.

—No —dijo, haciendo fuerza para levantarse. El polvo dio vueltas en el cuarto—. Me ocuparé de Garret yo misma. Hay algo más que necesito que hagas.

Andreus estaba en la antesala del Salón de las Virtudes, donde él y Carys habían esperado antes de entrar al baile. Ahora, tres días después, él iba a usar la corona. Su primera orden sería quitar la tabla de puntaje de los muros. Él no quería que nadie recordara que su hermana alguna vez había tenido derecho al trono. *Él* había ganado. *Él* era el Rey.

Se paseó de un lado a otro del pequeño cuarto para practicar caminar con el aparato negro de hierro que la señora Jillian le había ajustado a la pierna. Las varillas eran pesadas y se sentían extrañas, pero ahora cuando ingresara al salón del trono caminaría sin ninguna ayuda.

Solo.

Se le cerró el pecho.

—Discúlpeme, Su Majestad. —Max corrió a un lado la cortina y entró con paso dubitativo. El niño estaba vestido con una túnica de terciopelo, que había sido ajustada rápidamente, de color amarillo y azul, y le darían una nueva habitación acorde a su nuevo estatus como escudero del rey. Él debería estar contento, pero Max aún tenía miedo en los ojos, cuando estaba cerca de Andreus.

Desaparecería, se dijo a sí mismo. Igual que desaparecería el dolor que sentía Andreus por Imogen, al igual que, dentro de unas semanas, ya no recordaría los gritos de Carys.

Max arrastró los pies.

—Se supone que le diga que la coronación está por comenzar. —Luego, con una reverencia desequilibrada, salió corriendo a través de la cortina para ocupar su lugar cerca del frente.

Sonaron las trompetas.

El corazón de Andreus palpitaba.

Las cortinas se abrieron.

La presión en su pecho aumentó.

Respiró profundo y atravesó lentamente la entrada en forma de arco del Salón, mientras todos, la corte, los dignatarios visitantes y el Consejo de Élderes se pusieron de pie. Él caminó rengueando por el pasillo central y aquellos que miraban se inclinaron en saludos y reverencias. Élder Cestrum estaba a la izquierda del trono. Andreus intentó no mirar el espacio vacío a la derecha donde la Adivina de Eden debería haber estado. En cambio, él mantuvo los ojos fijos en la corona, que brillaba en el trono... esperándolo.

Élder Cestrum le puso la refinada corona en la cabeza. Era pesada y se hundió en el cuero cabelludo. Él enderezó los hombros para parecer victorioso, pero no podía evitar recordar cómo se veía la corona la primera vez que se la pasó al élder: manchada de sangre.

Uno a uno los élderes se arrodillaron frente a él para ofrecerle su juramento de lealtad, seguidos de los Grandes Lores, el Capitán Monteros y los miembros de la corte. Los nombres y rostros pasaban juntos, pero la ausencia de uno le llamó la atención.

La elección de Élder Cestrum como rey: Lord Garret.

Carys salió desde las sombras cuando Lord Garret pasó por el rincón del pasillo vacío y presionó la punta del estilete en la espalda de él. Hundió la punta en la carne cuando él se extendió para buscar su espada... dejando que sangrara para demostrarle que iba en serio.

—Yo tomaré esto. —Ella sacó la espada de la funda cuando Lord Garret giró la cabeza y, por el rabillo del ojo, pudo ver el rostro de ella.

—Tú... no estás muerta.

—No. Pero tu podrías estarlo, pronto. —Arrojó la espada al suelo y la pateó detrás de ella—. Dime quién en el Consejo está conspirando para sacarle el Trono de la Luz a mi hermano.

—¿Estás buscando aliados o enemigos? —Él se movió para que sus ojos castaños pudieran ver los de ella—. Tu hermano intentó matarte, Alteza. Todos lo vimos golpearte en el muro.

—No tuvo éxito.

—¿Sabes por qué? —preguntó él, sus ojos decididos sobre los de ella—. Yo sí. Sé cómo detuviste tu caída porque estaba allí en las almenas cuando apareció el túnel de viento. Yo vi al hombre de tu madre golpearte en la cabeza por orden de ella, y observé como el túnel de viento se desvaneció en el cielo. Y ningún túnel ha aparecido en el cielo desde que tu madre te dio la droga que está haciendo casi imposible que te mantengas en pie ahora.

Ella movió la cabeza. Eso no es lo que le habían dicho. La había golpeado una pieza del molino que se había roto y fue lanzada por el túnel de viento. El Adivino Kheldin había hecho aparecer el viento. Él fue quien lo hizo desaparecer.

Garret se acercó.

—No soy tu enemigo, Princesa —dijo él. El cabello rojo voló en una corriente de aire repentina y él sonrió—. Nunca me has creído, pero quiero ayudarte. Eso es todo lo que siempre he intentado hacer.

Ella levantó la espada mientras sentía transpiración en la cara.

—Demuéstralo —dijo ella—. Dime cuál es el plan del Consejo y te dejaré vivir.

—Podría hacerlo —dijo Garret inclinándose hacia delante—. Pero no lo haré. Al menos, no aún.

—Lamento terminar contigo, Garret, pero estoy un poco presionada con el tiempo.

Él sonrió.

—Estoy seguro de que lo estás. Con todos en el Salón de las Virtudes, ahora es el momento perfecto para escabullirte del castillo. Voy a ofrecerte un trato. Te diré lo que sé, si me llevas contigo.

Todo en ella se quedó inmóvil.

—¿Conmigo? ¿Por qué?

—Porque sé quién eres. —Él se acercó más—. Y sé lo que estás predestinada a hacer.

La corona era pesada. La toga de color azul oscuro que Élder Cestrum le había puesto sobre los hombros era caliente. Respiró profundo varias veces para calmar la presión que sentía en el pecho, luego llamó a los élderes.

—Díganle a los Grandes Lores que deseo verlos a todos, mañana. Ahora que soy Rey, hay una guerra que ganar y ellos me ayudarán a ganarla.

—Estoy seguro de que los Grandes Lores estarán felices de darle su consejo, Su Majestad —coincidió Élder Cestrum.

—No necesito su consejo —se quejó—. Solo necesito a sus hombres. Sus propias regiones estarán mejor defendidas cuando Adderton sea oprimido. Mi padre y Micah deben ser vengados. Y debemos demostrar a todos los reinos, y a los bastianos a quienes muchos aún apoyan, que no toleraremos a aquellos que no caminan en la luz.

—Le diremos a los Grandes Lores que usted requiere su presencia, Su Majestad —dijo Élder Ulrich, al pararse junto a Élder Jacobs—. Si está seguro de que este es el camino que quiere tomar.

—Lo es —dijo él, recordando la noche en que él e Imogen hicieron estos planes. Ella podía no estar, pero sus palabras y su amor lo guiarían desde la tumba.

—No puede ser verdad —dijo Errik cuando Garret siguió a Carys por la pequeña puerta del suelo hacia las escaleras de abajo.

El dolor volvía a aparecer en sus piernas. Se apoyó contra la pared y explicó:

—Garret tiene información sobre el Consejo que necesito para cuando regrese. Y sobre… mi pasado. Él viene.

—¿Estás segura de que volverá, Alteza? —Errik dio un paso al frente y le puso una mano en el brazo—. Podrías dejar atrás a Eden y a todos sus problemas. Podrías liberarte de este lugar… para siempre.

Ella pensó en su hermano, que ahora estaba sentado en el trono, creyendo, equivocadamente, que él tenía el control. Pensó en la gente de la Ciudad de los Jardines, que la había visto pelear y levantó sus banderas para honrar su lucha que tanto se parecía a la de ellos.

—No tengo opción. Cuando esté más fuerte, regresaré a Eden y lucharé contra todos los que la harán caer, ya sea Adderton, el Consejo, o alguien que aún no haya descubierto.

—¿Y qué pasará con tu hermano? —preguntó él, de manera gentil—. ¿Crees que se alegrará de que regreses?

Él no tendría opción. Las reglas de las pruebas lo garantizaban.

—Mi hermano puede esperar. Tenemos que irnos.

—Con Garret. —Lord Errik suspiró.

—¿Está celoso, mi lord? —preguntó Carys.

Errik dio un paso al frente, apoyó los dedos en el pelo corto de ella, y dijo:

—No aún. Ahora, sígueme.

—No estoy segura de estar lista para bajar la planicie —dijo, pensando en la caída segura y el viento... viento que ella no tenía idea de cómo controlar. Pero aprendería. Tenía que hacerlo.

—No tendrás que hacerlo esta vez. —La expresión de Errik era ilegible, cuando dijo—: Conozco una manera.

—¿Qué manera? —preguntó ella. Había estado en esos pasajes cientos de veces. Los conocía mejor que nadie.

O eso creía al sostener la antorcha en lo alto y dirigirse por los pasajes oscuros y fríos a una abertura que no había estado ahí antes. No estaba segura de muchas cosas justo ahora, pero de eso no tenía dudas.

Antes de que pudiera preguntar a Errik cómo había descubierto esa salida, él dijo:

—Los otros están esperando. Si deseas seguir muerta, debemos irnos.

Con cada paso a través del espacio angosto, ella se sentía más intranquila sobre lo que significaba el pasaje escondido y cómo él lo había descubierto. Cuando salió del pasaje, se encontró a salvo en la base de la planicie donde Garret y Larkin los esperaban con los tres caballos que Errik debía haber traído hasta aquí, y se volvió a preguntar por qué la estaba ayudando.

Él se negó a mirarla a los ojos cuando la ayudó a montar una yegua de color marrón claro. Pero su trato era cálido al pasarle las riendas y preguntarle si estaba lista para cabalgar.

Secretos. Había tantos. Los de Errik. Los de Garret. Los del Consejo. Los de su madre. Los de ella.

Los descubriría todos, pensó mientras sujetaba las riendas entre las manos y asentía:

—Vamos.

El viento sopló más fuerte cuando el caballo la llevó lejos de las almenas que ella siempre había despreciado. Carys miró hacia los muros blancos de piedra y juró regresar. Sin importar cuáles eran las verdaderas intenciones de Errik o lo que Garret quería de ella, ella volvería. Nada la detendría. Y cuando lo hiciera, el juego que el Consejo y su hermano pensaron que había terminado, comenzaría otra vez.

Solo que la próxima vez que lo jugaran, sería con sus reglas.

Agradecimientos

Mi nombre puede estar en la tapa, pero hay una gran cantidad de personas que han contribuido a la creación de este libro. Le agradezco enormemente a mi familia, en especial a mi esposo Andy, a mi hijo Max, y a mi madre Jaci, por tolerar mis horarios locos y mi necesidad desesperada de cafeína y palomitas de maíz, y por siempre decirme que voy a llegar hasta el FINAL, en esos días en los que estoy convencida de que eso nunca ocurrirá. ¡Los amo!

Esta historia, sin duda, tampoco habría existido si no fuera por la fantástica visión y el entusiasmo del equipo de HarperCollins, y la extraordinaria editora Kristen Pettit. Kristen, gracias por dejarme dar a esta historia giros inesperados y por confiar en que todo saldría bien cuando me lanzaba al vacío. También, una gran ovación para Elizabeth Lynch por su grandiosa paciencia y gran humor, y para Jennifer Klonsky por su aliento. Mi profundo agradecimiento hacia Emily Rader y Martha Schwartz por hacerme ver como si supiera lo que estoy haciendo; y acompáñenme para dar un estruendoso aplauso a los increíbles artistas Toby & Pete (¡no puedo dibujar una figura con palitos!) y a la diseñadora Jenna Stempel por la mejor tapa de todas. (Siéntanse libres de dejar de leer para volver a admirar su trabajo. ¡Es increíble!) Y a todos los equipos de RP, marketing y Epic Reads... ¡Chicos, ustedes son geniales!

Y no hacen suficiente mantequilla de maní Twix para que pueda demostrar, como corresponde, mi gratitud hacia la increíble Stacia Decker. No eres solo mi agente literaria, eres mi comunicadora, mi mejor animadora, y la que me mantiene en mis cabales a las dos de la mañana cuando estoy intentando hacer que todas las piezas de la historia encajen. Gracias por arriesgarte por mí hace años y por estar en cada paso del camino. No puedo esperar para ver adónde nos llevará este viaje después.

También, un enorme ramillete de gracias para los vendedores de libros, bibliotecarios y maestros que trabajan incansablemente para poner en manos de los lectores jóvenes las historias que ellos necesitan. El trabajo que hacen es tan importante. No solo están creando lectores, sino que están abriendo nuevos mundos y cambiando vidas.

Y por último, pero más importante, quiero decir lo agradecida que estoy con los lectores que han pasado horas conmigo y mis personajes. Un libro es como un dueto. Requiere de dos, el autor y el lector, para dar vida a la historia. Gracias a todos por dar vuelta las páginas y por hacer que las historias canten.